도연명전집

도연명전집

초판 1쇄 발행 2001년 10월 25일
초판 3쇄 발행 2010년 5월 10일

옮긴이 이성호
펴낸이 조윤숙
펴낸곳 문자향
등록번호 제 300-2821-48호
주소 서울 마포구 합정동 413-16 영광빌딩 3층
전화 02-303-3491
팩스 02-303-3492
이메일 munjahyang@korea.com

값 15,000원
ISBN 89-952122-0-9

도연명전집

이성호 역

문자향

도연명집서(陶淵明集序)

소통(蕭統)[1)]

무릇 자신을 팔고 자신을 중매 서는 것은 선비와 여인의 추행이며, 해치지 않고 구하지 않는 것은 명달(明達)한 이의 마음씀이다. 이 때문에 성인(聖人)은 빛을 감추며 현인(賢人)은 세상에 숨으니, 그 까닭이란 무엇인가? 덕을 지님의 지극함은 도보다 더한 것이 없고 자기와 친함의 절실함은 몸보다 중한 것이 없다. 그러므로 도가 보존되면 몸이 편안하고 도를 잃으면 몸에 해가 끼쳐진다. 백 년 이내의 수명에 처하여 한세상을 살아가니, 빠르기를 백마에 비유하며 붙어사는 곳을 여인숙이라 일컫는다. 의당 대지와 더불어 피었다가 마르고 중화(中和)를 따라 자유로워야 할 것이지, 어찌 서글퍼하여 근심 걱정에 힘들이고 급급하게 인간사에 부림을 당할 것인가!

제(齊)나라 노래와 조(趙)나라 미녀의 오락, 여덟 가지 진미와 아홉 솥의 음식, 네 마리 말을 묶어 잇달아 재갈을 물리고 노닐음, 사치스런 옷소매에 홀을 드는 귀함이 즐겁기는 즐거워도 근심이 또한 뒤따른다. 어찌 인과를 상량하기 어려우랴만 또한 경조사(慶弔事)가 서로 미쳐온다.

지혜로운 자와 어진 사람은 처신하기를 얇은 얼음을 밟듯 심히 조심하는데 어리석은 사내와 탐욕스런 선비는 앞다투기를 바닷물이 새어 나가듯 한다. 옥이 산에 있으면 진귀하게 여겨져 깨뜨려짐을 자초하나 난이 골짝에서 자라면 비록 보는 사람이야 없지만 오히려 꽃을 피어 낸다. 그런 까닭에 장주(莊周)는 호수(濠水)에서 낚싯대를 드리웠고, 백성자고(伯成子高)는 들에서 몸소 밭을 갈았으며, 어떤 이는 해동의 약초를 매매했고, 어떤 이는 강남의 낙모(落毛)실을 자았다. 비유컨대 저 원추(鵷雛)가 어찌 소리개의 고기를 다툴 것이며 마찬가지로 이 잡현(雜縣)이 어찌 문중(文仲)의 희생을 괴롭히겠는가!

그러나 자상(子常) · 영희(甯喜)의 무리와 소진(蘇秦) · 위앙(衛鞅)의 짝에 이르러서는 죽더라도 의심하지 않았으며 달게 여겨 후회하지 않았다. 주부언(主父偃)은 말하길, "살아서 다섯 솥의 음식을 먹지 못하더라도 죽을 적에는 다섯 솥에 삶긴다" 했는데 끝내 그 말처럼 되었으니 어찌 슬프지 않으랴! 또 초왕(楚王)은 주(周)나라에서 무력시위를 하다 왕손인 만(滿)에게 좌절을 당하였고, 곽광(霍光)은 천자와 같이 수레를 타다 재앙이 등의 까끄라기에서 일어난 적이 있다. 탐욕스런 무리는 그 갈래가 몹시 많은 것이다.

당요(唐堯)는 사해의 임금이었으나 분수(汾水) 북쪽에서 세상을 벗어나고픈 마음을 지녔고, 자진(子晋)은 천하의 태자였으나 낙수(洛水) 물가에서 노닐려는 뜻을 지녔다. 하찮게 여기기를 벗겨진 신발같이 했고 가볍게 보기를 큰기러기 털같이 했으니 하물며 다른 것에야 어떠했겠는가? 때문에 초탈한 사람과 통달한 선비는 이에 따라 발자취를 감추는 것이다. 혹 치도(治道)를 품고 황제를 알현하기도 하지만, 혹은 베옷을 입은 채 땔감을 지거나 맑은 못에서 노를 두드리고 한수(漢水)의 굽이에서 기심(機心)을 버렸으니, 마음이 일을 많이 하는 데에 있지 않으며 일 많이 하는 데에 기탁해서 마음을 잊은 것이다.

도연명의 시에 편편마다 술이 언급되 있어 의문이 있지만, 내가 살펴보기에 그 뜻이 술에 있지 않으니 역시 술에 기탁해서 자취를 삼은 것이다. 그 문장은 다른 무리와 같지 않아 사어(詞語)의 광채가 정미하고 빼어나며 질탕하고도 밝아 홀로 여러 부류를 뛰어넘었으니 억누르고 드날림과 상쾌하고 명랑함은 그보다 뛰어날 수가 없다. 흰 파도를 비끼며 곁으로 흘러가고 푸른 구름을 찾아 곧바로 올라가는 것이다. 시사를 말한 것은 가리킨 바를 생각해 볼 수 있고, 회포를 논한 것은 환하고도 진실되다. 곧은 뜻으로써 가하기를 쉬지 않고 도를 편안히 여겨 절조를 견지하였으며 몸소 밭 갊을 부끄러워하지 않고 재물 없는 것을 병으로 여기지 않았으니, 만일 큰 어짊과 독실한 뜻이 아니라면 도와 함께 성쇠함을 누가 이처럼 할 수 있겠는가!

나는 그의 글을 좋아하고 즐겨 손에서 놓지 못한 채 위로 그 덕을 상상하면서 동시대에 살지 못함을 한스러워하였다. 그런 까닭에 다시 더 찾아 구하고 대략 편목을 구분해 놓는다.

백옥의 작은 흠이랄 것은 오로지 「한정부(閑情賦)」 한 편에 있으니 양웅(揚雄)이 말한 '권한 것은 백 가지이면서 풍자한 것은 한 가지'인 것인가? 끝내 풍간(諷諫)함이 없거늘 어찌하여 꼭 그 붓끝을 놀려야 했던가? 애석하구나! 이는 없는 것이 좋겠다. 아울러 대략 그의 전기를 검토해 정하고 책에 엮어 놓는다.

나는 일찍이 다음과 같이 생각하였다.

도연명의 글을 능히 애독하는 자가 있다면 명리를 추구하는 정을 놓아 버리며 비루하고 인색한 뜻을 떨어내어, 탐욕스런 사내를 청렴하게 하고 나약한 사내를 서게 할 것이니 어찌 인의를 실천하게끔 하는 데에 그칠 것인가? 역시 작록(爵祿)도 사양하게 할 것이다! 태산(泰山)·화산(華山) 곁에서 노닐거나 노자(老子)에게서 멀리 구할 필요가 없으니 이 역시 풍교(風敎)에 도움이 있는 것이다.

夫自衒自媒者, 士女之醜行, 不忮不求者, 明達之用心. 是以聖人韜光, 賢人遁世, 其故何也? 含德之至, 莫逾於道, 親己之切, 無重於身. 故道存而身安, 道亡而身害. 處百齡之內, 居一世之中, 倏忽比之白駒,[2] 寄寓謂之逆旅, 宜乎與大塊而榮枯, 隨中和而任放, 豈能戚戚勞於憂畏, 汲汲役於人間!

齊謳趙女之娛, 八珍九鼎之食, 結駟連鑣之遊, 侈袂執圭之貴, 樂既樂矣, 憂亦隨之. 何倚伏之難量, 亦慶弔之相及. 智者賢人居之, 甚履薄冰, 愚夫貪士競之, 若泄尾閭.[3] 玉之在山, 以見珍而招破, 蘭之生谷, 雖無人而猶芳. 故莊周[4]垂釣於濠, 伯成[5]躬耕於野, 或貨海東之藥草, 或紡江南之落毛. 譬彼鵷雛,[6] 豈競鳶鴟之肉, 猶斯雜縣,[8] 寧勞文仲之牲![9]

至于子常 · 甯喜之倫,[10] 蘇秦 · 衛鞅之匹,[11] 死之而不疑, 甘之而不悔. 主父偃[12]言 "生不五鼎食, 死則五鼎烹", 卒如其言, 豈不痛哉! 又楚子觀周, 受折於孫滿,[13] 霍侯驂乘, 禍起於負芒.[14] 饕餮之徒, 其流甚衆. 唐堯四海之主, 而有汾陽之心,[15] 子晋天下之儲, 而有洛濱之志.[16] 輕之若脫屣, 視之若鴻毛, 而況於他乎? 是以至人達士, 因以晦迹. 或懷釐而謁帝, 或被褐而負薪, 鼓楫清潭,[17] 棄機漢曲,[18] 情不在於衆事, 寄衆事以忘情者也.

有疑陶淵明詩篇篇有酒, 吾觀其意不在酒, 亦寄酒爲迹焉. 其文章不群, 詞彩精拔, 跌宕昭彰, 獨超衆類, 抑揚爽朗, 莫之與京. 橫素波而傍流, 干青雲而直上. 語時事則指而可想, 論懷抱則曠而且眞. 加以貞志不休, 安道苦節, 不以躬耕爲恥, 不以無財爲病. 自非大賢篤志, 與道汙隆, 孰能如此乎? 余愛嗜其文, 不能釋手, 尙想其德, 恨不同時, 故更加搜求, 粗爲區目. 白璧微瑕者, 惟在「閑情」一賦, 揚雄[19]所謂 "勸百而諷一"者乎? 卒無諷諫, 何足搖其筆端? 惜哉! 亡是可也. 并粗點定其傳, 編之于錄.

嘗謂有能讀淵明之文者, 馳競之情遣, 鄙吝之意祛, 貪夫可以廉, 懦夫可以立, 豈止仁義可蹈, 亦乃爵祿可辭! 不必傍游泰華, 遠求柱史,[20] 此亦有助於風敎也.

---

1)소통(蕭統): 南朝 梁의 문학가. 생몰년 501-531. 梁 武帝의 장자로 太子가 되었으나 즉위하지 못하고 31세에 죽음. 문집 10권이 있었으나 일실되고 현재 명나라 사람이 편집한 『昭明太子集』이 있음. 『文選』을 편찬했으며 처음으로 『陶淵明集』을 편집했으나 현전하지 않고 序文과 「陶淵明傳」만이 남아 있음. **2**)백구(白駒): 백색의 준마. 『莊子 · 知北遊』, "사람이 천지 사이에 사는 것은 백마가 틈을 지나가는 것과 같으니 홀연히 끝나 버린다(人生天地之間, 若白駒之過郤, 忽然而已)." **3**)미려(尾閭): 바닷물을 쉴 새 없이 배출해 내보낸다는 곳. 『莊子 · 秋水』, "천하의 물은 바다보다 큰 것이 없다. 모든 시내가 흘러드는데 어느 때에 그칠지 모르지만 차지 않는다. 미려가 내보내는데 어느 때에 끝날지 모르지만 비지 않는다(天下之水, 莫大於海, 萬川歸之, 不知何時止而不盈. 尾閭泄之, 不知何時已而不虛)." **4**)장주(莊周): 莊子. 周는 그의 이름. 『莊子 · 秋水』, "장자와 혜자가 호수의 다리가에서 노닐었다(莊子與惠子遊於濠梁之上)." **5**)백성(伯成): 伯成子高. 『莊子 · 天地』, "요임금이 천하를 다스릴 때 백성자고는 등용되어 제후가 되었다. 요는 순에게 제위를 주고 순은 우에게 주었다. 백성자고는 제후에서 물러나 밭을 갈았다(堯治天下, 伯成子高立爲諸侯. 堯授舜, 舜授禹. 伯成子高辭爲諸侯而耕). **6**)원추(鵷雛): 상상 속의 새로 봉황의 일종. **7**)『莊子 · 秋水』, "남방에 새가 있어 그 이름이 원추인데 그대는 알고 있는가? 원추는 남해에서 출발해 북해로 날아가는데 오동나무가 아니면 깃들지 않고 먹구슬나무 열매가 아니면 먹지 않으며 단 샘물이 아니면 마시지 않네. 이때 소리개가 썩은 쥐를 얻었는데 원추가 지나가자 올려 보면서 '꿕' 하며 울었네(南方有鳥, 其名鵷雛, 子知之乎? 夫鵷雛, 發於南海而飛於北海, 非梧桐不止, 非練實不食, 非醴泉不飮. 於是鴟得腐鼠, 鵷雛過之, 仰而視之曰, '嚇!')." **8**)잡현(雜縣): 바다새의 이름. 일명 爰居. **9**)문중(文仲): 臧文仲. 춘추시대 魯나라 사람. 雜縣이라는 새가 도읍의 동문 밖에 날아와 사흘을 머물자 장문중이 희생을 바쳐 제사를 올린 일이 있음. 孔子가 이를 비판한 내용이 『春秋 · 文公』에 나옴. **10**)자상 · 영희지륜(子常寗喜之倫): 춘추시대 사람. 子常은 楚나라의 권신, 寗喜는 衛

나라의 권신으로 국정을 농락하였음. 11)소진 · 위앙지필(蘇秦衛鞅之匹): 전국시대의 인물. 蘇秦은 합종책을 주장하던 유세가이며, 衛鞅은 魏에서 秦으로 망명해 變法을 실행하였음. 12)주부언(主父偃): 漢나라 사람. 빈천했으나 훗날 齊王의 재상이 되었음. 권모술수에 능하였고 남의 비밀을 누설하기를 좋아하다가 멸족을 당하였음. 13)『春秋 · 宣公』, "초나라 임금이 육혼의 융족을 치고 드디어 낙수에 이르러 주나라 경계에서 관병식을 하였다. 정왕이 왕손 滿을 시켜 초나라 임금을 위로케 하니 초나라 임금이 九鼎의 크기와 무기를 물었는데, 대답하기를 '천자가 되는 것은 덕에 있지 구정에 있지 않다'고 하였다(楚子伐陸渾之戎, 遂至于雒, 觀兵于周疆. 定王使王孫滿勞楚子, 楚子問鼎之大小輕重焉. 對曰, 在德不在鼎)." 14)『漢書 · 霍光傳』, "선제가 처음 제위에 올라 고묘에 알현하게 되었는데, 대장군 곽광이 좇아 수레에 동승하니 임금이 속으로 두려워 마치 까끄라기가 등에 있는 것 같았다(宣帝始立, 謁見高廟, 大將軍光從驂乘, 上內嚴憚之, 若有芒刺在背)." 15)『莊子 · 逍遙遊』, "요임금이 천하의 백성을 다스리고 해내의 정사를 공평히 하다가 막고야산으로 네 사람을 찾아가 만난 후 분수의 북쪽에 이르러 멍하니 슬퍼하며 천하에 뜻을 잃게 되었다(堯治天下之民, 平海內之政, 往見四子藐姑射之山, 汾水之陽, 窅然喪其天下焉)." 16)『列仙傳 · 王子喬』, "왕자교라는 이는 주나라 영왕의 태자 진이다. 생황을 잘 불어 봉황의 울음소리를 내었으며 이수와 낙수의 사이에서 노닐었다(王子喬者, 周靈王太子晋也. 好吹笙作鳳凰鳴, 遊伊洛之間)." 17)屈原이 만난 隱者와 관련된 기술. 『楚辭 · 漁父』, "어부는 빙그레 웃고는 노를 저으며 가버렸다(漁父莞爾而笑, 鼓枻而去)." 18)孔子의 제자 子貢이 만난 隱者와 관련된 기술. 『莊子 · 天地』, "밭일하던 이는 발끈 화난 낯빛을 하다 웃으며 말하길, '내가 우리 스승에게 들으니 기계를 가진 자는 반드시 공교로운 일을 하며 공교로운 일을 하는 자는 반드시 교묘하게 속이려는 마음을 지닌다'고 한다(爲圃者忿然作色而笑曰, '吾聞之吾師, 有機械者必有機事, 有機事者必有機心')." 19)양웅(揚雄): 西漢 사람으로, 자는 子雲. 「甘泉賦」, 「長楊賦」를 지었으며 저서로 『太玄經』, 『法言』 등이 있음. 20)주사(柱史): 관명으로 柱下史의 약칭. 老子가 周나라의 柱下史를 지냈으므로 老子 혹은 『道德經』을 이렇게 부름.

도연명전(陶淵明傳)

소통(蕭統)

도연명은 자를 원량(元亮)이라 한다. 혹은 이름이 잠(潛), 자가 연명(淵明)이라고도 한다. 심양(潯陽)의 시상(柴桑) 사람으로, 증조부 도간(陶侃)은 진(晋)의 대사마(大司馬)였다. 연명은 소싯적부터 고아(高雅)한 지취(志趣)를 지녔으며 박학한데다 글을 잘 지었고, 빼어나 무리 짓지 않은 채 천진(天眞)에 맡겨 자득하였다. 일찍이 「오류선생전(五柳先生傳)」을 지어 스스로를 비유하였는데, 당시 사람들이 실상의 기록이라 여겼다.

어버이는 연로하고 집은 가난하여 몸을 일으켜 주(州)의 좨주(祭酒)가 되었지만 관직을 견디기 어려워 얼마 후 스스로 그만두고 귀향하였다. 주(州)에서는 주부(主簿)로 불러들였으나 나아가지 않았고 몸소 밭 갈며 자급하다가 드디어는 영양실조에 걸리게 되었다. 강주자사(江州刺史) 단도제(檀道濟)가 가서 살펴보았더니 굶주려 삐쩍 마른 채 며칠을 누워 있었다. 단도제는 말하길, "어진 이의 처세란 천하에 도가 없으면 은거하고 도가 있으면 진출하는 것이건만 지금 그대는 잘 다스려지는 세상에 살면서 어째 이처럼 스스로 고생을 하고 있소?" 하였다. 그러자 대답하길, "내가 어찌 감히 현인이 되기를 소망하겠습니까? 뜻이 미치지 못해서 그럴 뿐입니다" 하였다. 단도제는 곡식과 고기를 주고는 부하들을 거느리고 돌아갔다.

후에 진군참군(鎭軍參軍) · 건위참군(建威參軍)이 되었으나 친구들에게 말하길, "애오라지 지방 수령으로 있으며 은거생활의 밑천을 마련하고 싶은데 가능할까?" 하였다. 상관은 그 얘기를 듣고 팽택현령(彭澤縣令)으로 임명하였다. 집안일을 몸소 행할 수 없게 되자 일꾼 한 명을 아들에게 보내주며 편지를 썼는데, "네가 아침저녁의 일을 직접 하기 어려울 것 같아 지금 이 일꾼을 보내 너의 나무하고 물 긷는 노고를 돕게 하려 한다. 이 사람 또한 남의 집 자식이니 잘 대우해 주도록 해라" 하였다. 공전(公田)에는 모두 찹쌀을 심도록 아전에게 명하고는 말하길, "나는 늘 술에 취할 수 있으면 족하겠다" 하였다. 처자식이 완고히 멥쌀을 심기를 청하자 이에 이 경(頃) 오십 무(畝)에는 찹쌀을 심고 오십 무에는 멥쌀을 심게 하였다. 한 해가 끝날 무렵 마침 군(郡)에서 파견한 독우(督郵)가 현(縣)에 도착하니 아전이 청하길, "꼭 허리띠를 하시고 뵙도록 하십시오" 하였다. 연명은 탄식하며, "내가 어찌 다섯 말의 미곡 때문에 촌구석의 어린애를 향해 허리를 굽히겠는가!" 하고는 그날로 인끈을 풀어 관직에서 사퇴하고 「귀거래혜사(歸去來兮辭)」를 지었다. 그 후 저작랑(著作郞)으로 초빙되었지만 나아가지 않았다.

강주자사 왕홍(王弘)은 교제를 맺고 싶었으나 오게 할 수가 없었다. 연명이 여산(廬山)에 가게 되자 왕홍은 연명의 친구 방통지(龐通之)에게 술상을 차려 놓고 길 중간의 율리(栗里) 사이에서 그를 맞이하도록 명하였다. 그리고 연명이 다리를 앓았으므로 문생 한 명과 아이 둘을 시켜 남여(藍輿)를 들게 하였다. 이윽고 도착해 흔연히 함께 술을 마시고 있었는데 조금 있다 왕홍이 도착했으니 역시 차질이 없게 되었다.

이에 앞서, 안연지(顔延之)는 유유(劉柳)의 후군공조(後軍功曹)로 심양에 있으면서 연명과 정이 두터웠다. 후에 시안군(始安郡) 태수(太守)가 되어 심양을 지나게 되자 날마다 연명을 찾아와 술을 마셨는데, 매양 갈 때마다 반드시 거나하게 술을 마셔 취하였다. 왕홍은 안연지를 초대해 자리하게 하고 싶었지만 날이 거듭 지나도록 그렇게 할 수 없었다. 안연지는 떠날 즈음 2만의 돈을 연명에게 주었는데 연명은 모두 다 술집으로 보내 놓고 수시로 술을 사는 데에 썼다.

일찍이 9월 9일에는 집 근처로 나가 국화 떨기 가운데 앉아 오래도록 있었는데 손 가득 국화를 쥐고 있노라니 홀연 왕홍이 보낸 술이 도착해 문득 마시다 취하여 돌아왔다. 연명은 음률을 터득하지 못했으나 줄 없는 거문고 하나를 가지고 있어 매양 술기운이 오르면 문득 거문고를 어루만지며 뜻을 기탁하였다. 귀하건 천하건 찾아오는 이에게는 술이 있으면 바로 술상을 차려 내었고, 연명은 먼저 취하게 되면 문득 손님에게 말하길, "내가 취해서 잠이 들려 하면 그대는 돌아가 주십시오" 하였다. 그의 진솔함이 이와 같았다. 군(郡)의 장교가 방문한 적이 있었는데 마침

술이 익어 머리 위의 갈건을 가지고 술을 거르고는 거른 후에는 다시 착용하였다.

당시 주속지(周續之)는 여산에 들어가 승려 혜원(慧遠)을 섬겼고, 팽성(彭城)의 유유민(劉遺民) 역시 광산(匡山)에 은둔해 있었고, 연명도 관직의 초빙에 응하지 않았으므로 그들을 '심양삼은(潯陽三隱)'이라 부르게 되었다. 후에 자사 단소(檀韶)가 주속지에게 주(州)로 나올 것을 간청하니 학사 조기(祖企)·사경이(謝景夷)와 더불어 세 사람이 함께 성북에 있으면서 『예경(禮經)』을 강론하고 교서(校書)하였다. 거처하던 공관은 마구간이 가까웠는데, 그러므로 연명은 지어 보여준 시에서 "주생(周生)은 공자의 도를 강론하고, 조생(祖生)과 사생(謝生)이 부응해 모였네. …… 마구간 있어 강경하기 어려우나, 교서(校書)에도 그저 열심이라네" 하였다.

그의 처 적(翟)씨 또한 힘들게 일함을 달게 여기며 그와 뜻을 같이하였다. 증조부가 진(晋)의 재상이었으므로 후대의 왕조에 몸을 굽힘을 수치로 여겨 송(宋) 고조의 왕업이 점차 융성해지고부터는 다시 벼슬살이함을 기껍게 여기지 않았다. 원가(元嘉) 4년이 되어 장차 다시 초빙하려 했는데 마침 세상을 뜨게 되었으니 당시 나이 63세였다. 세상에서는 정절선생(靖節先生)이라 부르고 있다.

陶淵明, 字元亮. 或云潛字淵明. 潯陽柴桑人也. 曾祖侃, 晋大司馬. 淵明少有高趣, 博學, 善屬文, 穎脫不羣, 任眞自得. 嘗著「五柳先生傳」

以自況, 時人謂之實錄.

親老家貧, 起爲州祭酒,[1] 不堪吏職, 少日自解歸. 州召主簿,[2] 不就. 躬耕自資, 遂抱羸疾. 江州刺史檀道濟往候之, 偃臥瘠餒有日矣. 道濟[3] 謂曰, "賢者處世, 天下無道則隱, 有道則至, 今子生文明之世, 奈何自苦如此?" 對曰, "潛也何敢望賢, 志不及也." 道濟饋以粱肉, 麾而去之.

後爲鎭軍 · 建威參軍,[4] 謂親朋曰, "聊欲絃歌以爲三徑之資, 可乎?" 執事者聞之, 以爲彭澤令. 不以家累自隨, 送一力給其子, 書曰, "汝旦夕之費, 自給爲難, 今遣此力, 助汝薪水之勞. 此亦人子也, 可善遇之." 公田悉令吏種秫曰, "吾常得醉於酒足矣." 妻子固請種秔, 乃使二頃五十畝種秫, 五十畝種粳. 歲終, 會郡遣督郵[5]至縣, 吏請曰, "應束帶見之." 淵明歎曰, "我豈能爲五斗米, 折腰向鄉里小兒!" 卽日解綬去職, 賦「歸去來」. 徵著作郎, 不就.

江州刺史王弘[6]欲識之, 不能致也. 淵明嘗往廬山, 弘命淵明故人龐通之[7]齎酒具, 於半道栗里之間邀之. 淵明有脚疾, 使一門生二兒舁籃輿, 卽至, 欣然便共飮酌. 俄頃弘至, 亦無迕也. 先是顔延之[8]爲劉柳[9] 後軍功曹,[10] 在潯陽與淵明情款, 後爲始安郡, 經過潯陽, 日造淵明飮焉. 每往, 必酣飮致醉. 弘欲邀延之坐, 彌日不得. 延之臨去, 留二萬錢與淵明, 淵明悉遣送酒家, 稍就取酒. 嘗九月九日, 出宅邊菊叢中坐, 久之, 滿手把菊, 忽値弘送酒至, 卽便就酌, 醉而歸. 淵明不解音律, 而蓄無絃琴一張, 每醉適, 輒撫弄以寄其意. 貴賤造之者, 有酒輒設. 淵明若先醉, 便語客, "我醉欲眠, 卿可去." 其眞率如此. 郡將嘗候之, 值其醲熟, 取頭上葛巾漉酒, 漉畢, 還復著之.

時周續之[11]入廬山, 事釋慧遠,[12] 彭城劉遺民[13]亦遁迹匡山, 淵明又不應徵命, 謂之 '潯陽三隱'. 後刺史檀韶[14]苦請續之出州, 與學士祖企 · 謝景夷三人, 共在城北講『禮』, 加以讎校. 所住公廨, 近於馬隊. 是故淵明示其詩云, "周生述孔業, 祖謝響然臻, 馬隊非講肆, 校書亦已勤."

其妻翟氏亦能安勤苦, 與其同志. 自以曾祖晉世宰輔, 恥復屈身後代, 自宋高祖王業漸隆, 不復肯仕. 元嘉四年, 將復徵命, 會卒, 時年六十三. 世號靖節先生.

---

1)좨주(祭酒): 학교행정을 담당하는 장관. **2**)주부(主簿): 문서의 기록을 담당하는 관직. **3**)도제(道濟): 檀道濟. 劉裕의 부하 장수로 상당한 전공을 세웠으며 이후 宋의 중신이 되었으나 의심을 받고 주살당하였음. **4**)참군(參軍): 軍事의 參議官. **5**)독우(督郵): 郡守의 보좌역으로, 각 현을 순시하고 감독하는 직책. **6**)왕홍(王弘): 자는 休元. 418년 撫軍將軍으로 강주자사에 임명되었으며 도연명을 예우하고 물적으로 후원하였음. **7**)방통지(龐通之): 龐遵. 通之는 그의 字. 主簿벼슬을 지냈음. **8**)안연지(顔延之): 자는 延年. 謝靈運과 더불어 명성이 높았던 문인. 도연명보다 20세 연하로 도연명 사후 「陶徵士誄」를 지었음. **9**)유유(劉柳): 後軍將軍으로 415년 강주자사에 임명됨. **10**)공조(功曹): 郡의 屬吏로 문서를 담당하는 직책. **11**)주속지(周續之): 자는 道祖. 도연명보다 대략 14세 연하의 인물로 경학에 조예가 깊었음. **12**)혜원(慧遠): 廬山 東林寺에서 白蓮社를 조직하고 수행하던 고승. **13**)유유민(劉遺民): 劉程之. 자는 仲思로, 彭城 출신. 柴桑縣令을 지냈으며 晋末에 廬山의 西林에 은거하고 遺民으로 개명하였음. **14**)단소(檀韶): 江州刺史로 檀道濟의 형. 일찍이 桓玄을 따라 盧循을 토벌한 전공이 있음.

차례

卷之三　詩五言

卷之四　詩五言

卷之五　賦辭

卷之六　記傳贊述

卷之七　疏祭文

附錄

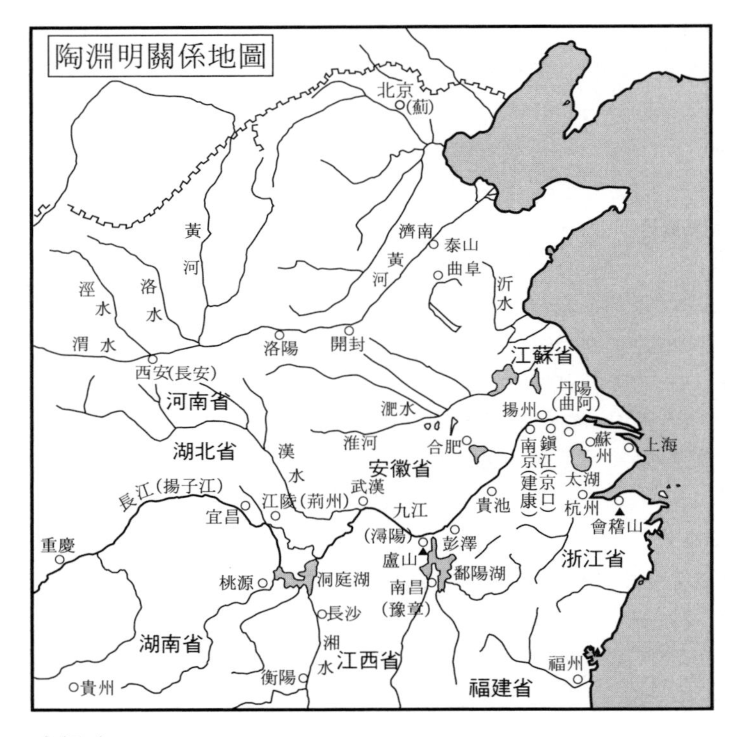

일러두기

1. 본 역서는 각 이본간의 교감에 목적을 두지 않았다.
2. 원문은 『陶淵明集全譯』(郭維森 · 包景誠 譯注, 貴州人民出版社, 1992)을 底本으로 하였으나 경우에 따라 『陶淵明集校箋』(龔斌 校箋, 上海古籍出版社, 1996)과 『陶淵明集譯注』(孟二冬 注譯, 吉林文史出版社, 1996)를 참조하였다.
3. 도연명 연보는 『陶淵明集全譯』을 참조해 작성하였다.
4. 蕭統의 『陶淵明集』에 실렸던 「陶淵明集序」, 「陶淵明傳」을 추가로 번역하였다.
5. 가급적 직역을 하되 원의를 살리기 어려운 경우 의역하였다.
6. 주석은 관명 · 인명 · 지명 등에 달았으며 필요한 경우 시구에 담긴 의미를 설명하였다. 또한 用事된 곳의 출전과 원문을 번역하여 제시하였다.
7. 詩와 辭 · 賦는 원문을 번역문과 나란히 배치하여 대조할 수 있도록 하였다.
8. 위작으로 밝혀진 「四時」, 「歸園田居」 제6수, 「問來使」 등의 시와 「五孝傳贊」, 「集聖賢群補錄」 등의 산문은 본서에서 제외하였다.

卷之一 詩四言

머문 구름(停雲 - 幷序)

晋 元興 3년(404), 40세에 지었다. 전년 12월, 桓玄이 建康에서 제위를 찬탈하고 安帝를 潯陽으로 옮겨 놓았다. 이에 본년 2월 劉裕는 장수들을 거느리고 京口와 廣陵을 빼앗고 건강으로 진군하여 공격하였다. 환현은 도주하며 안제를 끌고 江陵으로 달아났다. 당시 시인은 柴桑의 上京里 옛집에 있었다. 친구가 그립지만 '八表同昏'이라 한 것처럼 병란으로 시국이 혼란해 만나지 못하는 안타까움을 담았다.

「머문 구름」은 벗을 그리워한 것이다. 술두루미의 새로 담근 술을 즐기고 정원에는 새로 핀 꽃들이 늘어섰건만 생각하는 바를 이루지 못해 가슴 가득 탄식한다. 「停雲」, 思親友也. 罇湛湛新醪, 園列初榮, 願言不從, 歎息彌襟.

자욱자욱 머문 구름	靄靄停雲,
주룩주룩 때맞춰 내리는 비.	濛濛時雨.
세상이 온통 어둡더니	八表同昏,[1]
평탄하던 길 막혀 버렸네.	平路伊阻.[2]
고요히 동편 처마에 앉아	靜寄東軒,
홀로 봄 술을 든다오.	春醪獨撫.
좋은 벗 아득히 멀리 있어	良朋悠邈,
머리 긁적이며 한동안 서성이네.	搔首延佇.[3]

머문 구름 자욱자욱	停雲靄靄,
때맞춰 내리는 비는 주룩주룩.	時雨濛濛.
세상이 온통 어둡더니	八表同昏,
평탄하던 땅 강이 되었네.	平陸成江.
술이 있어 술이 있어	有酒有酒,
한가히 동쪽 창가에서 마신다오.	閑飮東窓.
그리운 이 떠올려 보아도	願言懷人,[4]
배 수레로 따를 수 없다네.	舟車靡從.

동편 정원의 나무들	東園之樹,
가지에 다시 꽃이 피었네.	枝條再榮.
새로이 아름다움을 뽐내어	競用新好,
내 맘을 기쁘게 하네.	以怡余情.
사람들은 모두 말하길	人亦有言,
세월은 쉼없이 흘러간다고.	日月于征.[5]
어찌해야 자리 가까이하여	安得促席,[6]
평소의 회포 나누어 볼까.	說彼平生.

훨훨 날으던 새	翩翩飛鳥,
우리 집 정원 나뭇가지에 쉬네.	息我庭柯.
날개를 거둔 채 한가히 앉아	斂翮閑止,[7]
좋은 소리로 서로 화답을 하네.	好聲相和.
어찌 다른 사람 없으련만	豈無他人,
그대 생각 실로 많이도 하였다오.	念子實多.
그리워도 만날 수 없으니	願言不獲,
그 한인들 오죽하겠소.	抱恨如何.

---

1)팔표(八表): 팔방의 바깥. 여기서는 천지에 가득함을 극단적으로 표현한 것임. **2)**이(伊): 어조사. **3)**연저(延佇): 오래도록 우두커니 서 있음. **4)**원언(願言): 願은 생각한다는 뜻. 言은 어조사. **5)**우정(于征): 于는 어조사. 征은 간다는 뜻. **6)**촉석(促席): 가까이 자리를 같이함. **7)**핵(翮): 날갯죽지. 지(止): 어조사.

시절의 운행(時運 - 幷序)

앞의 시와 마찬가지로 40세에 지었으며 3월 3일 즈음 지은 것으로 추정된다. 양치하고 손발을 닦는다는 구절이 삼짇날 물가에서 몸을 닦아 재앙을 쫓는 전래의 '修禊' 풍속과 관련되기 때문이다. 시는 아름다운 봄날의 대자연과 그 안에서 노니는 시인의 순화된 인격을 잘 담고 있다. 그러나 시인의 흥취는 혼란한 당대를 망각하지 못하므로 역사적 고독감을 맛보는 것으로 끝나고 있다.

「시절의 운행」은 늦봄에 노닐고서 지은 것이다. 봄옷이 이미 지어졌고 경색은 아름답건만 그림자와 짝해 홀로 노닐고 있노라니 마음에는 기쁨과 슬픔이 엇갈린다. 「時運」, 游暮春也. 春服旣成, 景物斯和, 偶景獨游, 欣慨交心.

끊임없는 시절의 운행	邁邁時運,
화창한 좋은 아침.	穆穆良朝.
나 봄옷을 걸쳐 입고	襲我春服,
동쪽 벌판을 향해 나아간다오.	薄言東郊.[1]
산에는 남은 안개 씻기이고	山滌餘靄,
하늘에는 엷은 구름 희미한데,	宇曖微霄.
바람은 남에서 불어와	有風自南,
저 새싹들을 나래처럼 감싸도네.	翼彼新苗.

넘실넘실대는 강 물결	洋洋平津,[2)
이에 양치하고 손발을 닦네.	乃漱乃濯.
아득아득 머나먼 풍경	邈邈遐景,
기뻐하며 바라본다오.	載欣載矚.[3)
마음에 맞아야 한다 말하거니	稱心而言,
사람들도 금새 흡족해 하리.	人亦易足.
이 한 잔 술 치켜들고서	揮玆一觴,
도연히 스스로 즐거워하네.	陶然自樂.[4)

눈길을 옮겨 중류를 보고	延目中流,
아득히 맑은 기수(沂水)를 떠올린다.	悠想淸沂.[5)
소년들은 공부를 마치고	童冠齊業,
한가롭게 노래하며 돌아가누나.	閑詠以歸.
나 이처럼 고요한 생활을 사랑해	我愛其靜,
자나 깨나 마음에 구하였네.	寤寐交揮.
다만 한스럽기는 시대가 다름이니	但恨殊世,
먼 옛날을 좇아갈 수 없음이오.	邈不可追.

아침이건 밤이건	斯晨斯夕,
이 초가에 깃들여 산다오.	言息其廬.
꽃과 약초 나뉘어 섰고	花藥分列,
숲의 대나무 그늘을 드리우네.	林竹翳如.
청금(淸琴)은 평상에 비꼈는데	淸琴橫床,
탁주는 반 병.	濁酒半壺.
황제(黃帝) 당요(唐堯)의 시대에 미칠 수 없어	黃唐莫逮,[6]
나 홀로 있음을 슬퍼한다오.	慨獨在余.

---

1)박(薄): 가까이 다가가 이르름. **2)**평진(平津): 평원을 흐르는 강물. **3)**재(載): 어조사. **4)**도연(陶然): 화락한 모양. **5)**기(沂): 沂水. 山東省에서 발원하여 泗水로 흘러 들어가는 강. 서쪽으로 曲阜를 지나 洙水와 합쳐 泗水로 들어간다. 『論語 · 先進』, "늦봄에 봄옷이 이미 이루어지면 관을 쓴 어른 5 · 6인과 동자 6 · 7명과 함께 기수에서 목욕하고 무우에서 바람을 쐬고 노래하며 돌아오겠다(莫春者, 春服旣成, 冠者五六人, 童子六七人, 浴乎沂, 風乎舞雩, 詠而歸)." **6)**황당(黃唐): 黃帝와 唐堯. 황제는 고대의 전설적인 제왕으로, 有熊氏 少典의 아들이고 姬姓이며 軒轅氏로 불리기도 함. 당요는 요임금으로, 처음 陶땅에 봉해졌다 후에 唐으로 이주하였음.

무궁화(榮木 - 幷序)

앞의 두 시와 동일한 해의 여름에 지어졌다. 피었다 이내 지는 무궁화를 통해 자기 인생의 조락을 염려하고 분발의 뜻을 말하였다. 머지않아 도연명은 劉裕의 鎭軍軍府에 參軍으로 부임하게 된다. 당시 유유의 군대는 '勤王'의 명목을 내걸었으며 '義軍'으로 불려졌다.

「무궁화」는 장차 늙어감을 생각하며 지은 것이다. 세월은 흘러 이미 다시 한 여름이 되어가는데 젊어서 도를 들었으나 머리가 희어지도록 성취함이 없구나.

「榮木」, 念將老也. 日月推遷, 已復九夏. 總角聞道, 白首無成.

다복다복 피어난 무궁화	采采榮木,[1]
이곳에 뿌리를 내렸구나.	結根于玆.
아침이면 찬연하던 꽃떨기	晨耀其華,
저녁 되자 그만 시들어 버리네.	夕已喪之.
인생은 더부살이와 같고	人生若寄,
늙고 쇠함은 때가 있는 것을.	憔悴有時.
고요히 깊이 생각해 보다	靜言孔念,[2]
마음속은 슬퍼만 진다오.	中心悵而.

다복다복 피어난 무궁화	采采榮木,
이곳에 뿌리를 맡겼구나.	于玆托根.
아침이면 무성히 꽃 피우고	繁華朝起,
저녁이면 사라져 애석도 해라.	慨暮不存.
굳건함과 약함 사람에게 말미암고	貞脆由人,
화복도 따로 문이 없는 것을.	禍福無門.
도 아니면 어딜 의지하며	匪道曷依,[3)
선 아니면 어찌 돈독하리.	匪善奚敦.

아! 나는 보잘것없는 자	嗟予小子,
천품(天稟)은 고루하여라.	稟玆固陋.
지난 세월 이미 흘렀건만	徂年旣流,
학업은 전보다 는 것 없다.	業不增舊.
거기 뜻을 두어 쉼없이 나아가려 했으나	志彼不舍,
여기 안일에 빠져 날로 취해 보내었다.	安此日富.[4)
나의 마음이여!	我之懷矣,
그 속의 깊은 병이 슬퍼라.	怛焉內疚.

앞 스승 남겨 주신 가르침	先師遺訓,[5]
내 어찌 이를 잊으리.	余豈之墜.
마흔에도 알려지지 못한다면	四十無聞,
이는 두려워할 바 못 된다 하였네.	斯不足畏.[6]
내 명예의 수레에 기름칠하고	脂我名車,
내 명예의 준마에 채찍을 가하리.	策我名驥.
천리길 비록 멀다 해도	千里雖遙,
누가 이르지 않으려 하리.	孰敢不至.

---

1)영목(榮木): 榮은 무성하다는 뜻. 木은 木槿, 즉 무궁화를 가리킴. 2)언(言): 어조사. 3)비(匪): '非'와 같음. 4)일부(日富): 술 취해 나날이 부유해진 듯 착각함. 『詩經 · 小雅 · 小宛』, "저 멍청한 지혜 없는 자, 늘 취해 날로 교만해지네(彼昏不知, 壹醉日富)." 5)선사(先師): 孔子를 가리킴. 6)『論語 · 子罕』, "마흔, 쉰이 되어서도 알려짐이 없다면 이 또한 족히 두려할 것이 없는 것이다(四十五十而無聞焉, 斯亦不足畏也已)."

장사공에게 드림(贈長沙公 - 幷序)

晋 義熙 원년(405), 41세에 지었다. 그해 봄 桓玄의 난이 평정되어 3월에는 安帝가 建康으로 귀환하였다. 長沙公은 그 일로 인해 潯陽을 지나게 된 것이다. 장사공은 본래 도연명의 증조부 陶侃의 封號인데, 당시 제도는 선대의 작위를 후손이 세습하게 되어 있어 도간의 5세손인 陶延壽가 長沙郡公의 작위를 물려받았다. 도연명은 도간의 4세손이다. 조상의 덕을 찬미하는 한편 종족간의 유대가 지속되기를 바라는 뜻을 담았다.

장사공은 나에게는 친족으로서, 대사마(大司馬)를 같은 선조로 하고 있다. 그러나 조상으로부터 이미 멀어지니 길거리의 사람처럼 되었다. 심양을 지나가길래 이별할 즈음 이 시를 지어 주었다. 長沙公于余爲族, 祖同出大司馬.[1] 昭穆旣遠, 以爲路人. 經過潯陽, 臨別贈此.

같은 근원에서 물길이 갈라지니	同源分流,
사람은 바뀌고 세대는 소원해지네.	人易世疏.
감개함에 탄식은 절로 나와	慨然寤歎,
그 처음을 생각케 하네.	念玆厥初.[2]
친소의 구분 드디어 아득해지고	禮服遂悠,[3]
세월은 멀어져만 가는구나.	歲月眇徂.
저 길거리의 사람됨에 느꺼워	感彼行路,

주저하며 못내 뒤돌아본다오.	眷然躊躇.
아! 존경스런 선조시여	於穆令族,[4]
진실로 이 집안을 이루어 놓으셨네.	允構斯堂.
따사로운 기운 겨울 해 같고	諧氣冬暄,
가슴속에는 빛나는 옥을 품으셨네.	映懷圭璋.[5]
광채는 봄날 꽃 같고	爰采春華,
두렵기는 가을 서리 같아라.	載警秋霜.
나 공경한다 말하노니	我曰欽哉,
실로 종족의 영광일세.	實宗之光.
나 우연히 만나 보거늘	伊余云遘,[6]
윗자리에 있어 동족을 잊었던가?	在長忘同.
담소한 지 오래지 않건만	笑言未久,
동서로 떠나가야 한다네.	逝焉西東.
머나먼 삼상(三湘)의 들판	遙遙三湘,[7]
도도한 구강(九江)의 물결.	滔滔九江.[8]

산천은 막히고 멀어도	山川阻遠,
소식 전할 이 때때로 보내 주오.	行李時通.[9]

어떻게 마음을 드러낼까?	何以寫心,
이 시를 지어 준다오.	貽此話言.
삼태기에 담긴 듯 보잘것없어도	進簣雖微,
끝내 산이 되고야 말리.	終焉爲山.[10]
삼가고 조심하오! 떠나는 이여	敬哉離人,
길 앞두고 마음은 슬퍼지네.	臨路凄然.
멀리 있어도 정성스런 마음으로	款襟或遼,
소식일랑 서둘러 전해 주오.	音問其先.

---

1)대사마(大司馬): 도연명의 선조인 東晋의 名臣 陶侃을 가리킴. 長沙郡公에 봉해졌으며 후에 大將軍을 배수받았고 사후에 大司馬에 추증되었음. **2)**궐초(厥初): 조상을 지칭하는 상용어. 『詩經 · 大雅 · 生民』, "그 처음 백성을 나으시니, 바로 강원이시라네(厥初生民, 時維姜嫄)." **3)**예복(禮服): 喪禮의 服制를 가리킴. 다섯 종류의 상복을 친소의 구분에 따라 착용함. **4)**오(於): 어조사로 뒤에 '穆'을 붙여 찬미사로 쓰임. **5)**규장(圭璋): 옥의 이름. 여기에서는 조정의 勳臣으로 인품이 고결함을 비유한 것임. **6)**이(伊): 어조사. 운(云): 어조사. **7)**삼상(三湘): 沅湘, 瀟湘, 蒸湘의 세 강줄기를 일컫는 말로 湖南 지역을 가리킴. **8)**구강(九江): 강물이 廬江과 潯陽에 이르러 아홉 줄기로 갈라져 이른 말. **9)**행

리(行李): 심부름꾼, 사자. 『左傳 · 僖公 三十年』, "행리가 오고 가다(行李之往來)." **10)**이상 두 구는 『論語 · 子罕』, "비유하면 산을 만들다가 한 삼태기 때문에 못 이루고 중지하는 것도 내가 중지함이다(譬如爲山, 未成一簣, 止, 吾止也)"의 구절을 역으로 취한 것임.

정시상에게 줌(酬丁柴桑)

義熙 2년(406), 42세경에 지었다. 당시 도연명은 은거해 원전의 거처에 있었다. 元興 2년(403), 도연명의 고향인 柴桑의 縣令 劉程之가 관직을 버리고 은거하자 '丁'성의 현령이 후임으로 오게 되었다. 유정지의 소개로 도연명은 그와 점차 막역한 관계가 되어 교유하였다. 그는 도연명에 비해 연배가 아래인 듯싶은데 생애 이력은 자세하지 않다. 지방관의 선정에 대한 은근한 요구, 돈독한 정과 신뢰를 담았다.

타향 사람 있어 타향 사람 있어	有客有客,
이곳에 와 벼슬살이 한다네.	爰來宦止.
곧은 자세로 귀 기울여 민정을 살피니	秉直司聰,[1]
백 리의 땅에 은혜가 베풀어지네.	于惠百里.
올바른 이치를 취하니 집에 가듯 기뻐하고	飱勝如歸,[2]
칭송의 말 애초와 같이 들려오네.	聆善若始.
뜻하는 바 같지 않아도	匪惟諧也,
누차 함께 즐거이 노닐었네.	屢有良游.
담소하며 바라볼 적에	載言載眺,
내 시름 풀어졌다오.	以寫我憂.
마음 열고 즐길 이 한번 만나면	放歡一遇,

취해도 돌아올 줄 모른다네.	旣醉還休.
마음 맞아 실로 기뻐하며	實欣心期,[3]
바야흐로 나를 좇아 노닌다오.	方從我游.

1)사총(司聰): 여론을 듣고서 민생을 살핌. 2)찬승(餐勝): 지극한 의리나 이치를 취함. 3) 심기(心期): 두 마음이 맞음. 마음을 알아줌.

방참군에게 답함(答龐參軍 - 幷序) 宋 文帝 元嘉 원년(424), 60세에

지었다. 방참군은 미상의 인물로 은거생활을 동경하며 도연명과 교유한 인물로 여겨진다. 먼저 자신의 생활환경을 노래하고, 처지는 달라도 서로 의기투합하였음을 밝혀 그에 대한 각별한 정을 밝혔다. 그런 가운데 마지막 장에서는 엄동설한의 날씨를 빌어 살벌한 정국의 피해를 조심하기를 희망하였다.

방군(龐君)이 위군참군(衛軍參軍)으로 강릉에서 상도(上都)로 파견되었는데, 심양(潯陽)을 지나다 내게 시를 지어 보냈다. 龐爲衛軍參軍,[1] 從江陵使上都,[2] 過潯陽見贈.

나무 비껴 놓은 문 아래	衡門之下,
거문고 있네, 책이 있네.	有琴有書.
튕기고 읊조리며	載彈載詠,
나의 즐거움 누리도다.	爰得我娛.
어찌 다른 기호 없으랴만	豈無他好,
즐거움이 그윽한 거처에 있네.	樂是幽居.
아침이면 정원에 물 주고	朝爲灌園,
저녁이면 초가에 몸을 눕힌다오.	夕偃蓬廬.

사람들 보배로 삼는 것	人之所寶,
나는 오히려 진귀히 하지 않았네.	尙或未珍.
함께 좋아하는 것도 없다면	不有同好,
어찌 친하다 말하리.	云胡以親.
나는 좋은 동무 구하다	我求良友,
실로 마음에 그리던 이 만났어라.	實覯懷人.
즐거운 마음 너무도 흡족해	歡心孔洽,
처마 나란히 이웃하였소.	棟宇惟鄰.
내 마음에 그리던 그 사람	伊余懷人,
기쁜 마음으로 덕행에 힘쓴다오.	欣德孜孜.
나는 맛 좋은 술 가졌으니	我有旨酒,
그대와 함께 즐기리.	與汝樂之.
이에 좋은 말을 펼쳐 내어	乃陳好言,
새 시를 지어 주네.	乃著新詩.
하루를 보지 못한다면	一日不見,
어찌 아니 그립겠소.	如何不思.

<table>
<tr><td>아름다운 유흥 싫증 나지 않는데</td><td>嘉游未斁,</td></tr>
<tr><td>잠시 후면 헤어져야 한다오.</td><td>誓將離分.</td></tr>
<tr><td>그대를 길가에서 전송하노라니</td><td>送爾于路,</td></tr>
<tr><td>잔 들어도 즐거움 없소.</td><td>銜觴無欣.</td></tr>
<tr><td>옛 초(楚)땅을 차마 떠나지 못하고</td><td>依依舊楚,[3)]</td></tr>
<tr><td>저 멀리 서쪽 하늘 구름을 바라보네.</td><td>邈邈西雲.[4)]</td></tr>
<tr><td>이 사람 멀리 떠나가니</td><td>之子之遠,</td></tr>
<tr><td>아름다운 말을 언제 다시 들을까.</td><td>良話曷聞.</td></tr>
</table>

<table>
<tr><td>옛날 우리 이별할 때</td><td>昔我云別,</td></tr>
<tr><td>뻐꾸기가 울었지요.</td><td>倉庚載鳴.</td></tr>
<tr><td>지금에야 만나 보니</td><td>今也遇之,</td></tr>
<tr><td>싸락눈이 흩날리오.</td><td>霰雪飄零.[5)]</td></tr>
<tr><td>대신의 명이 있어</td><td>大藩有命,[6)]</td></tr>
<tr><td>사자 되어 서울에 가는구려.</td><td>作使上京.</td></tr>
<tr><td>어찌 편안함을 잊었겠소?</td><td>豈忘宴安,</td></tr>
<tr><td>왕사로 편안치 못하구려.</td><td>王事靡寧.</td></tr>
</table>

차디찬 겨울의 해	慘慘寒日,
쌩쌩 불어오는 바람.	肅肅其風.
저 방주는 날아갈 듯	翩彼方舟,[7]
두둥실 강물을 떠가네.	容裔江中.[8]
힘쓸지어다! 떠나가는 이여	勗哉征人,
시작부터 마칠 것을 생각하오.	在始思終.
좋은 시절에도 조심하여	敬玆良辰,
그대 몸을 보존하시오.	以保爾躬.

---

1)위군참군(衛軍參軍): 衛軍은 衛將軍의 약칭으로, 당시 謝晦가 이 직위와 더불어 都七州軍事, 荊州刺史를 맡고 있었음. 參軍은 현재의 參謀와 같은 직책. **2)**상도(上都): 도읍인 建康을 가리킴. **3)**구초(舊楚): 옛날 춘추 · 전국시대에 초나라는 지금의 호북, 호남성 일대에 걸쳐 있었으며 그 도읍이 호북의 江陵 지역에 있었음. **4)**서운(西雲): 潯陽에서 보자면 江陵은 그 서편에 있음. **5)**이상 4개 구는 『詩經 · 小雅 · 采薇』의 "옛날 내가 떠날 때엔, 버드나무 가지 푸르렀지요. 지금 돌아간다면, 눈과 비 부슬부슬 내리리(昔我往矣, 楊柳依依. 今我來思, 雨雪霏霏)"를 차용한 것임. **6)**대번(大藩): 울타리처럼 왕실과 국가를 수호하는 大臣. **7)**방주(方舟): 나란히 가는 두 척의 배. **8)**용예(容裔): 순풍에 두둥실 높거니 낮거니 떠가는 모양.

농사를 권면함(勸農)

元興 2년(403), 39세에 지었다. 399년 도연명은 두 번째로 출사했다가 401년 겨울 모친상을 당해 고향 上京里로 돌아오면서 사직하였다. 403년 봄에는 '懷古田舍'로 옮겨 와 직접 농사일을 시작하게 된다. 시는 농본주의적 사상을 근간으로 농경이 생존의 기본조건임을 밝히고 생산노동을 찬양하고 있다. 그런 한편 학식과 덕망을 지닌 자의 '勞心'을 옹호하며 부덕하면서 노동도 하지 않는 자들을 비판하고 있다.

아득한 상고시대	悠悠上古,
그때 처음 백성들 생겨났네.	厥初生民.
아쉬울 것 없이 자족했고	傲然自足,
질박하며 진실하였네.	抱朴含眞.
지혜와 기교 싹텄지만	智巧旣萌,
재화 저축에는 근본이 없었다네.	資待靡因.
누가 그들을 넉넉케 하였던가?	誰其贍之,
실로 철인에게 의지하였다오.	實賴哲人.

명철했던 이 누구였나?	哲人伊何,
후직(后稷)이 바로 그 사람.	時惟后稷.[1]
어떻게 넉넉케 했나?	贍之伊何,

백곡을 심게 하였네. 實曰播殖.

순(舜)임금 몸소 밭 갈았고 舜旣躬耕,[2]

우(禹)임금 또한 심고 거두었네. 禹亦稼穡.[3]

옛날 「주전(周典)」을 보니 遠若周典,[4]

팔정(八政)의 첫째가 양식이었다오. 八政始食.[5]

화락하고 좋은 자연의 소리 熙熙令音,

아름다운 들판이여. 猗猗原陸.

풀 나무 무성히 꽃 피우고 卉木繁榮,

온화한 바람 맑기도 하여라. 和風淸穆.

어수선히 남자와 여자 紛紛士女,

시절 따라 다투듯 일하러 나선다네. 趨時競逐.[6]

뽕 따는 아낙 새벽같이 일어나며 桑婦宵興,

농부는 들에서 잠을 잔다오. 農夫野宿.

절기는 금새 지나가니 氣節易過,

따사롭고 윤택함도 오래지 못하네. 和澤難久.

기결(冀缺)은 처와 김을 매었고	冀缺擕儷,[7]
장저(長沮) 걸닉(桀溺)은 함께 밭을 갈았네.	沮溺結耦.[8]
저 현달한 이들도	相彼賢達,
외려 밭에서 열심히 일했거늘,	猶勤隴畝.
하물며 우리 같은 중생들	矧伊衆庶,
옷자락 끌며 팔짱 끼고 있으랴.	曳裾拱手.
백성들 살아가자면 근면해야 하고	民生在勤,
부지런히 일하면 부족함 없으리.	勤則不匱.
편안히 향락이나 탐한다면	宴安自逸,
한 해 끝날 제 무엇을 바라리.	歲暮奚冀.
두어 섬 옮겨 쌓아두지 않으면	儋石不儲,
굶주림과 추위가 몰아닥치리.	饑寒交至.
무리지어 일하는 이들 보노라면	顧爾儔列,
마음에 부끄럽지 않을까?	能不懷愧.
공자(孔子) 도덕을 좋아해	孔耽道德,

번수(樊須)를 어리석다 하였네.	樊須是鄙.[9]
동중서(董仲舒) 거문고 책을 즐겨	董樂琴書,[10]
전원일랑 밟지를 않았네.	田園弗履.
만약 초연할 수 있다면야	若能超然,
높은 곳에 발자취 두어야 하리.	投迹高軌.
감히 옷깃을 여미지 않을 수 없으니	敢不斂衽,
덕의 아름다움을 공경하고 찬양하네.	敬讚德美.

---

1)후직(后稷): 舜임금 때의 農官으로 백성에게 농작과 파종법을 가르쳤다고 전해짐. 2)『史記 · 五帝本記』, "순이 여산에서 밭을 갈았다(舜耕廬山)." 3)『論語 · 憲問』, "우 · 직이 몸소 농사일을 하면서 천하를 소유하였다(禹稷躬稼而有天下)." 4)주전(周典): 『書經』 가운데의 「周書」를 가리킴. 5)팔정(八政): 「周書」의 홍범에 "팔정의 첫째는 양식, 둘째는 재화, 셋째는 제사, 넷째는 司空, 다섯째는 司徒, 여섯째는 司寇, 일곱째는 賓, 여덟째는 師이다(八政, 一曰食, 二曰貨, 三曰祀, 四曰司空, 五曰司徒, 六曰司寇, 七曰賓, 八曰師)" 하였음. 6)경축(競逐): 농사일에 나선다는 뜻. 행락에 나선다는 의미로 해석될 수도 있음. 7)기결(冀缺): 춘추시대 晋나라 사람 郤缺을 가리킴. 부친의 죄로 庶人이 되어 몸소 농사를 지으며 安貧의 삶을 살다 文公에게 천거되어 下軍大夫가 되고 후에는 卿이 되어 국정을 다스렸음. 8)저닉(沮溺): 長沮와 桀溺. 춘추시대의 隱士. 『論語 · 微子』, "장저, 걸닉이 나란히 밭을 갈고 있었는데 孔子가 지나가다 子路로 하여금 나루를 묻게 하였다(長沮桀溺耦而耕, 孔子過之, 使子路問津焉)." 9)번수(樊須): 공자의 제자 樊遲를 가리킴. 『論語 · 子路』에 번지가 농사일을 배우기를 청하자 공자가 그를 소인이라 칭한 내용이 있음. 10)동(董): 董仲舒. 漢 景帝 때의 박사. 經學에 해박하였으며 저서로 『春秋繁露』 등이 있음.

자식을 훈계함(命子)

晋 義熙 2년(406), 42세에 지었다. 14세인 맏아들 儼이 '成童'이 되는 시기가 다가오자 그를 훈계하기 위해 지은 것이다. 전반 6장에서는 먼저 종족의 내력과 전통을 노래하여 주지시키고, 후반에서는 자식의 미래에 대한 기대와 염려의 정을 진솔하게 담아내었다.

아득하고 머나먼 우리 조상	悠悠我祖,
도당(陶唐)으로부터 시작되었다.	爰自陶唐.[1]
먼 그 시절 우빈(虞賓)이 되셨으며	邈爲虞賓,[2]
몇 대를 지나 다시 영광 입으셨네.	歷世重光.
어룡씨(御龍氏) 하(夏)나라에서 힘을 다했고	御龍勤夏,[3]
시위씨(豕韋氏) 상(商)나라를 도우셨네.	豕韋翼商.[4]
공경하는 사도(司徒)에 이르러	穆穆司徒,[5]
종족이 창성하게 되었다.	厥族以昌.

혼란했던 전국시대	紛紛戰國,
쇠한 주(周)나라는 소리조차 없었네.	漠漠衰周.
봉황새는 숲에 숨어 들고	鳳隱于林,

은자는 산언덕에 숨어 살았네.	幽人在丘.
숨은 규룡은 구름을 에워싸고	逸虬繞雲,
달아난 고래 물살을 솟구치게 했네.	奔鯨駭流.
천명이 한(漢)나라에 이르자	天集有漢,
우리 민후(愍侯)를 어여삐 보시었다.	眷余愍侯.[6]

아! 빛나는 민후시여!	於赫愍侯,
임금을 좇아 공훈을 세울 운수셨도다.	運當攀龍.[7]
칼을 어루만지면 바람이 일고	撫劍風邁,
혁혁한 무공을 드러내셨네.	顯玆武功.
산하를 두고 맹세를 하셨으며	書誓山河,[8]
땅을 개봉(開封)에 열으셨다네.	启土開封.[9]
승상으로 부지런히 일하시며	亹亹丞相,
공평하게 앞사람의 자취 이으셨도다.	允迪前蹤.

도도하게 흘러가는 긴 물줄기	渾渾長源,
울창하게 뻗어가는 큰 가지.	鬱鬱洪柯.

많은 시내로 흘러가고　　群川載導,
뭇가지들 늘어섰네.　　衆條載羅.
때로 말하거나 입을 다물며　　時有語默,[10]
운수가 성하기도 쇠하기도 하였네.　　運因隆窊.[11]
내가 사는 진(晋)나라 때　　在我中晋,[12]
장사공(長沙公)의 훈업 성대하기도 하구나.　　業融長沙.[13]

굳세고 굳센 장사공　　桓桓長沙,
공훈은 탁월하고 덕행은 뛰어나셨다.　　伊勳伊德.
천자는 우리 집안을 우대했으며　　天子疇我,[14]
남방 땅 정벌을 전임(專任) 시켰네.　　專征南國.[15]
전공을 이루고는 사직하여 귀향했으나　　功遂辭歸,
은총이야 변함이 없었다오.　　臨寵不忒.
누가 말하리오? 이러한 마음을　　孰謂斯心,
근세에도 얻을 수 있다고.　　而近可得.

공경스런 우리 조상　　肅矣我祖,

마칠 때에도 처음처럼 삼가셨네.	愼終如始.
이대(二臺)에서 정직(正直) 방정(方正)하셨으며	直方二臺,[16]
은혜는 천 리에 퍼졌도다.	惠和千里.
아! 아름다우신 나의 부친	於皇仁考,
담박하니 허정(虛靜)스럽기도 하셨다.	淡焉虛止.
바람과 구름에 자취를 맡겨	寄跡風雲,
노여움과 기쁨을 마음에 두지 않으셨네.	冥玆慍喜.

아! 나는 덕이 없고 비루해	嗟余寡陋,
조상님 바라보아도 미칠 수 없네.	瞻望弗及.
허연 귀밑머리털 부끄러워	顧慚華鬢,
그림자 등진 채 홀로 섰다오.	負影隻立.
삼천 가지 죄 가운데	三千之罪,[17]
후손 없는 죄 제일 크다 하네.	無後爲急.[18]
나 진실로 이를 생각하며	我誠念哉,
네 울음소리 들었노라.	呱聞爾泣.

점을 치니 좋은 날이라 하고	卜云嘉日,
점괘 역시 좋은 시간이라 하네.	占亦良時.
네 이름을 엄(儼)이라 하고	名汝曰儼,
네 자를 구사(求思)라 하노라.	字汝求思.[19]
조석으로 온순 공경할 것이니	溫恭朝夕,[20]
늘 이를 명심해야 하리.	念玆在玆.
바라건대 공급(孔伋)을 생각하나니	尙想孔伋,[21]
그에게 미칠 수 있기를 바라네.	庶其企而.

나환자 밤에 자식을 낳고	厲夜生子,
황급히 불을 찾는다네.	遽而求火.[22]
모든 이들 이런 마음 있으니	凡百有心,
어찌 유독 나만 그러할까.	奚特於我.
이미 출생을 보았으니	旣見其生,
실로 그 가능성 보고 싶네.	實欲其可.
사람들도 같은 말을 하나니	人亦有言,
이런 정에 거짓은 없다오.	斯情無假.

해 지나고 달도 흘러	日居月諸,[23]
점차 어린 시절을 벗어나리.	漸免於孩.
복은 그냥 찾아오지 않으며	福不虛至,
화는 또한 쉽게 닥쳐오네.	禍亦易來.
일찍 일어나 밤 늦게 잠들며	夙興夜寐,
너의 재주 이루길 기원하노라.	願爾斯才.
네가 재능이 없더라도	爾之不才,
또한 이미 어쩌지는 못하리!	亦已焉哉.

---

1)도당(陶唐): 堯임금을 가리킴. 요는 처음 陶丘(지금의 山東 定陶)에 살다 唐(지금의 河北 唐縣)으로 이주하였으므로 陶唐氏라 부르며 唐堯라고도 함. **2**)우빈(虞賓): 堯의 아들 丹朱를 虞舜이 賓禮로 대하였으므로 우빈이라 함. **3**)어룡(御龍): 도당씨가 夏代에는 어룡씨가 되었음. **4**)시위(豕韋): 도당씨가 商代에는 시위씨가 되었음. **5**)사도(司徒): 백성의 교화를 맡은 관직명. 西周시대의 陶叔을 가리킴. **6**)민후(愍侯): 陶舍를 가리킴. 漢 高祖의 공신. **7**)반룡(攀龍): 용의 비늘을 잡다. 임금을 섬겨 공명을 이룬다는 뜻. **8**)서서산하(書誓山河): 『史記·高祖功臣侯者年表』, "封爵하는 맹서에 이르길 '황하를 띠로 삼고 태산을 숫돌로 삼는다면 나라가 영원히 안녕하고 이에 후손에게 미칠 것이다' 하였다(封爵之誓曰, '使河如帶, 泰山如厲, 國以永寧, 爰及苗裔)." **9**)개봉(開封): 河南省에 속한 지명. 陶舍는 封地가 이곳에 있어 개봉후라 불렸음. **10**)어묵(語默): 出仕와 隱遁을 의미함. 『易經·繫辭』, "공자가 말하길, '군자의 도는 혹 나서기도 하고 혹 처해 있기도 하며, 혹 침묵하거나 혹 말하기도 한다(子曰, '君子之道, 或出或處, 或默或語')." **11**)융와(隆窊): 높거나 낮아 오르락 내리락함. **12**)중진(中晉): 晋의 中期. 진 왕실이 남으로 내려온 이후를 가리킴. **13**)장사(長沙):

증조부인 長沙公 陶侃을 가리킴. 36p 주)1번 참조. **14)**주(疇): 동등하다는 뜻으로, 疇封을 의미함. 공신의 사후에도 그 자손에게 작위와 봉지를 줄이지 않은 채 세습하도록 우대해 주는 것임. **15)**남국(南國): 본래는 남방의 제후국을 가리킴. 도간은 남부 지역의 반란을 평정하여 정남대장군으로 불렸음. **16)**이대(二臺): 內臺로 불린 御使臺와 外臺로 불린 刺史의 治所를 가리킴. **17)**삼천지죄(三千之罪): 『孝經』, "오형에 속한 것이 삼천 가지인데 불효보다 큰 죄가 없다(五刑之屬三千, 而罪莫大于不孝)." **18)**무후위급(無後爲急): 『孟子 · 離婁』, "불효에는 세 가지가 있는데 후손 없는 것이 크다(不孝有三, 無後爲大)." **19)**구사(求思): '儼'이라는 이름과 연관시켜 『禮記 · 曲禮』, "불경스럽지 말며 생각하듯이 엄숙해야 한다(毋不敬, 儼若思)"는 구절에서 자를 취한 것임. **20)**온공조석(溫恭朝夕): 『詩經 · 商頌 · 那』, "아침저녁으로 온순공경하여, 일을 함에 삼가하네(溫恭朝夕, 執事有恪)." **21)**공급(孔伋): 공자의 손자, 자는 子思. 공자의 유학을 계승하여 맹자에게 전하여 줌. **22)**이상 두 구는『莊子 · 天地』, "문둥병 걸린 이가 밤중에 자식을 낳고 급히 불을 가져다 살펴보니, 불안해 하는 것은 오로지 그가 자기와 닮았을까 두려워서이다(厲之人夜半生其子, 遽取火而視之, 汲汲然惟恐其似己也)"에서 취한 것임. **23)**일거월저(日居月諸): 居와 諸는 어조사임. 『詩經 · 邶風 · 日月』, "해여! 달이여! 아래 땅을 비추도다(日居月諸, 照臨下土)."

날아가는 새(歸鳥)

彭澤令을 그만두고 지은 것으로 「歸園田居」와 동시기의 작품이다. '比'의 수법을 살려 방황하다 정착하는 새를 통해 도연명 자신의 출사와 은거의 궤적을 옮겼다.

훨훨 날아가는 새	翼翼歸鳥,[1]
새벽같이 숲을 떠나네.	晨去于林.
머얼리 하늘 끝까지 갔다가	遠之八表,
가까이 구름 낀 산봉우리에 쉬네.	近憩雲岑.
따사로운 바람 흡족하지 못하니	和風不洽,
날개짓하며 돌아갈 마음을 구하네.	翻翮求心.
짝을 돌아보며 서로 울다	顧儔相鳴,
그 몸을 맑은 그늘에 의탁하네.	景庇淸陰.[2]

훨훨 날아가는 새	翼翼歸鳥,
빙빙 돌다 다시 날아가네.	載翔載飛.
비록 떠나 노닐 생각 크지만	雖不懷游,[3]
숲을 보니 마음에 미련이 있네.	見林情依.

구름 만나면 위아래로 날으며	遇雲頡頏,[4]
함께 울며 떠나간다네.	相鳴而歸.
머나먼 길 실로 아득하여도	遐路誠悠,
성(性)에 차거늘 서운함 없다네.	性愛無遺.[5]
훨훨 날아가는 새	翼翼歸鳥,
숲을 따라 돌며 배회하네.	馴林徘徊.
어찌 하늘 길 오를까 생각하랴?	豈思天路,[6]
흔연히 옛 보금자리로 돌아오네.	欣反舊棲.
비록 옛 벗은 없어도	雖無昔侶,
뭇 새소리 매양 듣기에 좋네.	衆聲每諧.
아침저녁 공기는 맑은데	日夕氣淸,
아득하여라, 그 마음이여.	悠然其懷.
훨훨 날아가는 새	翼翼歸鳥,
찬 가지 위에 날개깃을 모으네.	戢羽寒條.
노니는 곳 드넓은 숲 아니어도	游不曠林,

가장 높은 가지에 잠을 자네. 宿則森標.

새벽 바람 맑게 일어나면 晨風淸興,

좋은 소리 때때로 주고받네. 好音時交.

주살을 어디에 쏘려나? 矰繳奚施,[7]

이미 몸을 숨기니 어찌 고달플까. 已卷安勞.[8]

---

1)익익(翼翼): 날아오르는 모양. **2)**경(景): '影'과 통하여 몸의 그림자를 가리킴. 곧 새를 의미함. **3)**불(不): '丕'와 통하여 크다는 뜻. **4)**힐항(頡頏): 위아래로 날아감. 『詩經 · 邶風 · 燕燕』, "제비들 날아가네, 위로 날다 아래로 날으네(燕燕于飛, 頡之頏之)." **5)**성애(性愛): 타고난 성품에 맞아 흐뭇해 하고 좋아함. **6)**천로(天路): 벼슬길에 올라 고관이 됨을 비유한 것임. **7)**증격(矰繳): 주살. 짧은 화살에 줄을 매어 쏨. **8)**권(卷): '捲'과 같음. 말아 거두어 들임.

卷之二 詩五言

몸 · 그림자 · 정신(形影神 - 幷序)

晉 義熙 9년(413), 49세에 지었다. 당시 廬山 東林寺의 주지로 있던 고승 慧遠이 淨土宗의 교의를 선전하기 위해 「形盡神不滅論」, 「萬佛影銘」을 지었다. 도연명은 이에 촉발되어 그 문제에 관한 자신의 관점을 시로써 천발하였다.

귀하거나 천하거나 어질거나 어리석거나 억척스레 생명에 집착하지 않는 자가 없으나 이것이 심하면 미혹되게 된다. 그런 까닭에 '몸'과 '그림자'의 고뇌를 극진히 진술하고, '정신'을 말하여 자연의 이치로 풀어 본다. 일 좋아하는 군자들은 모두 이런 마음을 취하시라. 貴賤賢愚, 莫不營營以惜生, 斯甚惑焉. 故極陳形影之苦, 言神辨自然以釋之. 好事君子, 共取其心焉.

몸이 그림자에게 줌(形贈影)

천지는 장구하여 다하지 않고	天地長不沒,
산천은 개변할 때 없도다.	山川無改時.
초목은 변치않는 이치를 얻어	草木得常理,
서리 이슬에 피었다 시드네.	霜露榮悴之.
사람이 가장 존귀하여 지혜롭다 하나	謂人最靈智,
홀로 이와 같지는 못하네.	獨復不如茲.

마침 세상 살아가는 것 보니 適見在世中,
홀연히 떠나 돌아올 기약 없누나. 奄去靡歸期.
한 사람 사라진들 어찌 깨달으랴? 奚覺無一人,
친지인들 어찌 그리워하랴? 親識豈相思.
다만 평소의 물건 남아 但餘平生物,
우연히 보고 마음에 슬퍼 눈물 흘릴 뿐. 擧目情悽洏.[1)]
나 신선되어 날아갈 술책 없으니 我無騰化術,[2)]
반드시 죽게 될 것 다시 의심치 않네. 必爾不復疑.
원컨대 그대여 내 말 듣고 願君取吾言,
술 생기면 구차히 사양치 마오. 得酒莫苟辭.

그림자가 몸에게 답함(影答形)

장생불로 말할 것 없고 存生不可言,[3)]
양생도 매양 힘들고 서툴다오. 衛生每苦拙.[4)]
진실로 곤화(崑華)에 노닐기 원하나 誠願游崑華,[5)]
아득하여 길조차 끊어졌소. 邈然玆道絶.

그대와 더불어 서로 만나오며	與子相遇來,
비애와 희열을 달리한 적 없소.	未嘗異悲悅.
그늘에서 쉴 때면 잠시 떨어져도	憩蔭若暫乖,
해 아래 머물며 끝내 헤어진 적 없다오.	止日終不別.
늘 이처럼 함께하긴 힘들지만	此同既難常,
때 되면 함께 사라질 것 슬프다오.	黯爾俱時滅.
몸이 다하면 이름 또한 사라지리니	身沒名亦盡,
그런 생각에 감정은 치뜨거워지네.	念之五情熱.[6]
선(善)을 세우면 남길 은혜 있으리니	立善有遺愛,[7]
어찌 스스로 힘을 다하지 않으랴.	胡爲不自竭.
술이 근심을 녹여 준다지만	酒云能消憂,
이와 비교하면 어찌 하찮지 않으리.	方此詎不劣.

정신의 설명(神釋)

천지는 사사롭게 힘쓰지 않으며	大鈞無私力,[8]
만물은 절로 번성해 서 있다.	萬物自森著.

사람은 삼재(三才) 가운데 하나이니	人爲三才中,[9]
어찌 내가 있는 까닭이 아니리.	豈不以我故.
그대들과 비록 다르긴 하여도	與君雖異物,
살아가며 서로 의지하였소.	生而相依附.
붙어 있으며 기쁨을 함께했으니	結托旣喜同,
어찌 서로 말을 나누지 않으리.	安得不相語.
삼황(三皇)은 모두 대성인이나	三皇大聖人,[10]
지금은 다시 어디에 있는가?	今復在何處.
팽조(彭祖)는 장생을 누렸으나	彭祖受永年,[11]
세상에 머물고 싶어도 남을 수 없었네.	欲留不得住.
늙거나 젊거나 한 번 죽음은 마찬가지	老少同一死,
어질고 어리석음 따지질 않는다오.	賢遇無復數.
매일 취하면 잊을 수도 있으나	日醉或能忘,
명을 재촉함은 아닐런지.	將非促齡具.[12]
선을 세움은 항상 기뻐할 바나	立善常所欣,
누가 널 위해 기려주려나?	誰當爲汝譽.
지나치게 생각하면 우리 삶 상처받으니	甚念傷吾生,

운명에 맡겨감이 정히 마땅하리.	正宜委運去.
큰 조화의 물결을 좇으리니	縱浪大化中,[13]
기쁠 것도 두려울 것도 없어라.	不喜亦不懼.
응당 끝날 곳에서 끝이 나리니	應盡便須盡,
다시 홀로 깊이 생각하지 마오.	無復獨多慮.

---

1)이(洏): 눈물 흘리는 모양. **2**)등화(騰化): 우화(羽化)하여 위로 날아오름. **3**)존생(存生): 생명을 오래도록 유지함. 『莊子 · 達生』, "세상 사람들은 몸을 기르기만 하면 생명을 오래 보전할 수 있는 것으로 여기는데 몸을 길러도 과연 생명을 오래 보전할 수 없다면 세상 사람들이 하는 일을 어찌 족히 하겠는가(世之人以爲養形足以存生, 而養形果不足以存生, 則世奚足爲哉!)." **4**)위생(衛生): 질병을 막아 생명을 지킴. **5**)곤화(崑華): 崑崙山과 華山. 전설에 의하면 곤륜산에는 西王母와 신선들이 살며, 화산은 득도하여 신선이 되어 하늘로 올라가는 곳이라 함. **6**)오정(五情): 기쁨 · 노여움 · 슬픔 · 즐거움 · 원망의 정감. **7**)입선(立善): 입덕(立德) · 입공(立功) · 입언(立言)의 삼불후(三不朽)를 이루는 것. 『左傳 · 襄公 二十四年』 "가장 위에 덕을 세움이 있고 그 다음 공을 세움이 있고 그 다음 말을 세움이 있으니 비록 오랠지라도 폐해지지 않으니 이를 일러 썩지 않는 것이라 한다(太上有立德, 其次有立功, 其次有立言, 雖久不廢, 此之謂不朽)." **8**)대균(大鈞): 균(鈞)은 도기를 빚을 때 쓰는 회전판. 여기서는 부단히 운행하는 천지의 조화를 의미함. **9**)삼재(三才): 하늘과 땅과 사람을 일컫는 말. **10**)삼황(三皇): 고대 중국의 전설적 제왕인 伏羲, 神農, 黃帝를 가리킴. **11**)팽조(彭祖): 고대 전설에 나오는 장수한 사람의 이름. 『神仙傳』에 의하면 夏 · 殷 · 周 삼대를 살았으며 나이가 767세가 되도록 노쇠하지 않았다고 함. **12**)장(將): 발어사로 '어찌'의 뜻이 있음. 촉령구(促齡具): 나이를 단축시키는 도구, 즉 술을 가리킴. **13**)대화(大化): 대자연의 변화.

구일에 한가로이 보내며(九日閑居 - 幷序) 元熙 원년(419), 55세에 지었다. 도연명은 전년에 著作佐郞으로 부름을 받았으나 나아가지 않았다. 술조차 마실 수 없는 빈궁한 환경이지만 국화 앞에 선 시인의 모습에서 安貧의 생활자세를 발견하게 한다.

나는 한가롭게 살게 되면서 중구(重九)라는 이름을 좋아하게 되었다. 가을 국화는 정원에 가득한데 술을 마시고 싶어도 마련할 길이 없어 쓸쓸히 중구날의 국화를 바라보다 정회를 시에 부친다. 余閑居, 愛重九之名.[1] 秋菊盈園, 而持醪靡由, 空服九華, 寄懷于言.

생은 짧고 시름은 늘 많으니	世短意常多,[2]
사람들 즐거이 오래 살자 하네.	斯人樂久生.
해와 달은 시절 따라 이르고	日月依辰至,[3]
온 세속에서 그 이름 아름답게 여기네.	擧俗愛其名.
이슬 차가워지고 따뜻한 바람 잦아들며	露凄暄風息,
공기 맑고 별들은 밝아지네.	氣澈天象明.
제비 날아가 그림자 남기지 않고	往燕無遺影,
기러기 찾아오니 여음이 맴돈다네.	來雁有餘聲.

술은 백 가지 우수를 떨쳐 주며　　酒能祛百慮,
국화는 늙음을 억제해 주건만,　　菊解制頹齡.[4]
어찌하여 초가집 속의 선비　　如何蓬廬士,
시절이 바뀜을 속절없이 지켜보나.　　空視時運傾.
잔에 먼지 끼어 빈 술독에 부끄럽거늘　　塵爵恥虛罍,
찬 꽃송이 다만 저절로 피어나네.　　寒華徒自榮.[5]
흉금을 모두어 홀로 한가히 노래하니　　斂襟獨閑謠,
아득한 생각에 깊은 정 일어나네.　　緬焉起深情.
한가한 생활에 즐거움 많거늘　　栖遲固多娛,[6]
오래 되어 어찌 이룬 것 없으랴.　　淹留豈無成.[7]

---

1)중구(重九): 음력 구월 구일. 구는 陽의 숫자이므로 重陽節이라고도 함. '九'는 '久'와 음이 같으며 단수로는 가장 큰 수이므로 長久하고 원만하다는 좋은 뜻을 지녀 이 이름을 좋아하였던 것임. 2)「古詩十九首」 가운데 제15수의 "사는 해 백 년을 채우지 못하거늘, 늘 천 년의 시름을 안고 있네(生年不滿百, 常懷千歲憂)"에서 뜻을 취하였음. 3)日은 十干을, 月은 十二支를 의미한다. 양자를 배합하여 년월일의 세월을 기록하는데, 여기서는 그저 중구날이 찾아왔음을 말한 것이다. 『左傳 · 昭公 七年』, "해와 달이 만나는 것을 일러 진이라 합니다(日月之會是謂辰)." 4)해(解): 가능하다는 뜻. 5)한화(寒華): 가을에 피는 국화를 이름. 6)서지(栖遲): 한가롭게 쉼. 7)엄류(淹留): 오래도록 머물러 있음.

원전의 거처로 돌아와(歸園田居, 五首)

義熙 2년(406), 42세에 지었다. 도연명은 팽택령을 사직하고 귀향한 지 2년이 되어 몸소 농사를 짓기로 결심하고 上京里에서 園田이 있던 곳의 '懷古田舍'로 이사하였다. 이 다섯 수의 시는 전원시의 최고 가작으로, 직접 농사에 참여한 자가 아니면 그려낼 수 없는 전원에서의 삶을 진실하고 질박하며 평이한 언어에 담아 놓았다.

(1)

어려서부터 세속과 어울리지 못하니	少無適俗韻,[1]
성품은 본래 산을 사랑하였네.	性本愛丘山.
잘못 먼지 그물 속에 떨어져	誤落塵網中,[2]
한번 지나자 삼십 년.	一去三十年.[3]
철새는 옛 숲을 잊지 못하고	羈鳥戀舊林,
못의 고기 옛 연못을 그리워하네.	池魚思故淵.
남쪽 들판을 개간하리니	開荒南野際,
졸함을 지켜 원전에 돌아왔어라.	守拙歸園田.
네모진 택지는 십여 무	方宅十餘畝,
초가집은 팔구 간.	草屋八九間.
느릅과 버들 뒷처마에 그늘지고	楡柳蔭後簷,

복숭아 오얏은 집 앞에 늘어섰구나.	桃李羅堂前.
저 멀리 촌락이 어둑한데	曖曖遠人村,
외진 동리에 연기는 모락모락.	依依墟里烟.
개는 깊은 골목에서 짖고	狗吠深巷中,
닭은 뽕나무 위에서 운다.	雞鳴桑樹巓.
뜰 안에는 띠끌 먼지 없으며	戶庭無塵雜,
텅 빈 방은 한가롭기만.	虛室有餘閑.[4]
오래도록 새장 안에 갇혔다가	久在樊籠裡,
다시 자연으로 돌아왔노라.	復得返自然.

(2)

들에는 세상일 드물고	野外罕人事,[5]
깊은 골목에 수레 소리 드물다.	窮巷寡輪鞅.[6]
대낮에도 사립문 닫아 두고	白日掩荊扉,
빈 방에는 잡된 생각 끊겼네.	虛室絶塵想.
때때로 외떨어진 마을을 찾아 나서	時復墟曲中,

풀 헤치며 함께 왕래를 한다오.	披草共來往.
서로 만나도 잡된 말 없어	相見無雜言,
다만 뽕과 삼이 자랐다 말할 뿐.	但道桑麻長.
뽕과 삼 나날이 자라나고	桑麻日已長,
우리 밭 나날이 넓어지네.	我土日已廣.
늘 염려함은 서리 싸라기눈 내려	常恐霜霰至,
잡초처럼 시들어 버림이지.	零落同草莽.

(3)

남산 아래 콩 심으니	種豆南山下,
풀 무성하고 콩싹은 드무네.	草盛豆苗稀.
새벽에 일어나 김을 매고	晨興理荒穢,
달빛 띤 채 괭이 매고 돌아오네.	帶月荷鋤歸.
길은 좁고 초목은 웃자라	道狹草木長,
저녁 이슬 내 옷을 적신다오.	夕露沾我衣.
옷 젖는 것쯤 아쉽지 않으나	衣沾不足惜,

다만 농사나 잘 되었으면.	但使願無違.

(4)

오래도록 산과 못에 가 노닐고	久去山澤游,
드넓은 들에서 마냥 즐거이 논다네.	浪莽林野娛.[7]
자식 조카들 거느리고	試攜子姪輩,
덤불 헤치며 황폐한 마을 걸어가네.	披榛步荒墟.
무덤 사이를 서성이노라니	徘徊丘壟間,
옛사람의 거처 어렴풋하여라.	依依昔人居.[8]
우물과 부뚜막 흔적만 남았고	井灶有遺處,
뽕과 대나무는 썩은 그루터기뿐.	桑竹殘朽株.
나무하던 이에게 묻나니	借問採薪者,
"이 사람들 모두 어찌 됐소?"	此人皆焉如.
나무꾼 내게 말하길	薪者向我言,
"다 죽어 남은 이 없소."	死沒無復餘.
세대에 따라 세상이 다르다는데	一世異朝市,[9]

이 말 실로 거짓이 아니구려.	此語眞不虛.
인생은 허깨비인 양 변해 가니	人生似幻化,
끝내 공허로 돌아가리.	終當歸空無.[10]

(5)

애처로움에 홀로 지팡이 짚고 돌아와	悵恨獨策還,
험한 길에 덤불져 외진 곳 지나네.	崎嶇歷榛曲.
산골 물 맑고도 얕으니	山澗淸且淺,
내 발을 씻을 만하구나.	可以濯吾足.
새로 익은 술 거르고	漉我新熟酒,
닭 잡아 이웃을 부르네.	只雞招近局.[11]
해 지고 방 안 어두우니	日入室中闇,
싸리불 밝혀 초를 대신하네.	荊薪代明燭.
기쁨이 찾아드나 참으로 밤은 짧아	歡來苦夕短,
어느덧 다시 하늘은 밝아오네.	已復至天旭.

1)적속운(適俗韻): 세속에 적응된 기질이나 품성. **2)**진망(塵網): 塵世의 그물, 名利의 그물. 관인생활을 의미함. **3)**삼십년(三十年): 실제 관직에 있던 기간과 현격한 차이가 있어 갖가지 해석이 있음. '삼 년 하고도 또 십 년'으로 풀기도 하고, 시인이 음조를 살리기 위해 일부러 '十三'을 도치시켰다는 설도 있으며 '三'이 '已'의 오자라는 주장도 있음. **4)**허실(虛室): 침상과 의자 외에 아무것도 없는 방. 또한 마음이 순정한 상태를 의미하기도 함. 『莊子 · 人間世』, "텅 빈 방에 혼백이 나타나다(虛室生白)." **5)**인사(人事): 사람들과의 교류. **6)**윤앙(輪鞅): 수레바퀴와 말에게 매는 뱃대끈. 즉 거마(車馬)를 가리킴. **7)**낭망(浪莽): 광대하여 끝없는 모양. **8)**의의(依依): 어렴풋하게 보이는 모양. **9)**일세(一世): 30년을 가리킴. 조시(朝市): 조정과 시장. **10)**공무(空無): 佛家語로 寂滅과 같은 뜻임. **11)**근국(近局): 가까운 곳. 이웃.

사천에서 노닐고(游斜川 - 幷序)

隆安 5년(401), 37세에 지었다. 자연의 묘사와 詠懷가 조화되어 한가롭고 아름다운 풍경을 노니는 시인의 순박하고 고결한 흉회를 엿볼 수 있다. 斜川은 江西省 星子縣 廬山의 동남쪽에 있다.

신축년 정월 오일, 날씨가 맑고 따사로웠으며 풍경은 아름다워 이웃 두셋과 함께 사천(斜川)에 놀러 가 긴 강가에서 증성(曾城)을 바라보았다. 방어와 잉어는 해질녘에 뛰어올라 비늘을 번쩍였으며 갈매기는 따스한 바람을 타고 위아래로 날고 있었다. 저 남쪽의 높다란 산이야 명성이 있은 지 오래 되었으니 거듭 감탄할 것은 없다. 그러나 증성은 주변에 인접한 것 없이 홀로 들판 위에 솟아 있어 아득히 영산(靈山)을 상상케 하니 그 아름다운 이름을 좋아하게 되었다. 기쁜 마음으로 바라보는 것만으로는 부족하여 즉흥적으로 시를 짓게 되었는데, 세월이 흘러감을 슬퍼하고 내 나이가 머물지 않음을 슬퍼하였다. 각기 자기의 나이와 관적을 쓰고 놀던 날짜를 기록하였다. 辛丑正月五日, 天氣澄和, 風物閑美, 與二三鄰曲, 同游斜川. 臨長流, 望曾城,[1] 魴鯉躍鱗於將夕, 水鷗乘和以飜飛. 彼南阜者, 名實舊矣, 不復乃爲嗟歎, 若夫曾城, 傍無依接, 獨秀中皐, 遙想靈山,[2] 有愛嘉名.[3] 欣對不足, 率爾賦詩. 悲日月之遂往, 悼吾年之不留. 各疏年紀・鄕里, 以記其時日.

새해 되고 홀연히 닷새	開歲倏五日,
내 삶도 흘러 돌아가 쉬게 되리.	吾生行歸休.

그런 생각에 마음속 산란해	念之動中懷,
시절에 맞춰 이리 논다오.	及辰爲玆游.
대기는 다사롭고 하늘은 맑은데	氣和天惟澄,
긴 시냇물가에 나눠어 앉았네.	班坐依遠流.
잔잔한 여울에 방어가 달리고	弱湍馳文魴,
한가한 계곡엔 갈매기 곧추 나르네.	閑谷矯鳴鷗.
멀리 호수를 이리저리 바라보다	迥澤散游目,
골똘히 증구(曾丘)를 바라본다오.	緬然睇曾丘.[4]
층성(層城)의 빼어남에야 못 미쳐도	雖微九重秀,[5]
돌아보면 견줄 것이 없다네.	顧瞻無匹儔.
술병 들어 손들에게 전해주니	提壺接賓侶,
가득 부어 다시 주거니 받거니.	引滿更獻酬.
모르겠네, 지금 이후 떠나간다면	未知從今去,
다시 이처럼 즐길 수 있을런지.	當復如此不.
반쯤 취해 아득한 정 풀어놓으니	中觴縱遙情,
저 천 년의 시름을 잊게 되네.	忘彼千載憂.
오늘 아침의 즐거움을 다하였으니	且極今朝樂,

내일 일이랑 아랑곳할 것 없다오.	明日非所求.

---

1)증성(曾城): 산 이름으로, 廬山의 북쪽에 있음. 여기서 曾은 層과 같은 뜻임. 2)영산(靈山): 崑崙山을 가리킴. 3)가명(嘉名): 靈山, 즉 崑崙山의 層城과 斜川의 曾城은 서로 같은 이름이므로 아름다운 이름이라 한 것임. 4)면연(緬然): 깊이 생각하는 모양. 5)구중(九重): 아홉 겹. 崑崙山의 層城을 가리킴.

주속지 · 조기 · 사경이, 세 사람에게 보여줌

(示周續之 · 祖企 · 謝景夷 三郎)　義熙 12년(416), 52세에 지었다. 그해 8월 劉裕가 後秦을 공격했으며 세자 義符는 建康에 남아 지키면서 주속지에게 『禮經』의 강의를 요청하였다. 주속지는 山西 廣武 사람으로, 자는 道祖이다. 일찍이 저명한 경학가 范宁에게 배웠으며 五經에 능통하였다. 도연명 · 劉遺民(劉程之는 은거 후 遺民으로 개명했음)과 더불어 '潯陽三隱'으로 불렸으며 명승 慧遠을 스승으로 섬겼고 白蓮社 18賢 가운데의 한 명이다. 조기와 사경이는 미상의 인물로 蕭統의 「陶淵明傳」에 學士로 거명되어 있다. 시는 은근한 풍자를 담고 있다. 도연명은 강경의 의의를 긍정하지만 인근에 마구간이 있음을 지적하는 것으로써 그 성과에 대해서는 다소간의 회의를 드러내고 있다. 말은 무력의 상징물이며 당대는 폭력의 지배를 면하기 어렵다는 것이리라. 은거를 권유한 마지막 구의 내용 역시 그러한 현실인식에서 비롯되었다.

당시 세 사람이 함께 『예경(禮經)』을 강론하고 교서하였다. 時三人皆講禮校書.[1]

병들어 퇴락한 처마 아래 있노라니	負痾頹簷下,
종일토록 한 가지 기쁨도 없어라.	終日無一欣.
약돌도 때로 그만둔 채	藥石有時閒,[2]
마음속의 사람을 그리워하네.	念我意中人.
서로의 거리 가깝지 않고	相去不尋常,[3]
길은 머니 어찌 닿을까.	道路邈何因.

주생(周生)은 공자의 도를 강론하고	周生述孔業,
조생(祖生)과 사생(謝生)이 부응해 모였네.	祖謝響然臻.
유도(儒道)가 쇠한 지 근 천 년에	道喪向千載,
오늘 아침 다시 이를 듣는구려.	今朝復斯聞.[4)
마구간 있어 강경하기 어려우나	馬隊非講肆,[5)
교서(校書)에도 그저 열심이라네.	校書亦已勤.
늙은이도 애호하는 바 있거니	老夫有所愛,
그대들과 이웃할 생각이라오.	思與爾爲鄰.
그대들에게 하고픈 말 있으니	願言謝諸子,
날 좇아 영수(潁水)가에 살면 어떠리.	從我潁水濱.[6)

---

1)교서(校書): 『예경』을 교감한 것을 가리킴. **2)**약석(藥石): 한방에서 약으로 쓰이는 돌. 鍾乳 · 磁石 따위. **3)**심상(尋常): 여덟 자와 열여섯 자의 길이. **4)**사문(斯聞): 문사(聞斯)의 도치. 공자의 도를 듣는다는 뜻. **5)**마대(馬隊): 말을 사육하는 곳. 여기서는 관부의 마구간을 가리킴. **6)**영수(潁水): 河南省의 登封縣에서 흘러나와 安徽省 淮水로 들어가는 강물 이름. 堯임금 때의 隱士인 許由가 이곳에서 밭을 갈았다고 전해져 은거의 땅이란 의미를 지님.

밥을 구걸함(乞食)

晋 太元 10년(385), 21세경에 지었다. 빈곤한 실상의 숨김없는 서술이 가난을 부끄러워하지 않는 인생태도를 확인시켜 주며, 은혜를 베풀어 준 자에 대한 한량없는 감사의 정을 통해 상대를 향한 진실한 감정을 엿볼 수 있다.

굶주림 찾아들어 날 몰아 나서지만	饑來驅我去,
끝내 어디로 갈지 몰랐어라.	不知竟何之.
가고 가다 이 동리에 이르러	行行至斯里,
문 두드리고 서투르게 말문을 열었네.	叩門拙言辭.
주인은 내 뜻을 알아차려	主人解余意,
그냥 돌려보내지 않았다오.	遺贈豈虛來.
날 저물도록 담소하며	談諧終日夕,
잔 권하면 문득 마셔 버렸네.	觴至輒傾杯.
새 친구 만난 양 마음에 기뻐	情欣新知歡,
읊조리다 드디어 시를 짓게 되었네.	言詠遂賦詩.
그대의 표모(漂母) 같은 은혜 감사하나	感子漂母惠,[1]
나 한신(韓信)의 재주 없어 부끄럽소.	愧我非韓才.
오래도록 못 잊을 은혜 어찌 사례하려나?	銜戢知何謝,[2]

죽어서라도 보답해 드리고 싶소. 冥報以相貽.[3)]

---

1)표모(漂母): 빨래하는 아주머니. 漢의 명장 韓信이 젊어 굶주렸을 때 표모 가운데 한 명이 그를 위해 밥을 해 주어 훗날 한신이 출세하여 보답한 고사가 있음. 2)함집(銜戢): 입에 재갈을 물 듯 마음에 잘 담아두고 영원히 잊지 않겠다는 뜻. 3)명보(冥報): 혼백이 되어서라도 보은하겠다는 뜻.

여럿이서 주씨의 가묘 근처 측백나무 아래에서 노닐고

(諸人同游周家墓柏下) 義熙 9년(413), 49세경에 지었다. 주씨의 가묘는 시인의 선조 陶侃과 교유하던 周訪 집안의 묘지를 가리키는 것으로 여겨진다. 묘지 곁에서의 행락이야 당치 않으련만 생사에 달관한 이의 호방한 심사를 짐작하게 한다.

오늘 날씨가 좋기도 하니	今日天氣佳,
맑게 불고 거문고도 울리네.	淸吹與鳴彈.[1]
저 측백나무 아래 묻힌 이 생각하노라면	感彼柏下人,
어찌 즐기지 않을 수 있으랴!	安得不爲歡.
청가(淸歌) 한 곡 끝나 새 노래하고	淸歌散新聲,[2]
녹주(綠酒) 마시자 얼굴은 불그스레.	綠酒開芳顔.[3]
내일 일은 알지 못하겠소.	未知明日事,
내 흉금일랑 실로 다 풀어낸 것을.	余襟良已殫.

1)청취(淸吹): 관악기를 연주함. 2)청가(淸歌): 맑고 밝은 노래. 3)녹주(綠酒): 새로 빚은 술.

초나라 곡조의 원시를 지어 방주부와 등치중에게 보여줌

(怨詩楚調, 示龐主簿 · 鄧治中) 義熙 14년(418), 54세에 지었다. 이해 도연명은 다시 著作佐郞으로 부름 받았으나 나아가지 않았고 생활은 몹시 곤고하였다. 龐主簿의 이름은 遵, 자는 通之이다. 주부는 관직명이다. 鄧治中은 미상의 인물로, '治中'은 공문서를 담당하던 관인인 治中從事史의 약칭이다. 선하게 살려 애써 온 한평생이지만 항상 飢寒으로 고달펐던 과거를 회상하며 원망의 정을 담았다.

천도는 깊고 또 멀며	天道幽且遠,
귀신은 아득하여 알기 어렵네.	鬼神茫昧然.
어릴 적부터 선한 일 생각하며	結髮念善事,[1]
힘쓰며 살아온 지 어언 쉰네 해.	僶俛六九年.
약관의 시절엔 세상의 험함을 만났고	弱冠逢世阻,[2]
장년이 되어선 아내를 잃었다.	始室喪其偏.[3]
뜨거운 불에 여러 번 타들어 갔으며	炎火屢焚如,[4]
해충은 밭에서 날뛰었다네.	螟蜮恣中田.[5]
비바람 마구 내리치니	風雨縱橫至,
수확은 가족을 먹이기도 부족하였소.	收斂不盈廛.[6]
여름날엔 오래도록 굶주렸고	夏日長抱饑,

겨울밤엔 덮고 잘 것도 없으니,	寒夜無被眠.
저녁이면 닭 울기를 기다렸고	造夕思雞鳴,
아침이면 해 지기를 바랬다오.	及晨願烏遷.
내게 달렸으니 하늘을 원망하랴만	在已何怨天,
우환을 당하면 눈앞 일에 슬퍼하였소.	離憂悽目前.[7]
아아! 죽은 후의 명성이란	吁嗟身後名,
내게 뜬 안개와 같다오.	於我若浮烟.[8]
감개에 젖어 홀로 슬픈 노래 부르나니	慷慨獨悲歌,
종자기(鍾子期)는 실로 현명하였구려.	鍾期信爲賢.

---

1)결발(結髮): 머리를 묶는 나이, 15세를 가리킴. 『大戴禮 · 保傅』, "머리를 묶고 대학에 나아간다(束髮而就大學)." **2)**약관(弱冠): 20세를 가리킴. 『禮記 · 內則』, "스무 살에는 관을 하고 비로소 예를 배운다(二十而冠, 始學禮)." **3)**시실(始室): 30세를 가리킴. 『禮記 · 曲禮』, "서른 살을 장이라 하며 결혼한다(三十曰壯, 有室)." **4)**염화(炎火): 화재와 폭염의 뜻이 같이 있음. **5)**명역(螟蜮): 벼 속을 갉아먹는 명충과 즙을 빨아먹는 물여우. **6)**전(廛): 옛날 한 집이 점유해 농사짓던 땅을 일컫던 말. 여기서는 '한 가구의 양식'이란 의미로 쓰였음. **7)**이우(離憂): 우환을 당하다. '이(離)'는 '이(罹)'의 음차자. **8)**『論語 · 述而』, "거친 밥을 먹고 물을 마시며 팔꿈치를 구부려 벨지라도 즐거움이 또한 그 가운데에 있다. 의롭지 않으면서 부유하고 또 귀한 것은 나에게 뜬구름과 같다(飯疏食飮水, 曲肱而枕之, 樂亦在其中矣. 不義而富且貴, 於我如浮雲)." **9)**종기(鍾期): 鍾子期를 가리킴. 춘추시대 楚나라 사람으로, 琴의 명수 伯牙의 음악세계를 이해해 주던 知音.

방참군에게 답함(答龐參軍 – 幷序) 宋 少帝 景平 2년, 宋 文帝 元嘉 원년(424), 60세에 지었다. 방참군은 4언시 「答龐參軍」과 동일인으로, 그가 鎭西將軍 · 荊州 刺史 劉義隆의 참군이 되어 江陵으로 떠나가며 준 시에 답한 것이다. 담박했던 교유를 접어 둔 채 이별을 맞아야 하는 아쉬움을 노래하였다.

보내준 시를 두 번 세 번 읽고 그만두려 해도 그러지 못하였습니다. 그대가 이웃이 되고 겨울과 봄이 바뀌었으며 정성스런 마음으로 대하여 문득 오랜 친구인 양 되었습니다. 속담에 말하길 "자주 대면하면 친구가 된다"는데 하물며 정이 이보다 지나친 경우이겠습니까? 사람의 일이란 잘 어긋나니 문득 이별을 하게 되었습니다. 양주(楊朱)가 갈림길에서 탄식한 것이 어찌 일상적인 비애가 아니겠습니까? 나는 병든 지 몇 해가 되어 다시는 글을 짓지 않았으며 본래 건강하지 못한데다 또 노쇠함과 병마가 잇따르고 있습니다. 문득 『주례(周禮)』의 오고 가는 도리에 의거하는 한편 또 이별 후 서로 그리워할 자료로 삼습니다. 三復來貺, 欲罷不能. 自爾隣曲, 冬春再交, 款然良對, 忽成舊游. 俗諺云, "數面成親舊", 況情過此者乎? 人事好乖, 便當語離. 楊公所歎,[1] 豈惟常悲? 吾抱疾多年, 不復爲文, 本既不豊, 復老病繼之. 輒依周禮往復之義,[2] 且爲別後相思之資.

지기(知己)는 어찌 꼭 오래돼야 하나?	相知何必舊,
'경개여고(傾蓋如故)'란 옛말이 있는 것을.	傾蓋定前言.[3]

객이 있어 나의 아취를 기려 주어	有客賞我趣,
매양 나의 원림을 찾아 주었네.	每每顧林園.
담론에 속된 논조 없으며	談諧無俗調,
좋아한 것은 성인의 글이라.	所說聖人篇.
간혹 몇 말의 술 있거든	或有數斗酒,
한가롭게 마시며 자락하였네.	閑飮自歡然.
나는 실로 은거하는 선비	我實幽居士,
다시 동서로 분주할 인연 없다오.	無復東西緣.
물건은 새것이, 사람은 옛사람이 좋으니	物新人惟舊,[4]
붓을 적셔 소식을 자주 보내 주오.	弱毫多所宣.[5]
마음은 만 리 밖을 통할지나	情通萬里外,
몸이야 강산을 사이하고 막히게 되었구려.	形跡滯江山.
그대는 옥체를 잘 보존하시오.	君其愛體素,[6]
다시 만날 날 그 어느 해이련가.	來會在何年.

---

1)양공(楊公): 楊朱를 가리킴. 전국시대의 사상가. 『列子 · 說符篇』 및 『淮南子 · 說林』에 양주가 갈림길을 슬퍼했다는 내용이 실려 있음. 근본은 하나이지만 기로가 많아 결국 결과가 달라짐을 번민한 것이다. **2)**『禮記 · 曲禮』, "태곳적에는 덕을 귀히 여겼으며, 그 다음 시대에는 베풀고 보답하는 데에 힘써 예가 오고

가는 것을 숭상하게 되었는데, 갔는데 오지 않는 것은 예가 아니며 왔는데 가지 않는 것 또한 예가 아니다(大上貴德, 其次務施報, 禮尙往來, 往而不來非禮也, 來而不往非禮也)." **3**)경개(傾蓋): 『史記 · 鄒陽列傳』, "백발이 되도록 교제해도 새로 사귄 것 같고, 길 가다 수레 덮개를 기울여 몇 마디 나눠도 옛부터 알던 것 같다(白頭如新, 傾蓋如古)." **4**)『書經 · 盤庚』, "사람은 오직 옛사람을 구하나 기물은 옛것을 구하지 않고 오직 새것을 구한다(人惟求舊, 器非求舊, 惟新)." **5**)약호(弱毫): 붓을 가리키는 말. **6**)체소(體素): 소체(素體)의 도치. 옥체(玉體)의 동의어.

오월 초하루에 지어 대주부에게 화답함(五月旦作和戴主簿)

義熙 9년(413), 49세에 지었다. 戴主簿는 미상의 인물이다. 계절의 추이 속에 생사의 문제를 생각하나 활달한 인생태도 앞에 허황된 욕망이나 시름의 자리는 없다.

빈 배를 빨리 노저어 가듯	虛舟縱逸棹,
계절은 다함 없이 오고 가누나.	回復遂無窮.[1]
신년 초하루가 금방 지나더니	發歲始俛仰,[2]
한 해가 홀연 절반을 향해 가네.	星紀奄將中.[3]
남쪽 창가에는 생기 없는 초목 드물고	南窗罕悴物,
북쪽 숲에 꽃들은 만발한데,	北林榮且豐.
신평(神萍)은 때맞춰 비 뿌리고	神萍寫時雨,[4]
새벽빛에 남풍(南風)은 불어오네.	晨色奏景風.[5]
이미 왔으면 누군들 떠나지 않으리오?	旣來孰不去,
인생의 이치 진실로 끝이 있는 것을.	人理固有終.[6]
청빈히 살며 끝을 기다릴 것이니	居常待其盡,[7]
팔꿈치 베개한들 어찌 충화(沖和)를 손상시킬까?	曲肱豈傷冲.[8]
시운의 변화는 평탄하고 험하기도 하니	遷化或夷險,

자적하며 빈부를 생각지 않네.	肆志無窊隆.[9]
일 생기면 높이 서 달관하리니	卽事如已高,
하필 화산 숭산에 올라야 하나.	何必升華嵩.[10]

---

1)회복(回復): 사계절이 순환하여 다시 시작됨. **2**)발세(發歲): 한 해가 시작됨. 즉 정월 초하루를 가리킴. 면앙(俛仰): 한 번 숙이고 한 번 올려 보는 사이. 짧은 시간을 의미함. **3**)성기(星紀): 12개 성차(星次) 가운데 첫번째의 이름. 보통 세월의 뜻으로 쓰임. **4**)신평(神萍): 비를 주관하는 雨師의 이름. **5**)경풍(景風): 남방에서 불어오는 여름 바람. **6**)종(終): 죽음을 가리킴. 『列子 · 天瑞』, "살아 있는 것은 이치상 반드시 끝나기 마련인 것이다(生者, 理之必終者也)." **7**)거상(居常): 가난하게 살다. 『說苑 · 雜言』, "공자가 영계기를 만나 묻기를, '선생은 무엇이 즐거우십니까?' 하니 대답하길, '대저 빈곤함은 선비의 떳떳함인 것이다' 하였다(孔子見榮啓期, 問曰, '先生何樂也?' 對曰, '夫貧者, 士之常也')." **8**)충(沖): 도의 최고 경계. 『老子』, "도는 텅 비어 있어 채워지지 않으며 깊고 깊어 만물의 근원과 같다(道, 沖而用之, 或不盈, 淵兮似萬物之宗)." **9**)사지(肆志): 마음에 맡겨 뜻을 따름. 와륭(窊隆): 우묵하거나 융기됨. 곤궁하거나 형통함을 의미함. **10**)화숭(華嵩): 華山과 嵩山, 신선이 되기 위해 修道하는 곳으로 이름이 나 있음.

연이은 비에 홀로 술을 들고(連雨獨飮) 元興 3년

(404), 40세에 지었다. 「停雲」, 「時運」, 「榮木」과 동일 시기의 작이다. 天眞에 맡겨 생사의 번뇌를 잊고 자유의 경지에서 소요하려는 뜻을 담았다. 시인의 沖淡하며 광활 원대한 흉금을 엿볼 수 있다.

인생의 운명 반드시 끝나 돌아가나니	運生會歸盡,
예로부터 그렇게들 여겼었네.	終古謂之然.
세상에 적송자(赤松子) 왕자교(王子喬) 있었으나	世間有松喬,[1]
지금 정녕 어디 있는가?	於今定何間.
아는 노인네 내게 술 보내주며	故老贈余酒,
마시면 신선이 된다 하네.	乃言飮得仙.
마셔 보니 온갖 정념 멀어지고	試酌百情遠,
다시 잔을 드니 문득 하늘도 잊는다오.	重觴忽忘天.
하늘이 어찌 여기를 떠나랴만	天豈去此哉,
천진(天眞)에 맡김보다 우선할 것 없다네.	任眞無所先.[2]
구름 사이의 학 기이한 날개를 지녀	雲鶴有奇翼,
온 세상을 순식간에 돌고 온다네.	八表須臾還.

나 이러한 고독을 지닌 채	自我抱玆獨,
힘써 살아온 지 사십 년.	僶俛四十年.
몸이야 오래전에 이미 죽었다 한들	形骸久已化,
이 마음이 있다면 다시 무얼 말하랴!	心在復何言.

---

1)송교(松喬): 赤松子와 王子喬. 적송자는 神農 때의 雨師로 신선이 된 인물. 왕자교는 주나라 靈王의 아들로 이름은 晋. 『列仙傳』에 의하면 嵩山에 올라가 20년을 수련하여 신선이 되었다고 함. 2) 임진(任眞): 자연에 맡겨 두고 이에 따름. 『莊子 · 齊物論』 郭象의 주, "자연에 맡겨 시비를 잊은 자, 그 몸 가운데를 홀로 천진에 맡겼을 뿐이다(任自然而忘是非者, 其體中獨任天眞而已)."

이사를 하고서(移居, 二首)

義熙 6년(410), 46세에 지었다. 원전의 거처에서 남촌으로 이사하고 지은 것으로 질박한 농촌생활의 정겨움을 노래하고 있다.

(1)

옛부터 남촌에 살고 싶었어도	昔欲居南村,
집터를 점쳐 보진 않았다오.	非爲卜其宅.
소박한 마음 가진 이 많다기에	聞多素心人,[1]
조석으로 같이 즐기려 하였다오.	樂與數晨夕.
그 일 회상하니 자못 해가 흘렀는데	懷此頗有年,
오늘에야 이렇게 이사를 하는구려.	今日從玆役.
낡은 초가는 어찌 꼭 넓어야 하리?	弊廬何必廣,
침상과 앉을 자리를 덮으면 그만이지.	取足蔽床席.
이웃은 때때로 찾아와	鄰曲時時來,
솔직하게 옛날 일들을 이야기하네.	抗言談在昔.[2]
기묘한 문장을 함께 흔상하고	奇文共欣賞,
의심나는 뜻일랑 서로 해석해 본다네.	疑義相與析.

(2)

봄가을 아름다운 날들이 많아	春秋多佳日,
높은 곳에 올라 새 시를 짓네.	登高賦新詩.
문 지나다 서로 부르고	過門更相呼,
술 있으면 함께 잔질해 마시네.	有酒斟酌之.
농사일 생기면 각자 돌아가고	農務各自歸,
한가하면 문득 서로를 생각하네.	閑暇輒相思.
서로 생각나면 옷 걸치고 찾아가니	相思則披衣,
담소하며 실증날 때 없다오.	言笑無厭時.
이런 삶 어찌 좋지 않으리?	此理將不勝,[3]
홀연히 이를 두고 떠나가지 말기를.	無爲忽去玆.
옷과 양식을 모름지기 잘 마련하리니	衣食當須紀,
힘써 밭 갈면 날 속이지 않으리.	力耕不吾欺.

---

1)소심인(素心人): 마음이 진실하고 순박한 사람. **2)**항언(抗言): 고상한 담론.
3)차리(此理): 이웃들과 함께 즐기는 생활의 도리를 가리킴. 장(將): 어찌의 뜻.

유시상에게 화답함(和劉柴桑)

義熙 5년(409), 45세에 지었다. 전년에 도연명은 원전의 거처를 화재로 잃었는데 柴桑縣令을 지낸 劉程之가 그에게 시를 보내 廬山으로 초청하자 이에 사례하여 지은 것이다. 유정지는 지금의 江蘇省 徐州 사람으로, 자는 仲思이며 '潯陽三隱' 가운데 한 명이다.

산과 못에게 오래전 부름 받고선	山澤久見招,
무슨 일로 그리 주저했던가?	胡事乃躊躇.
다만 옛 친구 때문에	直爲親舊故,
차마 홀로 떨어져 살지 못했네.	未忍言索居.[1]
아름다운 아침 기발한 생각 찾아드니	良辰入奇懷,
지팡이 끌고 서산 초가로 돌아왔다오.	挈杖還西廬.
잡초 무성한 길에 귀가하는 이 없고	荒塗無歸人,
때때로 황폐한 묘지가 보인다오.	時時見廢墟.
초가지붕 이미 손봤으니	茅茨已就治,[2]
새로 개간한 밭도 다시 일구어야지.	新疇復應畬.
동풍이 처량히 불어올 제	谷風轉淒薄,[3]
봄 막걸리로 기갈과 노고를 풀어야지.	春醪解饑劬.

약한 여인 비록 사내답지 않아도 　　弱女雖非男,[4]

마음을 위로함엔 없는 것보다 나으리. 　　慰情良勝無.

불안스러운 세상의 일 　　栖栖世中事,

세월따라 서로 소원해진다오. 　　歲月共相疏.

밭 갈고 베 짜는 것도 소용에 맞게 하니 　　耕織稱其用,

이 이상 무엇을 더 바랄까! 　　過此奚所須.

가고 가고 백 년이 지나면 　　去去百年外,

몸도 이름도 함께 사라져 버릴 것을. 　　身名同翳如.[5]

---

1)삭거(索居): 무리를 떠나 홀로 거처함. 『禮記 · 檀弓 上』, "내가 무리를 떠나 헤어져 산 지 또한 이미 오래이다(吾離群而索居亦已久矣)." **2)**모자(茅茨): 띠풀로 지붕을 이음. **3)**곡풍(谷風): 穀風과 통하여 곡식을 자라게 하는 바람, 동풍이란 뜻. 『詩經 · 小雅 · 谷風』, "살랑살랑 동풍 불더니, 흐렸다간 비 뿌리네(習習谷風, 以陰以雨)." **4)**'弱女'는 濁酒를, '男'은 진한 술인 醇酒를 비유한 것임. **5)**예여(翳如): 숨겨지고 사라짐.

유시상에게 줌(酬劉柴桑) 앞의 「和劉柴桑」과 동일 시기에 지은 것이다.

외딴 거처에 인간사 드물며	窮居寡人用,[1]
때로 사시의 운행도 잊고 사네.	時忘四運周.
뜨락에 낙엽 많아지니	閭庭多落葉,
서글피 이미 가을이 왔음을 안다오.	慨然知已秋.
새로 자란 아욱 북쪽 담장에 무성하고	新葵郁北墉,
탐스런 이삭은 남쪽 두둑에 자라나네.	嘉穟養南疇.
지금 나 즐기지 않는다면	今我不爲樂,
어찌 알리, 내년이 있을지 없을지.	知有來歲不.
집사람 부르고 아이들 데리고	命室攜童弱,[2]
좋은 시절 산에 올라 멀리 놀러 가리.	良日登遠游.

1)인용(人用): 사람들과의 행사, 행위. 2)실(室): 內室, 아내를 가리킴.

곽주부에게 화답함(和郭主簿, 二首) 晋 元興 원년(402), 38세에

지었다. 전년 겨울 도연명은 모친상을 당하여 고향 柴桑의 옛집에 돌아와 거처하고 있었다. 곽주부의 이름과 사적은 미상이다.

(1)

우거진 집 앞의 수풀	藹藹堂前林,
한여름 내내 서늘한 그늘 마련해 주고,	中夏貯淸陰.[1]
남풍은 시절따라 불어와	凱風因時來,[2]
휘돌아 부는 바람 내 옷깃을 제끼네.	回飆開我襟.
교제도 쉰 채 한가로운 일에 노닐어	息交游閒業,[3]
누워 책 읽고 일어나 거문고 타네.	臥起弄書琴.
채마밭에는 채소가 넉넉히 자라나고	園蔬有餘滋,
묵은 곡식은 아직껏 쌓여 있네.	舊穀猶儲今.
생활을 꾸려감에 진실로 한도가 있으니	營己良有極,
너무 풍족함은 도리에 맞지 않으리.	過足非所欽.
수수를 찧어 맛 좋은 술 담그고	舂秫作美酒,

술 익으면 손수 술을 따라 마시네.	酒熟吾自斟.
어린아이 내 곁에 노는데	弱子戲我側,
말 배우나 발음이 서투르네.	學語未成音.
이런 일들에 실로 즐거워하며	此事眞復樂,
애오라지 화잠(華簪)을 잊고 산다오.	聊用忘華簪.[4)
아득하니 흰 구름 바라보니	遙遙望白雲,
회고의 정 어찌 그리 심원한가.	懷古一何深.[5)

(2)

따사롭고 윤택한 봄	和澤周三春,[6)
맑고 서늘한 가을.	淸凉素秋節.[7)
이슬 맺히고 일렁이는 안개 기운 없으며	露凝無游氛,
하늘은 높고 풍경은 맑도다.	天高肅景澈.
높은 산에 기이한 봉우리 솟아	陵岑聳逸峰,
멀리서 바라보니 모두가 절묘하네.	遙瞻皆奇絶.
향그런 국화 숲 속에 피어 빛나며	芳菊開林耀,

푸른 소나무 바위 꼭대기에 늘어섰네.	青松冠巖列.
이렇듯 참되고 빼어난 자태를 품었으니	懷此眞秀姿,
우뚝한 서리 아래의 호걸일세.	卓爲霜下傑.
술잔 들고 은자를 생각해 보니	銜觴念幽人,
천년토록 너의 비결 본받았구나.	千載撫爾訣.
평소의 뜻을 검속하느라 펴지 못한 채	檢素不獲展,
시름 없이 좋은 달을 보내고 있네.	厭厭竟良月.

---

1)중하(中夏): 仲夏와 같음. 음력 5월. **2**)개풍(凱風): 여름의 계절풍인 남풍. 『詩經 · 邶風 · 凱風』, "개풍이 남에서 불어, 저 대추나무에 불어온다(凱風自南, 吹彼棘心)." **3**)한업(閒業): 독서와 작문, 바둑을 두거나 거문고를 타는 등의 한가한 일. **4**)화잠(華簪): 화려한 비녀. 즉 고관대작의 화려하고 부유한 생활을 의미함. **5**)회고(懷古): 도덕이 높은 옛사람을 그리워함. 『莊子 · 天地』, "대저 성인은 메추라기처럼 숨어 살며 새 새끼처럼 먹으며, 새가 날듯 행적이 없다. 천하에 도가 있으면 만물과 창성하고 천하에 도가 없으면 덕을 닦으며 한적한 곳으로 간다. 천년토록 세상을 누리다 떠나 위로 옮겨가나니 저 흰 구름을 타고 상제의 땅에 이른다(夫聖人, 鶉居而鷇食, 鳥行而無彰. 天下有道, 則與物皆昌, 天下無道, 則修德就閑, 千歲厭世, 去而上僊, 乘彼白雲, 至于帝鄕)." **6**)주(周): 두루 만물에 미친다는 뜻. 삼춘(三春): 음력 정월인 孟春, 이월인 仲春, 삼월인 季春의 삼 개월을 가리킴. **7**)소추절(素秋節): 素는 白과 통함. 五色을 五方에 배치시킬 때, 서쪽은 흰색을 숭상하며 가을은 서쪽에 해당한다.

왕무군과 함께 한자리에서 객을 전송하며

(於王撫軍座送客) 宋 永初 2년(421), 57세에 지었다. 왕무군은 撫軍將軍 王弘으로 당시 江州刺史였다. 그가 京都로 돌아가는 庾登之와 豫章太守로 부임하는 謝瞻의 전송연에 도연명을 초대한 것이다. 주변 풍경의 묘사를 진행하는 가운데 점차 이별의 슬픔을 증가시켜 놓는 수법이 특출하다.

가을날 스산하고 또 으스스한데	秋日凄且厲,
온갖 풀들 모두 시들었네.	百卉具已腓.[1]
서리를 밟는 계절에	爰以履霜節,[2]
산에 올라 떠나는 이를 전별하네.	登高餞將歸.
찬 기운 산과 못에 감돌고	寒氣冒山澤,
가는 구름 홀연 돌아갈 곳 없구나.	游雲倏無依.
모래섬은 사방의 아득한 생각을 이끄는데	洲渚四緬邈,[3]
바람과 물인 양 서로 떠나야 한다오.	風水互乖違.
저녁 경치를 보며 좋은 잔치 즐기다	瞻夕欣良宴,
이별의 말에 구슬퍼지노라.	離言聿云悲.
아침의 새 저물어 돌아오고	晨鳥暮來還,
황혼은 남은 빛을 거두어 가네.	懸車斂餘輝.[4]

떠나고 머무르니 서로 길이 다른데 逝止判殊路,

수레 돌려 오는 길 슬퍼하며 배회하네. 旋駕悵遲遲.

멀리 돌아가는 배에 눈길을 보내노라니 目送回舟遠,

심정은 끝없는 변화를 따라가네. 情隨萬化移.[5]

---

1)비(腓): 痱와 통하여 병든다는 뜻. 『詩經 · 小雅 · 四月』, “가을날 쌀쌀하여, 온갖 풀들 다 시드네(秋日凄凄, 百卉俱腓).” **2**)이상절(履霜節): 음력 9월을 가리킴. **3**)주저(洲渚): 강물 속의 육지. 사람이 살 만큼 넓은 모래섬을 洲, 좁은 곳을 渚라 함. 면막(綿邈): 요원한 모양. **4**)현거(懸車): 황혼이 질 무렵의 태양을 가리키는 말. 『淮南子 · 天文訓』, “해가 비천에 이르면 이를 현거라 이른다(日至悲泉, 是謂懸車).” **5**)만화(萬化): 천지만물의 변화.

은진안과 작별하며(與殷晋安別 - 幷序)

晋 義熙 7년(411), 47세에 지었다. 남촌으로 이사한 이듬해이다. 은진안은 殷景仁으로, 이름은 鐵이다. 晋安郡의 관리를 지냈으므로 이렇게 부른 것이다. 출처의 입장이 달라 이별은 불가피한데, 서로의 처지를 인정하기에 오래도록 함께하지 못하는 아쉬움만을 표하였다.

은선생은 전에 진안(晋安)의 남부(南府)에서 장사연(長史掾)을 지내 심양에 살았으나 이후 태위참군(太尉參軍)이 되어 온 집이 동쪽 아래로 이사하게 되어 이 시를 지어 준다. 殷先作晋安南府[1)]長史掾[2)], 因居潯陽, 後作太尉參軍, 移家東下, 作此以贈

사이 좋게 노닌 지 오래지 않으나	遊好非少長,
한번 만나 은근함을 다하였네.	一遇盡殷勤.
하루 이틀 묵으며 맑은 대화 주고받으니	信宿酬淸話,[3)]
서로 친함을 더욱 알게 되었소.	益復知爲親.
지난해 남쪽 동리로 이사 오니	去歲家南里,
잠시나마 이웃이 되었다오.	薄作少時鄰.
지팡이 들고 좇아 노닐고	負杖肆游從,
머물면 아침 밤을 잊었다네.	淹留忘宵晨.

벼슬과 은거 절로 처지가 다르니	語默自殊勢,[4]
또한 헤어질 날 올 줄을 알았다오.	亦知當乖分.
그 일 당장 닥칠 줄 생각 못했건만	未謂事已及,
이 봄에 떠나게 될 줄이야.	興言在玆春.
선들선들 서쪽에서 바람 불고	飄飄西來風,
아득아득 동쪽으로 구름 가네.	悠悠東去雲.
산천을 천 리 밖에 사이 하니	山川千里外,
담소할 인연 얻기도 어려우리.	言笑難爲因.
뛰어난 재인은 세상에 숨지 않으나	良才不隱世,
강호에는 빈천한 이 많다오.	江湖多賤貧.
혹 지나는 인편이 있다면	脫有經過便,
옛 친구 있음을 생각해 주시구려.	念來存故人.

1)남부(南府): 도성인 建康의 남쪽에 있던 軍府. 2)장사연(長史掾): 將軍이나 刺史 밑에 설치된 長史署의 관원을 이름. 3)신숙(信宿): 하루 머무는 것을 宿, 이틀 머무는 것을 信이라 함. 4)어묵(語默): 53p 주10번 참조.

양장사에게 줌(贈羊長史 - 幷序)

晋 義熙 13년(417), 53세에 지었다. 전년 8월 劉裕는 군사를 거느리고 後秦을 정벌, 10월에 洛陽을 함락시키고 해를 넘겨 가을에는 長安으로 진공해 후진의 임금 姚泓을 사로잡았다. 이에 左將軍 · 江州刺史 檀韶가 양장사를 파견해 경하하도록 하자 도연명은 이 시를 지어 양장사에게 기증하였다. 양장사는 羊松齡이라는 자로 추정되나 생애와 이력은 자세하지 않다. 長史는 史의 우두머리로 상사를 보좌하는 직책명이다. 도연명은 장기간 분열되어 있던 중국의 통일이 진행됨을 기뻐하지만 완전한 통일의 가능성에 대해서는 낙관하지 않고 있다. 商山四皓의 환기는 화평한 세상의 도래가 멀다는 예견의 소치이다. 실제로 유유는 군공을 기반으로 진 왕조 찬탈의 야심을 노골화하였고 진군은 수복한 지역의 방비를 소홀히 한 채 남방으로 돌아와 이후 大夏에 의해 점령되도록 방치하였다.

좌군(左軍)의 양장사가 사명을 받들고 진천(秦川)에 가게 되어 이 시를 지어 그에게 준다. 左軍羊長史,[1] 銜使秦川,[2] 作此與之.

못난 나 삼대가 쇠한 후 태어나	愚生三季後,[3]
강개하니 황제(黃帝) 우순(虞舜)을 생각하네.	慨然念黃虞.
천 년 이전을 알 수 있음은	得知千載上,
바로 옛사람의 글을 의지해서이거늘,	正賴古人書.
성현의 남기신 자취	賢聖留餘迹,
일마다 중도(中都)에 남아 있다오.	事事在中都.[4]

어찌 눈으로 보고 즐길 마음 잊었을까만	豈忘游心目,
관하(關河)를 넘어갈 수 없거늘,	關河不可踰.[5]
구주(九州)가 하나 되었으니	九域甫已一,[6]
배 수레 타고 장차 가 보려 한다네.	逝將理舟輿.
듣자니 그대가 앞서 간다는데	聞君當先邁,
병들어 함께 가기 어렵구려.	負痾不獲俱.
길이 만약 상산(商山)을 지난다면	路若經商山,[7]
날 위해 잠시 멈추어 주오.	爲我少躊躇.
기리계(綺里季) 녹리(甪里) 선생께 많이 사례하고	多謝綺與甪,[8]
혼백이 지금 어떠한지 여쭤 주시게.	精爽今何如.
자색 영지(靈芝)는 뉘 다시 캐리?	紫芝誰復採,[9]
깊은 골짝 응당 오랫동안 황폐해졌으리.	深谷久應蕪.
네 마리 말의 수레를 타도 면할 근심 없으나	駟馬無貰患,
빈천해도 교제의 즐거움이 있다네.	貧賤有交娛.
맑은 노래 마음 깊이 맺혔거늘	清謠結心曲,[10]
사람과 어긋나고 세상 운수와 성기게 되었다오.	人乖運見疏.
몇 대 아래에서 감회를 가지니	擁懷累代下,

말 다하여도 뜻을 펴지 못하겠네. 言盡意不舒.

---

1)좌군(左軍): 左將軍의 줄임말로 당시 檀韶가 이 직위에 있었음. 2)진천(秦川): 현재 陝西省 지역의 渭水 涇水 일대. 이 지역은 옛날 秦에 속했으므로 진천이라 일컬은 것임. 川은 平原, 平川의 뜻. 3)삼계(三季): 夏 · 殷 · 周 삼대의 말세. 4)중도(中都): 중원의 도읍. 5)관하(關河): 협의로는 潼關과 黃河를, 광의로는 국가간의 경계를 의미함. 6)구역(九域): 九州. 아홉으로 구분된 중국의 전토. 한편 이 구절은 광대한 서북지역을 점유했던 후진이 멸망하여 이처럼 표현한 것이나 실제로는 여전히 魏 · 北燕 · 西秦 · 夏 · 北涼 · 西涼 등이 존재했음. 7)상산(商山): 陝西省 商縣의 동남에 있는 산. 8)기여록(綺與甪): 綺里季와 甪里. 東園公 · 夏黃公과 더불어 秦나라 말기의 혼란을 피해 商山에 은거했던 인물. 그들은 모두 80여 세로 눈썹과 수염이 모두 하얗게 세었으므로 '商山四皓'라 일컬어짐. 9)『四皓歌』, "무성한 자줏빛 지초, 요기를 할 수 있다네(曄曄紫芝, 可以療飢)." 10)청요(淸謠): 『四皓歌』를 가리킴. 심곡(心曲): 마음속 깊은 곳.

세모에 장상시에게 화답함(歲暮和張常侍)

義熙 13년(417), 53세에 지었다. 장상시는 張野라는 인물로 추정된다. 그의 자는 萊民으로, 심양의 시상에 거주했고 일찍이 常侍로 부름을 받았으나 실제 나아가지는 않았다. 상시는 散騎常侍의 줄임말로 황제를 곁에서 모시던 3품의 관리이다. 통일의 기대는 무너졌고 유유의 무력 앞에 시국은 혼미하며 노쇠해 가는 시인의 생활 역시 곤궁하기만 하니 비감이 엇갈린다. 다만, 자연의 변화를 따르겠다는 한마디 말에서 그의 본색을 찾을 수 있다.

저자와 조정의 옛사람 처량한데	市朝悽舊人,[1]
준마처럼 빨리 해가 져 느꺼웁네.	驟驥感悲泉.[2]
내일 아침이면 오늘이 아니건만	明旦非今日,
세모에 나 무엇을 말하리!	歲暮余何言.
뽀얗던 얼굴엔 윤기 거두어졌고	素顔斂光潤,
백발은 한번 이미 무성해졌다네.	白髮一已繁.
우활하여라! 진 목공(秦穆公)의 말이여	闊哉秦穆談,[3]
등골의 힘이 어찌 약해지지 않으리.	旅力豈未愆.
저물어 거센 바람 일어나고	向夕長風起,
찬 구름 서산으로 사라지네.	寒雲沒西山.
차가운 기운 끝내 엄혹해지니	冽冽氣遂嚴,[4]

어지러이 새들은 돌아가네.	紛紛飛鳥還.
인생에 장수함 드물거늘	民生鮮常在,
하물며 시름이 괴롭게 얽히는 바에야.	矧伊愁苦纏.[5]
자주 청주를 사 마시지 못하니	屢闕淸酤至,
올해에는 즐거울 것도 없었네.	無以樂當年.
곤궁과 현달을 생각치 않으니	窮通靡攸慮,[6]
초췌히 자연의 변화를 따를 뿐.	憔悴由化遷.
나를 생각함에 깊은 감회 생겨나고	撫己有深懷,
시절이 바뀌니 더욱 감개 찾아드네.	履運增慨然.[7]

1)구인(舊人): 고인이 된 사람. 혹은 晋에서 벼슬하던 옛 신하를 의미함. 2)비천(悲泉): 해가 떨어지는 곳의 이름. 3)진목(秦穆): 秦 穆公. 기원전 7세기의 諸侯로 西戎의 霸者가 되었음. 『尙書 · 周書 · 秦誓』에 의하면 진 목공이 신하들 앞에서 자신의 완력을 자부하며 "백발의 어진 선비 등골의 힘 이미 쇠하였으나 나는 아직도 지니고 있네(番番良士, 旅力旣愆, 我尙有之)"라고 하였다. 4)열렬(冽冽): 차가운 모양. 5)신이(矧伊): 하물며. 伊는 조사. 6)미유려(靡攸慮): 생각하는 바가 없다. 7)이운(履運): 시절이 바뀌는 때를 만남.

호서조에게 화답해 지어 고적조에게 보여줌

(和胡西曹示顧賊曹) 元興 3년(404), 40세에 지었다. 호서조와 고적조는 미상이다. 西曹는 州郡에서 吏事와 選擧를 담당하는 관직명이며 賊曹는 서조보다 한 등급 낮은 관직으로 도적을 다스리는 일을 맡았다. 시인은 전년부터 몸소 농사를 짓기 시작했으며 당시 상경리에 거주하였다. 이 시는 봄에 지은 「時運」의 후속편으로, 여름날의 풍경을 그리는 한편 농사로 생활의 방편을 마련하기 어려운 고충을 말하고 있다.

유빈(蕤賓)에 해당하는 오월	蕤賓五月中,[1]
맑은 아침 남쪽에서 선선한 바람 일어나네.	淸朝起南颸.
빠르지 않고 더디지도 않게	不駛亦不遲,
펄럭펄럭 내 옷으로 불어오네.	飄飄吹我衣.
겹겹의 구름 밝은 해를 가리고	重雲蔽白日,
가랑비는 어지러이 흩어지네.	閒雨紛微微.
눈길에 맡겨 서쪽 정원 바라보니	流目視西園,
빛을 내며 자규꽃 만발하였네.	曄曄榮紫葵.[2]
지금은 몹시 사랑스러워도	於今甚可愛,
다시 지리니 어이하리오.	奈何當復衰.
이 꽃에 느껴 때맞춰 즐기길 원하나	感物願及時,

마실 술 없어 매양 아쉽기만 하여라.	每恨靡所揮.
한참 추수를 기다려야 하니	悠悠待秋稼,
꽃이 더디 지기만을 바랄 뿐.	寥落將賒遲.
아득한 상념 꺼지지 않거늘	逸想不可淹,[3]
미친 듯 홀로 길이 슬퍼하네.	猖狂獨長悲.

---

1)유빈(蕤賓): 十二律 가운데의 하나. 12개월을 12개의 성음에 대응시킬 때 유빈은 仲夏에 해당함. **2**)엽엽(曄曄): 찬란히 빛남. **3**)일상(逸想): 세속을 초탈한 생각.

종제 중덕을 슬퍼함(悲從弟仲德)

義熙 8년(412), 48세에 지었다. 이해 도연명은 남촌에서 이사하여 6년간 떠나 있던 상경리의 옛집으로 이사해 있었다. 중덕은 시인의 사촌 아우로, 이름은 敬德이며 敬遠의 동생이다.

애통함 머금고 옛집 찾아드니	銜哀過舊宅,
슬픈 눈물 마음에 맺혀 떨어진다.	悲淚應心零.
묻노니 누굴 위해 슬퍼하는가?	借問爲誰悲,
그리운 사람 이미 구천에 있는 것을.	懷人在九冥.
상복은 종형제의 예를 따랐어도	禮服名群從,[1]
은혜와 사랑은 친동기와 한가지였다.	恩愛若同生.
문 앞에서 손잡고 헤어질 때에	門前執手時,
어찌 생각했으랴! 너 먼저 떠날 줄을.	何意爾先傾.[2]
운명에서 끝내 헤어나지 못하니	在數竟不免,[3]
산을 쌓다 이루지 못하였구나.	爲山不及成.
어머니 몹시 애통해 병이 나셨고	慈母沉哀疢,
두 아들은 겨우 몇 살인 것을.	二胤纔數齡.
부부의 위패 빈집에 덩그라니 놓였건만	雙位委空館,

조석으로 곡소리도 없구나.	朝夕無哭聲.
먼지는 날려 빈자리에 쌓이는데	流塵集虛座,
묵은 풀은 앞마당에 떼 지어 자라난다.	宿草旅前庭.
섬돌에는 노닐던 자취 허전한데	階除曠游迹,
원림에는 그대로 따뜻한 정 남아 있다.	園林獨餘情.
아득히 조화를 따라 떠나니	翳然乘化去,
영원히 네 몸을 되찾을 길 없구나.	終天不復形.[4]
발걸음 무거이 되돌아오노라니	遲遲將回步,[5]
마음 구슬퍼 비통함 옷깃에 가득하네.	惻惻悲襟盈.

---

1)예복(禮服): 喪服의 禮制. 2)경(傾): 傾世. 세상을 버리다. 3)재수(在數): 하늘의 운수에 달림. 4)복형(復形): 몸을 얻어 다시 살다. 5)지지(遲遲): 느릿느릿.

卷之三 詩五言

처음 진군참군이 되어 곡아를 지나며(始作鎭軍參軍經曲阿)

元興 3년(404), 40세에 지었다. 전년 12월 楚王 桓玄은 晋을 찬탈하고 황제에 올라 개국연호를 永始라 하였다. 이듬해 2월 진의 중신들은 劉裕를 맹주로 추대하였으며 3월에 유유는 建康을 공격해 들어갔다. 당시 行鎭軍將軍 유유의 軍府가 京口에 설치되어 있었는데, 도연명은 참군으로 부름을 받아 그곳으로 부임하던 도중 곡아를 지나며 이 시를 지었다. 곡아는 지금의 江蘇省 丹陽이다. 시인은 앞서 지은 「榮木」시에서 입신의 의향을 표하였던 바, 당시 유유의 군대가 의군(義軍)으로 인식되었던 터라 일단 참군의 직에 응하였다. 그러나 출사를 위한 행로의 도중 귀은의 지취를 말하는 모순심리를 보임으로써 스스로 관직 생활이 오래가지 못할 것임을 암시하고 있다.

젊은 시절 인사의 밖에 뜻을 두어	弱齡寄事外,[1]
마음을 거문고 책에 맡기었네.	委懷在琴書.
베옷 입어도 즐거워 자득하고	被褐欣自得,
자주 쌀독 비어도 늘 편안하였다.	屢空常晏如.[2]
때가 와 구차히 말없이 응하니	時來苟冥會,
고삐를 돌려 대로에서 쉬었다네.	宛轡憩通衢.[3]
지팡이 버려둔 채 아침 행장 꾸리라 명하고	投策命晨裝,
잠시 전원과 멀어지게 되었다오.	暫與園田疏.
아득하니 외로운 배로 떠나가며	眇眇孤舟逝,[4]
끊임없이 돌아올 생각에 휩싸였네.	綿綿歸思紆.

내 가던 길 어찌 멀지 않았던가?	我行豈不遙,
산 오르고 물 건너 천여 리 길을 달렸다오.	登降千里餘.
눈은 시내와 길의 다름에 지겨웠고	目倦川途異,
마음은 산택의 옛집을 생각하였소.	心念山澤居.
구름 보면 높이 나는 새에게 부끄럽고	望雲慚高鳥,
물가에선 노는 물고기에게 부끄러웠네.	臨水愧游魚.
질박한 생각 처음부터 마음에 있었으니	眞想初在襟,[5]
뉘라 몸의 구속을 받았다 말하리?	誰謂形迹拘.
애오라지 자연의 변화에 의지하다	聊且憑化遷,
끝내 반생처럼 어진 이의 오두막으로 돌아가리.	終返班生廬.[6]

---

1)약령(弱齡): 젊은 나이를 가리킴. 『禮記 · 曲禮』, "스무 살을 약이라 하며 관례를 치른다(二十曰弱, 冠)." **2**)누공(屢空): 양식이 떨어질 정도로 가난함. 『論語 · 先進』, "안회는 거의 이루었으나 자주 쌀독이 비는구나(子曰, 回也其庶乎, 屢空)." **3**)잠시 벼슬살이한 것을 비유함. **4**)묘묘(眇眇): 요원한 모양. **5**)진상(眞想): 자연에 맡기려는 생각을 가리킴. **6**)반생(班生): 東漢 때의 班固를 가리킴. 저술로 『漢書』와 「兩都賦」 등이 있음. 이 구절은 그의 「幽通賦」에 나오는 "끝내 자신을 보전하여 본보기를 남기려니, 어진 이의 오두막에서 살리라(終保己而貽則兮, 里上仁之所廬)"라는 구절을 원용한 것임.

경자년 5월, 도읍으로부터 돌아오다 규림에서 험한 바람을 만나다(庚子歲五月中從都還阻風於規林, 二首)

隆安 4년(400), 36세에 지었다. 당시 도연명은 都督七州軍事, 荊州 · 江州刺史였던 桓玄의 州府에 출사하여 사자로 도읍에 다녀오던 도중 이 시를 지었다. 규림은 어느 곳인지 자세하지 않다.

(1)

걷고 걸으며 귀로를 따라올 제	行行循歸路,
날 헤며 고향 집 바라보았네.	計日望舊居.
제일 기쁘기는 어머니 모심이요	一欣侍溫顔,[1]
다음 기쁨은 형제를 만남이라.	再喜見友于.
노 흔들며 험한 물굽이길 가며	鼓棹路崎曲,
햇살이 서편으로 넘어감을 가리키네.	指景限西隅.
강산이 어찌 험하지 않으랴만	江山豈不險,
나그네는 앞길만 생각하네.	歸子念前途.
남풍이 내 마음을 저버리니	凱風負我心,[2]
노 거둔 채 궁벽한 호수에 지켜 설 뿐.	戢枻守窮湖.

웃자란 풀들 저 멀리 가이 없는데 高莽眇無界,
여름 만난 나무는 홀로 우거져 있네. 夏木獨森疏.[3)]
나그네의 뱃길이 멀다 뉘 말하나? 誰言客舟遠,
가까이 백여 리 땅이 바라보이네. 近瞻百里餘.
눈길을 옮겨 보니 남쪽 재인 줄 알겠으나 延目識南嶺,[4)]
속절없이 장차 어찌 갈까 탄식한다네. 空歎將焉如.

(2)

자고로 나그네길 탄식했거늘 自古歎行役,[5)]
나 지금에야 비로소 알겠노라. 我今始知之.
산천은 한결같이 어찌 그리 광활한가! 山川一何曠,
바람과 물의 변화 예측할 길 없도다. 巽坎難與期.[6)]
일렁이는 파도 떠들썩 하늘에 울리고 崩浪聒天響,
거센 바람은 잠잠할 때 없다오. 長風無息時.
오랜 여행에 고향 땅 그리운데 久游戀所生,[7)]
어찌 이곳에 오래 머무르랴. 如何淹在玆.

가만히 아름다운 원림을 떠올리니	靜念園林好,
인간세상을 실로 떠날 만하구나.	人間良可辭.
한창의 나이 몇 해나 남았을까?	當年詎有幾,[8]
마음을 따라야지 또 무얼 의심하랴.	縱心復何疑.

---

1)온안(溫顔): 온화한 얼굴. 인자한 어머니를 가리킴. **2)**개풍(凱風): 98p 주2번 참조. **3)**삼소(森疏): 수목의 가지와 잎이 빽빽한 모양. **4)**남령(南嶺): 廬山의 높은 봉우리 가운데 하나. **5)**행역(行役): 공무로 외지를 여행함. **6)**손감(巽坎): 8괘의 이름으로 巽은 바람을, 坎은 물을 상징함. 난여기(難與期): 예정하기 어렵다. **7)**소생(所生): 태어난 곳이나 어머니를 가리킴. **8)**당년(當年): 장년의 시절.

신축년 7월, 휴가를 마치고 강릉으로 돌아가는 밤길에

(辛丑歲七月赴假還江陵夜行塗中) 隆安 5년(401), 37세에 지었다. 추측컨대, 도연명은 앞서 江州州府에서 임직하다가 荊州(治所가 江陵에 있었음)로 전임되었다. 고향에서 휴가를 보내고 강릉의 임소로 돌아가며 감회를 읊었는데 1년 전에 지은 앞의 「庚子歲五月中從都還阻風於規林」에 비해 歸隱의 의지가 명확하다.

한가롭게 살아온 삼십 년	閑居三十載,
드디어 세상사에 어둡게 되었네.	遂與塵事冥.
시서를 평소 더욱 애호하며	詩書敦宿好,[1]
원림에는 속된 정취 없다.	林園無世情.
어찌 이를 버려두고 떠나가	如何捨此去,
요원한 남쪽 형주(荊州)땅에 이르렀나?	遙遙至南荊.[2]
초가을 달 아래 노 두드리며	叩枻新秋月,
물가에서 벗들과 이별하네.	臨流別友生.
서늘한 바람 일고 날 저무는데	涼風起將夕,
밤 경치 맑고도 투명하다.	夜景湛虛明.
밝고 환한 하늘은 광활하고	昭昭天宇闊,

맑게 빛나는 수면은 잔잔하다.	皛皛川上平.
일 때문에 편히 잠들 겨를 없이	懷役不遑寐,[3]
한밤중에도 여전히 외롭게 길을 가네.	中宵尙孤征.
상가(商歌) 불러 쓰임은 내 일 아니요	商歌非吾事,[4]
의연히 함께 밭 갈고자 하네.	依依在耦耕.
관모를 버려두고 고향에 돌아오리니	投冠旋舊墟,[5]
좋은 관직에 얽매이지 않으리.	不爲好爵縈.
문 닫고 초가 아래서 참됨을 기른다면	養眞衡茅下,[6]
선함으로 나의 이름 세울 수 있으리.	庶以善自名.

1)숙호(宿好): 예전부터 좋아함. 2)남형(南荊): 荊州의 치소는 湖北 江陵에 있었으며 이곳은 본래 남방 초나라의 땅이었음. 3)회역(懷役): 주어진 일. 4)상가(商歌): 본래 商땅의 노래를 가리키나 후대에는 벼슬을 구하는 자의 노래라는 의미를 지님. 『呂氏春秋 · 擧難篇』에 甯戚이란 자가 齊 桓公에게 商歌를 불러 주어 기용된 고사가 있음. 5)투관(投冠): 관직을 버림. 6)양진(養眞): 진실되고 질박한 본성을 기름.

계묘년에, 회고전사에서 봄 밭갈이를 시작하며

(癸卯歲始春懷古田舍, 二首)　元興 2년(403), 39세에 지었다. 도연명은 36세부터 桓玄이 관할하던 州府에서 임직하다 37세 겨울에 모친상을 당해 귀향하며 퇴직하였다. 이 시를 짓기 1년 전, 환현은 도읍을 공격해 함락시키고 太尉로 자칭하면서 국정을 손에 쥐었다. 도연명은 국사가 날로 어지러워지자 드디어 躬耕을 결심하고 행동에 옮기게 되었다.

(1)

전에 남쪽의 농토 좋다 들었건만	在昔聞南畝,
그때에는 끝내 일궈 보지 못했네.	當年竟未踐.
자주 쌀독이 빈 사람 이미 있거늘	屢空旣有人,[1]
난들 봄 밭갈이를 어찌 면하랴.	春興豈自免.
이른 새벽 달구지를 갖추고	夙晨裝吾駕,
길을 열며 가노라니 마음 벌써 유유하다.	啓塗情已緬.
새는 지저귀며 새 계절을 기뻐하고	鳥哢歡新節,
온화한 바람 넉넉히 선심을 베푸네.	泠風送餘善.
잡초는 거친 오솔길을 덮었고	寒草被荒蹊,
땅이 멀어 사람이 드무네.	地爲罕人遠.
이래서 지팡이 세워둔 채 김매던 늙은이	是以植杖翁,[2]

유연히 밭 갈며 다시 돌아가지 않았구나. 悠然不復返.
사리를 따짐은 박식한 이에게 부끄러워도 卽理愧通識,
몸을 보전함이야 어찌 천박하다 하리오. 所保詎乃淺.

(2)

앞 스승 남기신 가르침 있어 先師有遺訓,[3]
도를 근심하되 가난을 근심치 말라셨네. 憂道不憂貧.[4]
바라보면 아득해 미칠 수 없지만 瞻望邈難逮,
오래도록 힘쓸 뜻 지니려 하네. 轉欲志長勤.
쟁기 잡고 기쁘게 때맞춰 일을 하며 秉耒歡時務,
웃는 낯으로 농부를 권면하네. 解顔勸農人.
평평한 밭에는 멀리서 바람 불어오고 平疇交遠風,
어여쁜 싹들도 새봄을 맞이하네. 良苗亦懷新.
올해의 수확 짐작할 수 없어도 雖未量歲功,
일 나서니 즐거움 한량없도다. 卽事多所欣.
밭 갈고 씨 뿌리며 때때로 쉬어도 耕種有時息,

행인들 나루를 묻지 않는구나.	行者無問津.[5]
해 들면 서로 같이 돌아오고	日入相與歸,
항아리 술로 이웃들을 위로하네.	壺漿勞近鄰.
길게 읊조리며 사립문 닫노라니	長吟掩柴門,
애오라지 농토 위의 백성이 되었구나.	聊爲隴畝民.

---

1)『論語 · 先進』, "공자가 말하길, '안회는 거의 이루었구나. 자주 쌀독이 비는구나' 하였다(子曰, '回也其庶乎, 屢空')." 2)치장옹(植杖翁): 『論語 · 微子』, "자로가 따라가다 뒤쳐졌는데, 지팡이를 짚고 대바구니를 멘 노인장을 만났다. 자로가 묻기를 '노인장은 우리 선생님을 보셨습니까?' 하니 장인이 말하길, '사지를 부지런히 놀리지 않으며, 오곡도 분간하지 못하니 누구를 선생이라 하는가?' 하고는 지팡이를 꽂아 놓고 김을 매었다(子路從而後, 遇丈人以杖荷蓧. 子路問曰, '子見夫子乎?' 丈人曰, '四體不勤, 五穀不分, 孰爲夫子?' 植其杖而芸)." 3)선사(先師): 孔子를 가리킴. 4)『論語 · 衛靈公』, "군자는 도를 근심하고 가난을 근심하지 않는다(君子憂道不憂貧)." 5)문진(問津): 나루를 물음. 길을 묻거나 道를 물어 추구한다는 뜻으로도 쓰임. 『論語 · 微子』, "장저와 걸닉이 나란히 밭을 가는데, 공자가 지나가다 자로를 시켜 나루를 묻게 하였다(長沮桀溺耦而耕, 孔子過之, 使子路問津焉)."

계묘년 12월, 종제 경원에게 지어 줌(癸卯歲十二月中作與從弟敬遠)

앞의 시와 마찬가지로 39세에 지었다. 도연명은 이해부터 회고전사에서 몸소 농사를 짓기 시작했으나 수확은 적고 고생이 많았다. 아무것도 즐거울 것 없는 생활이지만 躬耕의 결심과 固窮節의 신념은 확고하다. 종제 경원에 대해서는 「祭從弟敬遠文」을 참조하기 바람.

나무 비껴 놓은 문 아래 행적을 거둔 채	寢迹衡門下,
아득히 세상과 서로 단절되었네.	邈與世相絶.
돌아보아도 알 사람 없으니	顧眄莫誰知,
사립문은 낮에도 늘 닫혀 있구나.	荊扉晝常閉.
쌀쌀한 세모의 바람	凄凄歲暮風,
침침히 종일 내리는 눈.	翳翳經日雪.
귀 기울여도 작은 소리 없고	傾耳無希聲,
눈 가득한 것은 희고 깨끗함.	在目皓已潔.
매서운 기운 옷소매를 파고드는데	勁氣侵襟袖,
일단사 일표음(一簞食一瓢飮)도 자주 마련하지 못하네.	簞瓢謝屢設.[1]
쓸쓸하니 텅 빈 집 안에는	蕭索空宇中,
한 가지 즐거울 것 없어라.	了無一可悅.

천 년 전의 글을 살펴보다	歷覽千載書,
때때로 고인의 열렬한 정신을 발견할 뿐.	時時見遺烈.
높은 지조야 좇아 오를 수 없지만	高操非所攀,
빈궁을 고수한 절개를 터득해 보려네.	謬得固窮節.
벼슬길일랑 구차하게 가지 않으려니	平津苟不由,[2]
은거해 밭 갊을 어찌 졸렬하다 하리.	栖遲詎爲拙.[3]
한마디 말 밖에 뜻을 부치나	寄意一言外,
이런 마음속 언약을 뉘라 변별해 내리.	玆契誰能別.

---

1)단표(簞瓢): 대나무 그릇과 표주박. 가난한 자의 음식이 담긴 용기. 『論語 · 雍也』, "어질도다. 안회여 한 대그릇의 밥과 한 표주박의 음료수로 더러운 동네에 사는 것을 사람들은 그 근심을 견디지 못하거늘 안회는 그 즐거움을 고치지 않는구나(賢哉, 回也! 一簞食一瓢飮, 在陋巷, 人不堪其憂, 回也不改其樂)." **2**)평진(平津): 평탄한 나루터. 여기서는 길의 뜻으로 전용되어 벼슬길을 비유한 것임. **3**)서지(栖遲): 살아감이 느긋함. 은거해 농사함을 의미함.

을사년 3월, 건위참군이 되어 도읍에 사자로 가다 전계를 지나며(乙巳歲三月爲建威參軍使都經錢溪)

義熙 원년(405), 41세에 지었다. 전년 6월, 도연명은 京口에 부임하여 劉裕의 鎭軍將軍府의 참군이 되었다가 세모에 귀가했고 이후 建威將軍 · 江州刺史 劉敬宣의 참군에 임명된 것으로 보인다. 당시의 정국은 桓玄이 죽고 安帝가 도읍으로 돌아와 상대적으로 평온하였다. 전계는 지금의 安徽省 貴池縣 동쪽 지역이다.

나 이곳 밟아 보지 못한 채	我不踐斯境,
세월은 이미 많이도 쌓였구나.	歲月好已積.
조석으로 길 가며 산천을 보니	晨夕看山川,
일마다 모두 예전과 같다네.	事事悉如昔.
가랑비 높은 수풀을 씻어내고	微雨洗高林,
거센 바람 불자 구름 높이 날던 새 깃을 바로잡네.	淸飆矯雲翮.
이러한 만물 있음을 사랑스럽게 보는데	眷彼品物存,
의로운 바람도 사라지지 않았네.	義風都未隔.[1]
너는 어찌된 사람이길래	伊余何爲者,
힘들이며 이 일을 하고 있는가?	勉勵從玆役.
몸이야 제약을 받는 듯하나	一形似有制,

평소의 마음일랑 바꿀 수 없네.	素襟不可易.[2]
원전을 밤낮으로 그리워하니	園田日夢想,
어찌 오래 떨어질 수 있으리.	安得久離析.[3]
끝내 빠른 시간이 마음에 걸리나니	終懷在壑舟,[4]
진실로 서리 속의 잣나무처럼 뜻을 지키리.	諒哉宜霜柏.[5]

---

1)의풍(義風): 각 사물에게 적당하고 걸맞는 바람. 여기서는 쌍관의를 지녀 실제 부는 바람과 道義의 바람을 함께 의미함. 2)소금(素襟): 무늬나 장식이 없는 옷깃. 전용되어 본래의 마음을 의미함. 3)이석(離析): 헤어져 갈라섬. 4)학주(壑舟): 골짜기 속의 배처럼 시간이 빨리 흘러감을 비유한 것임. 『莊子 · 大宗師』, "무릇 배를 골짝에 감추고 산을 못에 감춘다면 견고하다 할 것이다(夫藏舟於壑, 藏山於澤, 謂之固矣)." 5)상백(霜柏): 서리 속의 잣나무. 군자의 형상을 비유한 것. 『論語 · 子罕』, "한 해가 추워진 연후에야 소나무 · 잣나무가 늦게 시듦을 알게 된다(歲寒, 然後知松柏之後凋也)."

옛 거처에 돌아와(還舊居)

義熙 8년(412), 48세에 지었다. 도연명은 42세에 上京里 옛집을 떠나 원전이 있던 곳으로 이주해 농사를 지으며 살았다. 그 후 화재를 당해 남촌에서 살다가 다시 6년 만에 옛집으로 돌아왔다.

예전 상경리 집에 살다가	疇昔家上京,[1]
육 년 지나 다시 돌아왔다네.	六載去還歸.
오늘 비로소 다시 와 보니	今日始復來,
마음 처량하여 슬픔이 많도다.	惻愴多所悲.
밭두둑길 전과 변함없어도	阡陌不移舊,[2]
동네 집들은 간혹 달라져 있구나.	邑屋或時非.
옛집 주위를 두루 다녀 보니	履歷周故居,
이웃 늙은이들 남은 이가 드무네.	鄰老罕復遺.
걸음마다 지난 자취 찾아보니	步步尋往迹,
어느 곳에선 특히 마음이 쏠린다오.	有處特依依.
인생 백 년의 유전과 변화	流幻百年中,[3]
추위와 더위는 날로 서로 떠밀 듯 흘러가네.	寒暑日相推.
항상 두렵기는 생명의 힘이 다해	常恐大化盡,

기력이 쉰에도 못 미칠까 함이라네. 氣力不及衰.[4]

밀쳐 놓아둔 채 생각도 말리니 撥置且莫念,

애오라지 한잔 술을 떨쳐 마시리. 一觴聊可揮.

---

1)상경(上京): 潯陽 부근의 지명으로 廬山의 북쪽에 위치함. 2)천맥(阡陌): 밭 사이의 작은 길, 혹은 고을을 가로지르는 길. 남북으로 난 길을 阡, 동서로 난 길을 陌이라 함. 3)유환(流幻): 유동하는 변화. 4)쇠(衰): 쉰 살. 『禮記 · 王制』, "쉰 살에 비로소 노쇠해지기 시작한다(五十始衰)."

무신년 6월, 화재를 당하고(戊申歲六月中遇火)

義熙 4년(408), 44세에 지었다. 도연명은 원전의 거처로 이사와 산 지 3년 되던 해의 여름에 화재로 집이 다 타버리자 가족과 함께 한동안 배 위에서 생활하였다.

초가집 궁벽한 동네에 붙었어도	草廬寄窮巷,
화려한 가마일랑 기꺼이 사양하였네.	甘以辭華軒.[1]
한여름 거센 바람 휘몰아치더니	正夏長風急,
숲가의 집이 불타 쓰러졌다네.	林室頓燒燔.
온 집안에 남은 건물 없이 다 타버리니	一宅無遺宇,
배 타고 숲가 문 앞에 머무르네.	舫舟蔭門前.
길어가는 가을밤	迢迢新秋夕,[2]
아득히 달은 둥글어 가네.	亭亭月將圓.
과실과 채소 다시 자라나건만	果菜始復生,
놀란 새 아직 돌아오지 않는구나.	驚鳥尙未還.
한밤중 우두커니 아득한 생각에 잠겨	中宵佇遙念,
온 하늘 두루 바라본다.	一盼周九天.[3]
젊어서부터 홀로 지조를 간직하다	總髮抱孤介,[4]

홀연히 지나간 사십 년.	奄出四十年.
몸을 대자연의 변화에 맡기니	形迹憑化往,
심령은 길이 홀로 한가로웠네.	靈府長獨閑.[5]
곧고 굳세어 절로 바탕을 지녔으니	貞剛自有質,
옥석도 견고하다 못하리.	玉石乃非堅.
위로 동호계자(東戶季子)의 때를 떠올려 보건대	仰想東戶時,[6]
남은 곡식을 밭 가운데 묵혀 뒀다 하네.	餘粮宿中田.
배 두드리고 근심할 바 없었으니	鼓腹無所思,[7]
아침이면 일어나고 저물면 돌아와 잤다네.	朝起暮歸眠.
이미 그런 시대를 만나지 못했으니	旣已不遇玆,
서쪽 채마밭에 물이나 줄밖에.	且遂灌西園.

---

1)화헌(華軒): 화려한 가마. 본래 大夫 이상의 고관이 타는 가마를 軒이라 함. 2)신추(新秋): 음력 7월을 가리킴. 3)구천(九天): 아홉 겹의 하늘. 여기서는 중앙을 포함한 8방의 하늘. 4)총발(總髮): 總角. 미혼의 남자. 5)영부(靈府): 마음과 정신의 집. 『莊子 · 德充符』, "그러므로 화를 어지럽혀도 안되며 마음에 담아 두어도 안된다(故不足以滑和, 不可入於靈府)." 6)동호(東戶): 東戶季子. 전설상의 고대 군주의 이름. 『淮南子 · 繆稱訓』, "옛날 동호계자의 세상에서는 길에서 흘린 것을 줍지 않았으며 농사를 지으면 양식이 남아돌았고 밭이랑에서 잠을 잤다(昔東戶季子之世, 道路不拾遺, 耒耜餘粮, 宿諸畝首)." 7)고복(鼓腹): 배불리 먹고서 만족해 함. 배를 두드리며 노래함.

기유년 9월 9일(己酉歲九月九日)

義熙 5년(409), 45세에 지었다. 농사를 짓기 시작한 지 4년이 지난 때로, 전후 여덟 구씩 서경과 서정을 펼치며 늦가을이 주는 비감에 사로잡혀 짧은 인생에 대한 애상을 노래하였다.

더딘 듯 늦가을 찾아들고	靡靡秋已夕,[1]
쓸쓸히 바람 이슬 교차하네.	凄凄風露交.
덩굴 풀 다시 무성하지 못하며	蔓草不復榮,
정원의 나무 덩그라니 절로 시드네.	園林空自凋.
청정한 기운에 한 점 먼지 없으며	淸氣澄餘滓,
아득히 멀리 하늘은 높아만 가네.	杳然天界高.
슬픈 매미 소리를 남기지 못하고	哀蟬無留響,
기러기떼 구름 덮인 하늘을 울며 가네.	叢雁鳴雲霄.
한없는 변화는 서로 이어지는데	萬化相尋繹,[2]
인생이 어찌 고단하지 않으리오?	人生豈不勞.
옛부터 다 죽어 갔으니	從古皆有沒,
그런 생각에 마음속은 타들어 갈 듯.	念之中心焦.
어찌해야 내 정에 맞으려나?	何以稱我情,

탁주 마시고 도연히 취하려오.	濁酒且自陶.
천 년 후야 알 바 아니거늘	千載非所知,
애오라지 오늘 아침을 노래하리.	聊以永今朝.[3]

---

1)미미(靡靡): 느린 걸음으로 걷는 모양. 『詩經 · 王風 · 黍離』, "걷는 길이 느릿느릿하구나(行邁靡靡)." 2)만화(萬化): 천지만물의 변화. 3)영(永): 노래하다. 영(詠)과 같음.

경술년 9월, 서쪽 밭에서 올벼를 수확하고

(庚戌歲九月中於西田穫早稻) 義熙 6년(410), 46세에 지었다. 힘써 밭 갈며 일한 사람만이 느낄 수 있는 추수 후의 심경이 담겨 있다. 기쁘다는 말은 없어도 넉넉한 심정이 절로 흘러넘친다.

인생에는 귀착될 도리 있어	人生歸有道,
먹고 입는 것 실로 그 첫째로다.	衣食固其端.
누군들 이를 도모하지 않고	孰是都不營,
스스로 편안함을 구하랴.	而以求自安.
봄부터 농사일을 꾸려 오니	開春理常業,
한 해의 수확을 바라게 되었네.	歲功聊可觀.[1]
새벽에 나와 조금 힘을 쓰고	晨出肆微勤,[2]
해질 무렵 벼를 지고 돌아오네.	日入負禾還.
산속이라 서리 이슬이 많으며	山中饒霜露,
바람 기운도 일찍 차갑구나.	風氣亦先寒.
농사꾼의 집 어찌 고생스럽지 않으리?	田家豈不苦,
이런 어려움 벗어날 길 없다네.	弗獲辭此難.

사지는 실로 피곤하여도	四體誠乃疲,
뜻밖의 근심은 거의 없다오.	庶無異患干.
세수하고 처마 밑에서 쉬며	盥濯息簷下,
한 말 술로 마음과 얼굴을 푸네.	斗酒散襟顔.[3]
아득한 장저(長沮)와 걸닉(桀溺)의 마음	遙遙沮溺心,[4]
천 년 뒤의 나와 상관이 있었구려.	千載乃相關.
다만 오래도록 이 같기를 바라나니	但願長如此,
몸소 밭 갊은 탄식할 것 없다오.	躬耕非所歎.

---

1)세공(歲功): 한 해 동안 힘쓴 결과. 한 해의 수확. **2**)미근(微勤): 조금 일하다. 노동량에 비해 하늘이 내려 준 수확이 적지 않다는 생각에서 한 말임. **3**)금안(襟顔): 마음과 얼굴. **4**)저닉(沮溺): 장저(長沮)와 걸닉(桀溺). 공자와 동시대의 은자. 47p 주8번 참조.

병진년 8월, 하손의 전사에서 수확하고

(丙辰歲八月中於下潠田舍穫)　義熙 12년(416), 52세에 지었다. 「歸去來兮辭」를 짓고 고향에 돌아와 농사를 지은 지 12년이 되는 해이다. 下潠은 인근의 지명으로, 동쪽 숲의 부근으로 추정된다.

가난한 살림을 농사에 의지하니	貧居依稼穡,[1]
동쪽 숲가에서 힘 다해 일하였네.	戮力東林隈.
봄 밭갈이의 고생 말할 것 없지만	不言春作苦,
늘 뜻대로 되지 않을까 염려했다오.	常恐負所懷.
전관(田官)은 추수에 관심 있어	司田眷有秋,[2]
말 건네 나와 우스갯소리 나누네.	寄聲與我諧.
주린 이 비로소 배부를까 기뻐하며	饑者歡初飽,
옷 입고 닭 울기만 기다렸다오.	束帶候鳴雞.[3]
노를 들고 잔잔한 호수 지나며	揚楫越平湖,
배 띄워 맑은 골짝 따라 돌아드네.	泛隨淸壑迴.
잡초 우거진 거친 산속에	鬱鬱荒山裡,
원숭이 소리 한가롭고도 애처롭네.	猿聲閑且哀.
구슬픈 바람은 고요한 밤을 좋아하고	悲風愛靜夜,

숲의 새는 새벽이 옴을 기뻐하네. 林鳥喜晨開.

나 농사일 시작한 이래 曰余作此來,

성화(星火)는 이미 열두 번을 기울었소. 三四星火頹.[4]

맵시 있던 시절 지나가 이미 늙었으나 姿年逝已老,

농사일이야 어김이 없었다오. 其事未云乖.

옛날 하조옹(荷蓧翁)에게 감사하나니 遙謝荷蓧翁,[5]

애오라지 그대를 좇아 살고 싶다오. 聊得從君栖.

---

1)가색(稼穡): 파종과 수확. 2)사전(司田): 농사를 담당하는 관리. 3)속대(束帶): 옷에 띠를 하고 갖춰 입음. 4)성화(星火): 大火로도 불림. 氐 · 房 · 心의 세 별로 夏至 무렵의 별임. 5) 하조옹(荷蓧翁): 공자와 동시대인으로 은거해 농사를 짓던 정체불명의 은자. 『論語 · 微子』, "자로가 따라오다 뒤쳐졌는데 지팡이를 짚고 삼태기를 멘 노인을 만났다(子路從而後, 遇丈人以杖荷蓧)."

음주(飮酒, 二十首 - 幷序)

앞의 시와 마찬가지로 義熙 12년(416), 52세에 지었다. 추수 이후로부터 겨울을 나는 동안 지은 시편이 모아져 있다. 주흥의 산물이지만 어지러운 세상에서 펼쳐진 인생역정을 돌아보는 가운데 자신의 사상과 생활, 정조와 지취를 온전히 담아 내었다.

나는 한가롭게 살아 즐거움이 적은데 근래 밤마저 길어지고 있던 차에 우연히 좋은 술을 얻게 되어 하루 저녁도 마시지 않은 적이 없다. 그림자 돌아보며 홀로 잔을 비우고 홀연히 다시 취하곤 하였다. 취한 후에는 문득 시 몇 편을 지어 스스로 즐겼는데 붓으로 종이에 옮겨 적을 만한 것이 많게 되었다. 말에 조리와 순서가 없지만 애오라지 친구에게 쓰게 하여 즐거운 웃음거리로 삼고자 한다. 余閑居寡歡, 兼比夜已長, 偶有名酒, 無夕不飮. 顧影獨盡, 忽焉復醉. 旣醉之後, 輒題數句自娛, 紙墨遂多. 辭無詮次, 聊命故人書之, 以爲歡笑爾.

(1)

영고성쇠는 정해진 자리 없어	衰榮無定在,
이것과 저것이 거듭 함께한다네.	彼此更共之.
오이밭 속의 소평(邵平)이	邵生瓜田中,[1]
어찌 동릉후(東陵侯)였던 때와 같으리?	寧似東陵時.

추위와 더위 차례로 바뀌어 가니	寒暑有代謝,[2]
인생길도 매양 이와 같다네.	人道每如玆.[3]
통달한 이는 그 이치를 깨달아	達人解其會,
맹세코 장차 다시 의심치 않는다오.	逝將不復疑.[4]
문득 한잔 술을 내어 주니	忽與一觴酒,
날 저물면 즐겁게 마신다네.	日夕歡相持.

---

1)소생(邵生): 邵平. 『史記 · 蕭相國世家』, "소평은 옛 진의 동릉후이다. 진이 망하자 포의가 되고 가난해 장안성 동쪽에서 오이를 재배했는데 오이가 좋아 세속에서는 이를 동릉과라 부른다(邵平者, 故秦東陵侯. 秦破, 爲布衣, 貧, 種瓜於長安城東. 瓜美, 故世俗謂之東陵瓜)." **2**)대사(代謝): 교체되는 변화. **3**)인도(人道): 인생의 도리나 규율. **4**)서(逝): 서(誓)와 통하여 맹서의 뜻. 『詩經 · 魏風 · 碩鼠』, "맹세코 장차 너를 떠나리(逝將去女)."

(2)

선을 쌓으면 보답 있다 하건만	積善云有報,
백이(伯夷) 숙제(叔弟) 서산에서 아사했네.	夷叔在西山.[1]
선악이 실로 응보되지 않으나	善惡苟不應,
무슨 일로 공연히 이런 말 생겨났나?	何事空立言.[2]
영계기(榮啓期) 아흔에도 새끼줄 띠를 했고	九十行帶索,[3]
한참 나이에도 굶주림과 추위로 보냈다오.	饑寒況當年.
빈궁을 지키는 절개에 힘입지 못한다면	不賴固窮節,
백세 후에 의당 뉘인들 알려지랴.	百世當誰傳.

---

1)이숙(夷叔): 伯夷와 叔弟. 제후인 孤竹君의 두 아들로, 周의 武王이 殷의 폭군 紂를 칠 때 신하로서 임금을 치는 것의 부당성을 말하였으나 받아들여지지 않자 首陽山에 숨어 들어 고사리를 캐 먹다 죽음. 2)입언(立言): 주장을 내세움. 불교의 인과응보설을 염두에 둔 것임. 3)춘추시대의 은자인 榮啓期의 고사. 『列子 · 天瑞篇』, "공자가 태산에 놀러 갔다가 영계기가 성땅의 들판을 가는 것을 보았는데, 사슴 털가죽 옷에 새끼로 띠를 하고 거문고를 타며 노래하였다(孔子遊於泰山, 見榮啓期行乎郕之野, 鹿裘帶索, 鼓琴而歌)."

(3)

도덕을 상실한 지 천 년이 되어 가니	道喪向千載,
사람마다 그의 정(情)을 아끼고 있네.	人人惜其情.[1]
술 있어도 마시려 하지 않고	有酒不肯飮,
다만 세간의 명리만 돌아볼 뿐.	但顧世間名.
내 몸을 귀히 여기는 까닭	所以貴我身,
어찌 한 번의 인생인 때문 아니리.	豈不在一生.
한평생은 또 얼마나 되나?	一生復能幾,
빠르기 마치 놀래키면 흐르는 번개인 양.	倏如流電驚.
허망한 백 년 세월 안에서	鼎鼎百年內,[2]
이에 의지해 무엇을 이루려는가?	持此欲何成.[3]

1)석기정(惜其情): 자신의 사적인 감정과 욕구만 소중히 여김. 2)정정(鼎鼎): 차질이 있어 허망하게 지나간다는 뜻. 3)차(此): 세간의 명리를 가리킴.

(4)

안절부절못하는 무리 잃은 새	栖栖失群鳥,[1]
날 저물었건만 홀로 날아가네.	日暮猶獨飛.
깃들일 곳 없어 배회하니	徘徊無定止,[2]
밤마다 울음소리 더욱 구슬프다.	夜夜聲轉悲.
애처로운 소리로 맑은 새벽 기다리나	厲響思淸晨,
멀리 간다 한들 어디에 의지하리.	遠去何所依.
홀로 선 소나무 만나니	因値孤生松,
멀리서 날아와 날개를 접는구나.	斂翮遙來歸.
세찬 바람에 꽃 핀 나무 없는데	勁風無榮木,
이 나무 우거져 시들지 않는구나.	此蔭獨不衰.
몸 붙일 곳 이미 얻었으니	托身已得所,
천년토록 서로 떨어지지 않으리.	千載不相違.

1)서서(栖栖): 마음이 불안한 모양. 2)정지(定止): 고정적인 서식처.

(5)

사람 사는 곳에 초가집 얽었어도	結廬在人境,
수레와 말의 소음은 없다오.	而無車馬喧.
그대에게 묻노니, 어찌 그럴 수 있는가?	問君何能爾,
마음이 머니 땅은 절로 치우쳐서라네.	心遠地自偏.
동쪽 울타리 아래서 국화를 따다가	採菊東籬下,
아득히 남산을 바라보네.	悠然見南山.
산 기운은 날 저물어 아름답고	山氣日夕佳,
새들은 더불어 돌아간다네.	飛鳥相與還.
이 가운데 참된 뜻 있으니	此中有眞意,[1]
분변하려 하나 말을 잊었소.	欲辨已忘言.[2]

1)진의(眞意): 자연에 맡기고 따르려는 의취. 『莊子 · 漁父』, "진이라는 것은 하늘에게 받은 것이다. 저절로 그러한 것이기 때문에 바꿀 수 없다(眞者, 所以受於天也, 自然不可易也)." **2**)망언(忘言): 『莊子 · 外物』, "말이란 뜻이 있기 때문이니 뜻을 얻게 되면 말은 잊혀진다(言者所以在意, 得意而忘言)."

(6)

행동거지 천만 가지인 것을	行止千萬端,
뉘라 옳고 그름을 알리.	誰知非與是.
구차히 시비를 평판하고	是非苟相形,
부화뇌동하며 함께 칭찬하고 헐뜯네.	雷同共譽毀.
삼대의 말세에도 이런 일 많았으나	三季多此事,[1]
통달한 선비야 이 같지 않았다오.	達士似不爾.
아아! 세속의 어리석은 자들아	咄咄俗中愚,[2]
하황공(夏黃公) 기리계(綺里季)를 따라야 하리.	且當從黃綺.[3]

---

1)삼계(三季): 105p 주3번 참조. 2)돌돌(咄咄): 놀랍고 의아해 탄식하는 소리.
3)황기(黃綺): 夏黃公과 綺里季. 105p 주8번 참조.

(7)

가을 국화 아름다운 빛깔을 지녀	秋菊有佳色,
이슬 젖은 그 꽃잎을 따네.	裛露掇其英.
이를 망우물(忘憂物)에 띄우니	汎此忘憂物,[1]
세속을 떠난 나의 심정 아득해지도다.	遠我遺世情.
한 잔 술을 비록 홀로 들지만	一觴雖獨進,
술잔이 비면 병도 절로 쓰러진다.	杯盡壺自傾.
해 지자 모든 움직임 멎고	日入群動息,[2]
돌아가는 새들 숲을 날며 운다네.	歸鳥趨林鳴.
동쪽 추녀 밑에서 길게 휘파람 부나니	嘯傲東軒下,
애오라지 다시금 이런 삶 얻게 되었구나.	聊復得此生.

---

1)망우물(忘憂物): 근심을 잊게 하는 물건이란 뜻으로 술을 이른 말. **2)**군동(群動): 움직임이 있는 사물들.

(8)

푸른 솔 정원 동편에 서 있으나	靑松在東園,
뭇 풀들 그 자태 사라졌네.	衆草沒其姿.
서리 맺혀 다른 것 시들었건만	凝霜殄異類,
우뚝하니 높은 가지를 드러내누나.	卓然見高枝.
잇닿은 수풀이야 사람들 느끼지 못해도	連林人不覺,
홀로 선 나무를 많은 이 기이해 하네.	獨樹衆乃奇.
술병 들고 찬 가지 어루만지며	提壺撫寒柯,
먼 곳 바라보다 또다시 쳐다보네.	遠望時復爲.
나의 삶 꿈결 사이에 있거니	吾生夢幻間,
무슨 일로 진세(塵世)의 굴레에 얽매일까?	何事紲塵羈.

(9)

맑은 새벽 문 두드리는 소리 들려	淸晨聞叩門,
바지 거꾸로 입고 나가 문을 여네.	倒裳往自開.[1]
그대 뉘시오? 물으니	問子爲誰歟,
농부가 호의를 보여주네.	田父有好懷.
술단지 들고 멀리 인사 와선	壺漿遠見候,
내가 시대와 어긋남을 괴이히 여기네.	疑我與時乖.
"남루한 옷에 초가지붕 아래 지냄은	襤褸茅簷下,
족히 고상한 처신 아니라오.	未足爲高栖.[2]
온 세상이 함께 됨을 좋아하는데	一世皆尙同,
그대는 그 진흙탕에 뛰어들기 바라오."	願君汨其泥.
"노인장의 말에 깊이 느낀 바 있으나	深感父老言,
천품이 함께 어울리기 어렵네요.	稟氣寡所諧.
고삐 돌림을 실로 배울 만할지라도	紆轡誠可學,[3]
자기를 어김은 어찌 미혹됨이 아닐런가요.	違己詎非迷.
함께 즐거이 술을 마시겠으나	且共歡此飮,
나의 수레는 돌릴 수 없답니다."	吾駕不可回.

1)도상(倒裳): 윗옷을 아래, 바지를 위에 입는 것. 『詩經 · 齊風 · 東方未明』, "동방이 밝지 않았는데, 옷을 허둥지둥 거꾸로 입네(東方未明, 顚倒衣裳)." 2)고서(高栖): 고상한 거처. 3)우비(紆轡): 고삐를 틀어 수레를 돌림. 평소의 뜻을 저버리고 벼슬에 나감을 의미함.

(10)

예전에 일찍이 먼 곳을 노닐어　　在昔曾遠游,[1]

곧바로 동해가에 이르렀다네.　　直至東海隅.[2]

길은 멀고도 길었으며　　道路迥且長,

바람과 물결은 가는 길을 막았다오.　　風波阻中塗.[3]

그 발걸음 누가 그리 시켰던가?　　此行誰使然,

흡사 굶주림에 내몰렸던 듯.　　似爲饑所驅.

몸 숙여 한번 배부름을 꾀했다면　　傾身營一飽,

조금 남을 것도 있기는 했으리.　　少許便有餘.

이것이 명예를 구하는 계책이 아니라는 염려에　　恐此非名計,

수레 멈추고 돌아와 한가롭게 산다오.　　息駕歸閑居.[4]

---

1)원유(遠遊): 먼 곳에서 노닐음. 여기에서는 먼 지방에서 벼슬살이함을 가리킴. 2)동해우(東海隅): 동해의 모퉁이. 京口를 가리킴. 3)36세에 강릉에서 도읍에 갔다 돌아오던 길에 대풍을 만난 일을 가리킴. 「庚子歲五月中從都還阻風於規林, 二首」을 참조 바람. 4)식가(息駕): 가던 수레를 세움. 벼슬을 버린 일을 비유한 것임.

(11)

안연(顔淵)은 어질다 일컬어졌고	顔生稱爲仁,[1]
영계기(榮啓期)는 도를 지녔다 말하네.	榮公言有道.[2]
자주 궁핍하고 수를 누리지 못했으며	屢空不獲年,[3]
오랜 굶주림 노경까지 이르렀네.	長饑至於老.[4]
비록 사후에 이름을 남겼으나	雖留身後名,
일생은 또한 쪼들리고 메말랐네.	一生亦枯槁.
죽고 난 뒤야 알 바가 무어랴?	死去何所知,
마음에 맞음이 진실로 좋은 것을.	稱心固爲好.
그대 천금의 몸을 보양하나	客養千金軀,
죽음에 임해 그 보배 사라진다네.	臨化消其寶.[5]
알몸으로 묻힘을 어찌 꼭 혐오하랴?	裸葬何必惡,[6]
사람들 의당 그 뜻을 헤아려야 하리.	人當解意表.

---

1)안생(顔生): 顔回, 자는 子淵. 공자가 가장 아끼던 수제자. 『論語 · 雍也』, "안회는 그 마음이 석 달 동안 인을 어기지 않으나, 그 나머지는 하루나 한 달에 한 번 이에 이를 따름이다(回也, 其心三月不違仁, 其餘則日月至焉而已矣)." **2)**영공(榮公): 榮啓期. 88p 주7번, 141p 주3번 참조. **3)**불획년(不獲年): 천수를 누리지 못함. 안연은 29세에 백발이 된 후 요절하였음. **4)**영계기가 90세가

되어서도 굶주린 사실을 가리킴. **5**)임화(臨化): 大化, 즉 죽음에 임박함. **6**)나장(裸葬): 알몸으로 매장함. 일찍이 漢의 楊王孫이 나장을 유언한 바 있음.

(12)

장장공(張長公)은 한때 벼슬살이하다	長公曾一仕,[1]
굳센 절개로 문득 시운을 잃었다네.	壯節忽失時.
문 닫아 건 채 다시 나오지 않고	杜門不復出,
종신토록 세상과 떨어져 살았다네.	終身與世辭.
양중리(楊仲理) 대택(大澤)에 돌아오니	仲理歸大澤,[2]
높은 풍도 이로부터 비롯되었네.	高風始在玆.
한번 떠났으면 의당 그만두어야지	一往便當已,
어찌 다시 여우처럼 의심을 하나.	何爲復狐疑.
가자! 가자! 무엇 말할 것 있으랴.	去去當奚道,
세속의 말은 오래도록 거짓된 것을.	世俗久相欺.
떠도는 헛소리 듣지를 말고	擺落悠悠談,[3]
내 가려는 곳 따르기 바라오.	請從余所之.

---

1)장공(長公): 張長公. 西漢의 張摯. 『史記 · 張釋之列傳』, "그의 아들은 장지라 하는데, 자는 長公이다. 관직이 대부에 이르렀으나 그만두고 당세에 용납될 수 없다고 여겼기 때문에 종신토록 벼슬살이하지 않았다(其子曰張摯, 字長公. 官至大夫, 免. 以不能取容當世, 故終身不仕)." **2)** 중리(仲理): 東漢의 楊倫. 『後漢書 · 儒林列傳』, "양륜은 자가 중리로 군의 문학연이 되었다. 뜻이 시대와 어

긋나 드디어 관직을 떠나 대택에서 강의 교수하여 제자가 천여 명에 이르렀다(楊倫, 字仲理, 爲郡文學掾. 志乖於時, 遂去職, 講授於大澤中, 弟子至千餘人)."
3)유유담(悠悠談): 항간에 떠도는 허황되고 망녕된 소리.

(13)

객이 있어 항상 함께 지내도	有客常同止,[1]
나아가고 물러남은 크게 경지가 다르네.	趣舍邈異境.[2]
한 선비 홀로 계속 취해 있고	一士長獨醉,
한 사내 평생 깨어 있구나.	一夫終年醒.
깬 자와 취한 자 서로 비웃으며	醒醉還相笑,
말을 해도 각자 이해하지 못하네.	發言各不領.
얼빠진 듯 어찌 그리 어리석고	規規一何愚,[3]
오만한 듯 도리어 영민해 보이네.	兀傲差若穎.[4]
취한 객에게 말하나니	寄言酣中客,
해 지면 촛불을 밝혀 노시구려.	日沒燭當炳.

1)동지(同止): 同居와 같음. 2)취사(趣舍): 出處와 進退. 取捨와도 통함. 3)규규(規規): 넋이 빠진 모양. 4)올오(兀傲): 우뚝하니 무척 오만하게 굶음.

(14)

벗님들 나의 아취를 기려	故人賞我趣,
술병 들고 함께 찾아와 준다네.	挈壺相與至.
나뭇잎 벌여 놓고 소나무 밑에 앉아	班荊坐松下,[1]
몇 잔 들이키니 이내 다시 취한다.	數斟已復醉.
마을의 어른들 뒤섞여 떠들고	父老雜亂言,
술 들이키자 위아래를 잃는구나.	觴酌失行次.
내 자신 있는지도 잊었거니	不覺知有我,
어찌 외물이 귀한 줄 알랴.	安知物爲貴.
근심스레 머물 곳 못 찾는 이들아	悠悠迷所留,
술 속에 깊은 의미 담겨 있소.	酒中有深味.

1)반형(班荊): 나뭇가지나 잎사귀, 풀 따위를 벌려 놓음.

(15)

가난한 살림에 사람 손길 부족하니	貧居乏人工,
관목만 거칠게 자라는 우리 집.	灌木荒余宅.
줄줄이 나는 새들 잇닿건만	班班有翔鳥,[1]
사람의 발길 적막키도 하여라.	寂寂無行迹.
우주는 어찌 그리 유구한가?	宇宙一何悠,
인생은 백 년에 이르지 못하는 것을.	人生少至百.
세월은 서로 재촉하고 몰아내는 듯	歲月相催逼,
귀밑머리 주변은 벌써 희어졌네.	鬢邊早已白.
궁달의 집착을 버리지 못한다면	若不委窮達,[2]
평소의 뜻에 깊이 애석하리라.	素抱深可惜.[3]

---

1)반반(班班): 끊이지 않고 이어짐. 많은 모양. **2)**궁달(窮達): 빈궁하고 미천함과 부귀하고 현달함. **3)**소포(素抱): 소박하게 간직해 온 마음. 본마음.

(16)

어려서부터 인사를 등한히 하고	少年罕人事,
육경을 즐겨 좋아하였네.	游好在六經.[1]
점점 나이 들어 불혹(不惑)이 되어 가는데	行行向不惑,[2]
제자리에 머물러 이룬 것은 없다오.	淹留遂無成.[3]
끝까지 궁절을 고수하느라	竟抱固窮節,
주림과 추위를 물리도록 겪고 있네.	饑寒飽所更.[4]
낡은 초가엔 슬픈 바람 불어오고	弊廬交悲風,
메마른 풀 앞마당을 뒤덮었네.	荒草沒前庭.
베옷 걸친 채 긴 밤을 지키나	披褐守長夜,
새벽 닭은 울려 하지 않는다오.	晨雞不肯鳴.
유맹공(劉孟公)도 이 세상에 없으니	孟公不在玆,[5]
끝내 나의 심정 어두워진다네.	終以翳吾情.

1)육경(六經): 6종의 유가 경전. 시경(詩經) · 서경(書經) · 주역(周易) · 예기(禮記) · 악기(樂記) · 춘추(春秋). 2)불혹(不惑): 마흔 살. 『論語 · 爲政』, "마흔에는 의혹됨이 없었다(四十而不惑)." 3)엄류(淹留): 오래도록 머무름. 은퇴한 것을 가리킴. 4)경(更): 지나가다. 5)맹공(孟公): 東漢의 劉龔, 자는 孟公. 長安 사람으로, 議論에 뛰어나 馬援 · 班彪 등에게 인정받았으며 당시의 高士 張仲蔚의 사람됨을 홀로 알아주었음.

(17)

그윽한 난초 앞마당에 자라	幽蘭生前庭,
향기 머금고 청풍을 기다리네.	含薰待淸風.
맑은 바람 살랑 불어오자	淸風脫然至,[1]
쑥 사이에서 구별이 되네.	見別蕭艾中.
가고 가다 옛길을 잃더라도	行行失故路,
도를 따른다면 혹 미칠 수 있으리.	任道或能通.[2]
깨달으면 응당 돌아갈 생각해야지	覺悟當念還,
새 다 잡으면 좋은 활 버려두듯.	鳥盡廢良弓.[3]

---

1)탈연(脫然): 빠르지 않은 모양. **2)**임도(任道): 자연의 도에 순응함. 은거해 농사지음을 가리킴. **3)**『史記 · 淮陰侯列傳』, "교활한 토끼가 죽으면 좋은 사냥개가 삶겨지고, 높이 날던 새를 다 잡으면 좋은 활을 숨겨 둔다(狡兎死, 良狗烹, 高鳥盡, 良弓藏)."

(18)

양자운(揚子雲)의 성품 술을 좋아했건만 子雲性嗜酒,[1)]
집이 가난해 구할 방도 없었다네. 家貧無由得.
때로 호사가에게 도움을 받았으니 時賴好事人,
술 싣고 와 의혹을 풀어 달라 했다오. 載醪袪所惑.
잔을 들어 다 마시고 나면 觴來爲之盡,
묻는 말에 충실히 답해 주었네. 是諮無不塞.
때로 말 안하려 한 것 있으니 有時不肯言,
어찌 다른 나라 치는 일 아니었던가. 豈不在伐國.
어진 사람 그 마음을 씀에 仁者用其心,
어찌 드러냄과 침묵에 잘못 있으리. 何嘗失顯默.[2)]

---

1)자운(子雲): 揚雄, 子雲은 그의 字. 西漢 때 사람으로 「甘泉賦」, 「長楊賦」를 지었으며 저서로 『太玄經』, 『法言』 등이 있음. 2)현묵(顯默): 드러내 놓고 말함과 묵묵히 말하지 않음. 출사와 은거의 뜻도 있음.

(19)

예전에 오랜 굶주림 괴로워　　疇昔苦長饑,
쟁기 버리고 벼슬을 구했었지.　　投耒去學仕.
가족을 기름에 방도를 얻지 못하니　　將養不得節,[1]
추위와 굶주림에 얽매인 것이라오.　　凍餒固纏己.
그때 나이는 서른이 되어 가는데　　是時向立年,[2]
뜻과 마음에 부끄러움 하마 많았소.　　志意多所恥.
마침내 지조 있게 분수를 다하려　　遂盡介然分,[3]
끝내 고향에 돌아와 죽기로 하였소.　　終死歸田里.
점차 시간은 흘러가　　冉冉星氣流,[4]
아득히 다시 십이 년 지났다오.　　亭亭復一紀.[5]
세상길은 넓고 먼데　　世路廓悠悠,
양주(楊朱)는 갈림길에서 멈추었다네.　　楊朱所以止.[6]
비록 황금을 뿌릴 일은 없어도　　雖無揮金事,[7]
탁주야 그럭저럭 즐길 만하다오.　　濁酒聊可恃.

---

1)장양(將養): 기름. 절(節): 절도. 법도. 2)입년(立年): 서른 살. 『論語 · 爲政』, "서른에는 자립하였다(三十而立)." 3)개연(介然): 지조가 굳어 변하지 않는 모

양. **4**)염염(冉冉): 앞으로 나아가는 모양. **5**)정정(亭亭): 머나먼 모양. **6**)양주(楊朱): 85p 주1번 참조. **7**)漢 宣帝 때 疏廣의 고사. 「詠二疏」를 참조 바람.

(20)

복희(伏羲) 신농(神農) 내게 아득히 멀고	羲農去我久,
온 세상에 순진함이 적다오.	擧世少復眞.
분주히 애쓰던 노나라의 노인장	汲汲魯中叟,[1]
미봉하여 그들을 순박하게 만들려 했지.	彌縫使其淳.
봉황새 비록 날아오지 않았으나	鳳鳥雖不至,
예악은 잠시 새롭게 되었다오.	禮樂暫得新.
수사(洙泗)의 심오한 말씀 끊어지고	洙泗輟微響,[2]
표랑하듯 광포한 진나라에 이르렀네.	漂流逮狂秦.
시경 서경이 무슨 죄 있어	詩書復何罪,[3]
하루아침에 잿더미 되었던가!	一朝成灰塵.
세심한 여러 노인네들	區區諸老翁,[4]
일을 함에 참으로 정성스러웠다오.	爲事誠殷勤.
어찌하여 어지러운 세상 되어	如何絶世下,
육경과 친한 이 하나 없게 되었나.	六籍無一親.
하루 종일 수레는 치달려 가건만	終日馳車走,[5]
나루를 묻는 이 보이질 않소.	不見所問津.[6]

만약 다시 흔쾌히 마시지 않는다면	若復不快飮,
공연히 두건만 저버릴 뿐.	空負頭上巾.[7]
다만 말에 잘못 많아 한스러우니	但恨多謬誤,
그대들 의당 취한 이를 용서하시게.	君當恕醉人.

---

1)노중수(魯中叟): 孔子를 가리킴. **2**)수사(洙泗): 洙水와 泗水. 사수는 曲阜의 북쪽을 지나 흐르며, 수수는 사수의 지류이다. 공자가 곡부에서 강학한 것을 후대에 두 강을 들어 지칭하였음. **3**)秦 始皇 때에 焚書한 일을 가리킴. **4**)제노옹(諸老翁): 漢나라 초기에 六經을 전수한 伏生·申公 등의 학자를 가리킴. **5**)명리(名利)를 추구하는 세태를 가리킴. **6**)문진(問津): 124p 주5번 참조. **7**)두상건(頭上巾): 머리 위에 쓴 葛巾. 도연명이 술을 거르는 데에 사용하였음.

술을 그만두고서(止酒)

元興 元年(402), 38세에 지었다. 당시 上京里에 거주하고 있었고 비슷한 시기의 작으로는 「和郭主簿」가 있다. 비록 후에 금주의 작심을 깨기는 했으나 매구마다 '止' 자를 사용한 데에서 술을 끊겠다는 굳은 결심을 읽을 수 있다.

사는 곳 성읍에 가까워도	居止次城邑,
유유자적 저절로 한가롭네.	逍遙自閑止.
키 큰 나무 그늘 아래 앉아 보고	坐止高蔭下,
사립문 주위를 걸어도 본다네.	步止蓽門裡.[1]
맛 좋은 채마밭의 푸성귀	好味止園葵,
너무도 사랑스런 어린 녀석.	大歡止稚子.
평생 술을 끊지 못하니	平生不止酒,
술 끊으면 마음에 기쁨은 없으리.	止酒情無喜.
저물어도 편히 잠들지 못하고	暮止不安寢,
새벽 되면 일어나질 못하였네.	晨止不能起.
매일같이 그만두려함은	日日欲止之,
건강이 좋지 못한 때문일세.	營衛止不理.[2]
안 마시면 즐겁지 못한 줄만 알고	徒知止不樂,

안 마시면 내게 이로운지 몰랐다오.	未知止利己.
비로소 그만둠이 좋은 줄 깨닫고는	始覺止爲善,
오늘 아침 참으로 술을 끊게 되었소.	今朝眞止矣.
이제부터 내리 그만둔다면	從此一止去,
장차 부상(扶桑)의 물가에 닿게 되리.	將止扶桑涘.[3]
청초한 얼굴 전의 모습 같으리니	淸顔止宿容,[4]
어찌 천년만년에 그치리오.	奚止千萬祀.

---

1)필문(蓽門): 나뭇가지나 대나무를 엮어 만든 사립문. **2**)영위(營衛): 몸을 보양하는 혈기. 營은 동맥혈, 衛는 정맥혈을 가리킴. **3**)부상(扶桑): 신화 속에 나오는 신령스런 나무 이름. **4**)숙용(宿容): 평소의 용모.

술에 대하여(述酒)

宋 永初 2년(421), 57세에 지었다. 그해 9월, 宋 武帝 劉裕가 이미 선위한 晋 恭帝 司馬德文을 살해하였다. 강제로 독주를 들게 했으나 거부하자 이불을 덮어씌워 죽인 것이다. 도연명은 이 사건에 격분하여 이 시를 지었으되 화를 피하기 위해 최대한 은유적인 방법을 동원하였다.

의적이 처음 만들었고 두강이 맛나게 하였다. 儀狄造, 杜康潤色之.[1]

중리(重離)가 남쪽 땅을 비추니 重離照南陸,[2]
우는 새소리 서로 들려왔다. 鳴鳥聲相聞.[3]
가을 풀 아직 누렇지 않으나 秋草雖未黃,
융풍(融風)이야 오래전 사라졌네. 融風久已分.[4]
흰 돌멩이들 긴 강가에 밝은데 素礫皛修渚,[5]
남악(南嶽)에는 남은 구름 없다오. 南嶽無餘雲.[6]
예장(豫章)이 고문(高門)에 대항하니 豫章抗高門,[7]
중화(重華)는 실로 영분(靈墳)에 있게 되리. 重華固靈墳.[8]
눈물 흘리며 마음속에 탄식하고 流淚抱中歎,
귀 기울여 밤새 우는 새소리 듣는다오. 傾耳聽司晨.

신주(神州)에서 가속(嘉粟)을 바쳤으며	神州獻嘉粟,[9]
서령(西靈)이 우리를 따른다 하네.	西靈爲我馴.[10]
심제량(沈諸梁)이 군대를 통솔하니	諸梁董師旅,[11]
양승(羊勝)은 몸을 잃게 되었으며,	羊勝喪其身.[12]
산양공(山陽公)은 작은 나라로 쫓겨가고	山陽歸下國,[13]
황제의 이름 이루자 거들떠보지 않았다네.	成名猶不勤.
복식(卜式)은 기르기를 잘했고	卜生善斯牧,[14]
신하들은 안락을 즐기며 임금을 섬기지 않았네.	安樂不爲君.[15]
평왕(平王)은 옛 서울을 떠났으며	平王去舊京,[16]
골짝에선 연기를 들이마셨네.	峽中納遺薰.[17]
두 개의 해 겨우 후손을 남겼건만	雙陽甫云育,[18]
다리 셋인 새 기이한 글을 드러냈다 하네.	三趾顯奇文.[19]
왕자(王子)는 맑게 피리 불기 좋아했고	王子愛淸吹,[20]
한낮이면 하분(河汾)의 물가를 날아다녔네.	日中翔河汾.[21]
주공(朱公)은 장생술 익혔으니	朱公練九齒,[22]
한가로이 살며 어지러운 세상을 떠나갔네.	閑居離世紛.
높고 높은 서산 속을	峨峨西嶺內,[23]

누워 올려보며 늘 가까이 하네.	偃息常所親.
하늘이 준 모습을 영구히 보존하리니	天容自永固,
팽상(彭殤)을 같이 논할 수 없으리.	彭殤非等倫.[24]

---

1)儀狄은 禹임금 때 술을 만든 사람이며, 杜康은 周나라 사람으로 술을 잘 빚었음. 여기서 전자는 桓玄을, 후자는 劉裕를 빗댄 것임. 환현은 元興 원년 建康을 침공하여 司馬元顯을 죽였으며, 그 부친 司馬道子를 安城으로 유배시킨 후 鴆毒으로 살해한 바 있다. **2)**중리(重離): 離는 주역 팔괘 가운데의 하나이며 重은 육십사괘의 하나로 중리는 태양을 의미함. 이 구절은 晋 왕실이 남으로 내려와 東晋시대를 연 것을 의미함. 중리는 진 왕실의 司馬氏를 암유한 것으로, 사마씨의 조상은 帝 高陽의 아들 重黎에서 나왔는데 重黎와 重離는 본래 음이 같음. **3)**이 구절에서 우는 새는 봉황을 가리키며 동진 초기의 명신들이 활약한 사실을 의미함. **4)**융풍(融風): 입춘의 바람을 가리킴. 또한 사마씨는 조상인 重黎가 夏官 祝融이었으므로 사마씨의 제왕다운 풍모를 의미하기도 함. 이 구절은 앞 구절과 더불어 진 왕실의 기운이 쇠함을 의미한 것임. **5)**작은 돌멩이(素礫)는 보잘것없고 간사한 자를 가리킴. 『楚辭 · 惜誓』, "산과 못의 거북과 옥을 버리고, 함께 돌멩이를 귀히 여긴다(放山淵之龜玉兮, 相與貴夫礫石)." 이 구절은 경물을 빌어 간사한 자들의 반역과 찬탈이 끊이지 않음을 의미한 것임. **6)**남악(南嶽): 오악의 하나인 衡山으로 호남에 있음. 이 구절은 형산을 통해 진나라 왕실의 상서로운 기운이 쇠퇴함을 말한 것임. **7)**예장(豫章): 郡名으로 지금의 江西省 南昌에 해당함. 여기서는 豫章郡公 劉裕를 가리킴. 그는 晋 恭帝에게 선위를 강요해 宋을 개국하였음. 고문(高門): 東晋 초기의 功臣 가문을 가리킴. **8)**중화(重華): 舜임금의 이름. 영분(靈墳): 순을 장사지낸 곳으로, 湖南의 零陵에 있음. 이 구절은 앞 구절과 더불어 劉裕가 정권을 찬탈하여 宋王이 되고 황제를 폐하여 零陵王이 되게 한 사실을 다룬 것임. **9)**신주(神州): 본래 중원을 가리키며 이후 확대되어 중국을 의미함. 가속(嘉粟): 이삭이 많이 달린 곡식. 이 구는 義熙 14년(418)에 劉裕가 어떤 이가 바친 嘉禾를 다시 황제에게 바치자 황제가 이를 유유에게 하사한 일을 다룬 것임. **10)**서령(西靈): '四靈'을 지칭한

것으로 판단되며, 사령은 龍 · 鳳 · 麟 · 龜이다. 劉裕가 禪位받는 글에 "사령이 상서로움을 바친다(四靈效瑞)"는 구절이 있는 바, 이 구절은 송의 개국을 의미한 것임. **11)**제량(諸梁): 沈諸梁. 자는 子高, 葉땅에 봉해져 葉公이라 불림. **12)**양승(羊勝): 白公 勝으로, 白땅에 봉해졌음. 楚의 令尹 子西를 살해하고 惠王을 몰아낸 후 楚王이 되었으나 葉公의 공격을 받고 자살하였음. 이 구절은 桓玄이 晋나라를 찬탈해 楚를 세웠다가 劉裕의 공격을 받고 죽은 사건을 의미하고 있음. **13)**산양(山陽): 後漢의 황제 劉協을 가리킴. 建安 25년 魏의 曹丕는 황제를 폐위시켜 산양공으로 삼고 황제가 되었음. 이 구절은 永初 元年에 劉裕가 晋의 恭帝를 폐하여 零陵王으로 삼은 사실을 다룬 것임. **14)**복생(卜生): 卜式. 漢 武帝 때의 사람. 『漢書 · 卜式傳』, "임금이 그가 양 기르는 곳을 지나며 잘 한다고 하자 式이 말하길, '비단 양뿐이 아니라 백성 다스리는 것도 이와 같습니다. 때때로 행동이 나쁜 놈을 제거해 무리를 깨뜨리지 않게 해야 합니다' 하였다(上過其羊所, 善之. 式曰, '非獨羊也, 治民亦猶是矣. 以時起居, 惡者輒去, 毋令敗群')." 이 구절은 劉裕가 晋을 찬탈하기 위해 桓玄은 물론 자신에게 협조한 자들마저 제거한 사실을 다룬 것임. **15)**晋의 舊臣들이 宋에 충성하여 영화를 구한 사실을 다룬 것임. **16)**평왕(平王): 본래 東周에 평왕이 있으나 여기서는 晋의 平固王을 의미함. 원흥 2년 桓玄이 황제에 올라 安帝를 평고왕으로 삼고 建康을 떠나 潯陽으로 가게 하였음. **17)**越의 王子 搜에 관련된 고사. 越나라 사람이 삼대에 걸쳐 임금을 시해하자 왕자 수는 근심하여 동굴로 숨었다. 월인들은 수를 임금으로 세우려 했으나 굴에서 나오지 않자 마늘 연기를 피워 나오게 하였음. 이 구절은 劉裕가 安帝를 교살한 후 동생인 恭帝의 계위를 핍박한 사실을 말한 것으로, 전부터 '孝武帝(司馬昌明)의 후에 두 임금이 있을 것이다'는 참언이 있었으므로 일단 이를 실현시키려 한 것이다. **18)**두 개의 해는 '昌'자를 의미하며 이는 孝武帝 司馬昌明을 가리킴. 晋의 簡文帝가 讖言을 보니 "진의 복이 창명에게서 끝난다(晋祚盡昌明)" 하여 昌明에게 자식이 없을 줄 알았으나 두 아들을 두었으니 곧 安帝와 恭帝이다. **19)**삼지(三趾): 다리 셋인 새. 해 속에 산다는 三足烏를 가리킴. 恭帝가 劉裕에게 禪位할 때의 詔書에 "까마귀 앉는 곳을 보니(瞻烏爰止)"라는 구절이 있었음. 이 구절은 宋에 선위하는 내용의 조서가 "晋의 복이 昌明에서 끝난다", "昌明의 후에 두 임금이 있을 것이다"라는 참언과 부합되도록 꾸며졌음을 지적해 말한 것이다. **20)**왕자(王子): 周 靈王의 太子인 晋을 가리킴. 笙을 불기를 좋아했으며 20년간 수도한 후 흰 학을 타고 신선이 되어 떠나갔다고 전함. 이 구절은 王子 晋을 통해 晋의 王子였던 安帝와 恭帝을 환기시키는 한편 그들이 仙居(죽는다는 의미도 내포하고 있음)하였음을 통해 죽음을 당한 사실을 말한 것임. **21)** '한낮(日中)'은 '典午'라고도 하며 '典'은 맡는다는 뜻으로 '司'자와 통하고 '午'는 십이간지의 '馬'와 통함. 즉 '司馬氏'를 지칭한 것임. 하분(河汾): 황하와 분하 일대를 가리킴. 漢나라 때 처음 司馬昭가 봉함받아 晋公이 된 곳으로 晋나라 개국의 시발점이 된 곳. 이 구절은 죽은 두 황제의 혼이 옛 封地로 찾아감을 통해 司馬氏의 晋이 망하였음을 의미한 것임. **22)**주공(朱公): 춘추시대 사람 陶朱公으로, 이름은 范蠡. 越王 句踐을 도와 吳를 멸망시킨 후 陶땅에 이르러 성을 朱로 바꾸고 농경과 축산에 힘써 수만 금의 재산을 모았음. **23)**서산은 백이 · 숙제가 은거한 수양산을 가리킴. **24)**팽상(彭殤): 彭祖와 殤子. 팽조는 65p 주11번 참조. 상자는 20세 미만에 죽은 자를 이르는 말. 이 구절은 『莊子 · 齊物論』의 "어려서 죽은 아이보다 장수한 이가 없으며 팽조가 요절했다고 할 수도 있다(莫壽乎殤子, 而彭祖爲夭)"는 내용을 부정한 것임.

아들을 책망하며(責子)

晋 義熙 4년(408), 44세에 지었다.「命子」 및 말년에 지은「與子儼等疏」와 함께 자식에 대한 깊은 정을 보여주고 있다.

백발은 양 귀밑머리 뒤덮고	白髮被兩鬢,
살갗도 다시 실하지 못하네.	肌膚不復實.
비록 아들 다섯 있어도	雖有五男兒,
모두 종이 붓을 좋아하지 않는다네.	總不好紙筆.
서(舒)는 벌써 열여섯이나	阿舒已二八,
게으르기 짝이 없고,	懶惰故無匹.
선(宣)은 열다섯이 되나	阿宣行志學,[1]
학문을 좋아하지 않네.	而不愛文術.[2]
옹(雍)과 단(端)은 열세 살인데	雍端年十三,
여섯 일곱을 알지 못하며,	不識六與七.
통(通)은 아홉 살이 되나	通子垂九齡,
배와 밤을 찾기만 하네.	但覓梨與栗.
하늘이 내린 운세 실로 이러하니	天運苟如此,

또다시 술이나 들이킨다오. 且進杯中物.[3)]

1)지학(志學): 열다섯 살. 『論語 · 爲政』, "나는 열다섯에 학문에 뜻을 두었다(吾十有五而志于學)." 2)문술(文術): 詩文의 讀書를 비롯 書藝 · 算術 따위의 기예. 3)배중물(杯中物): 술을 달리 일컫는 말.

깨달은 바 있어 짓는다(有會而作 - 幷序) 宋 元嘉 3년(426), 62세에 지었다. 흉년으로 끼니를 걱정할 만큼 곤란한 생활이지만 고사 속에 등장하는 빈궁한 인물의 행적에 대해 새로운 깨달음을 얻고 더욱 固窮節의 의지를 단련시키고 있다.

묵은 곡식은 이미 떨어졌건만 햇곡을 거두지 못하였다. 자못 경험 있는 농부가 되었으나 흉년을 만난 것이다. 앞날은 여전히 아득하니 근심을 멈추지 못하겠다. 한 해의 수확을 이미 바랄 수 없게 되었는데 조석을 근근히 이어가다 열흘 전부터는 굶주림을 염려하게 되었다. 한 해는 저물어 가니 슬픈 마음에 회포를 읊조려 본다. 지금 내가 말하지 않는다면 후손들이야 어찌 알겠는가! 舊穀旣沒, 新穀未登. 頗爲老農, 而値年災. 日月尙悠, 爲患未已. 登歲之功, 旣不可希, 朝夕所資, 烟火裁通. 旬日已來, 始念飢乏. 歲云夕矣, 慨然永懷. 今我不述, 後生何聞哉!

어린 나이에 집이 가난터니 弱年逢家乏,
늙어서도 다시 길이 굶주리네. 老至更長饑.
콩 보리도 실로 부러우니 菽麥實所羨,
뉘라 감히 맛있는 고기를 바라리. 孰敢慕甘肥.
허기짐은 삼순구식(三旬九食)에 버금가며 惄如亞九飯,[1]
더위 만나면 겨울옷이 지겹다. 當暑厭寒衣.

한 해가 장차 지려는데 歲月將欲暮,

어찌 이리 고달프고 슬픈가. 如何辛苦悲.

죽을 베풀던 마음을 항상 기리며 常善粥者心,

소매로 가렸던 이의 잘못을 깊이 생각하네. 深念蒙袂非.[2]

탄식하며 부름이 어찌 치욕스러운가? 嗟來何足吝,

죽게 되면 속절없이 자신만 슬플 뿐인데. 徒沒空自遺.[3]

허나 궁하여 넘쳐남이 어찌 그의 뜻이었으랴? 斯濫豈彼志,[4]

빈궁을 고수함에 평소 돌아갈 바 있음에야. 固窮夙所歸.

굶주림이야 놓아두어라! 餒也已矣夫,

옛 시대에 내 스승 많은 것을. 在昔余多師.

---

1)녁여(惄如): 굶주린 모습. 구반(九飯): 30일에 아홉 끼를 먹음. 子思의 가난에 비긴 것임. 『說苑 · 立節』, "자사가 위나라에 살았는데 겨울 핫옷에는 속이 없었으며 삼십 일에 아홉 끼를 먹었다(子思居於衛, 縕袍無裏, 三旬而九食)." 2)『禮記 · 檀弓』, "齊나라에 큰 기근이 들자 黔敖가 길에서 음식을 마련해 굶주린 자를 기다려 먹였다. 한 주린 자가 소매로 가리고 두 발을 모아 걸으며 힘없이 왔다. 금오가 왼손으로 음식을 들고 오른손에 마실 것을 집고 있다가 '아! 와서 드시오' 하였다. 그는 눈을 들어 보고는 '나는 아! 와서 먹으라고 불러서 주는 것을 먹지 않아 이 지경에 이르렀소' 하였다. 뒤좇아가 사과했으나 마침내 먹지 않고 죽었다(齊大饑, 黔敖爲食於路, 以待饑者而食之. 有饑者蒙袂輯屨, 貿貿然來. 黔敖左奉食, 右執飮曰, '嗟來食.' 揚其目而視之曰, '予唯不食嗟來之食, 以至於斯也.' 從而謝焉, 終不食而死)." 3)자유(自遺): 스스로에게 주다. 자기에게

슬픔을 안겨준다는 뜻. **4**)사람(斯濫): 지조를 지키지 못함. 『論語 · 衛靈公』, “진나라에 있을 때 양식이 떨어지고 종자들은 병들어 일어날 수 없었다. 자로가 성난 얼굴로 뵙고 말하길, ‘군자도 또한 궁합니까?’ 공자가 말하길, ‘군자는 궁함을 고수하나 소인은 궁하면 넘쳐난다’ 하였다(在陳絶糧, 從者病, 莫能興. 子路慍見曰, ‘君子亦有窮乎?’ 子曰, ‘君子固窮, 小人窮斯濫矣’).”

납일(蜡日) 宋 永初 2년(421), 57세에 지었다. '蜡(납)'은 '禮(자)'와 같은 뜻으로 臘享을 의미한다. 이는 겨울철에 만물에게 드리던 제사로서, 周代에는 '大禮'로 불리다 秦代 이후에는 '臘'으로 불렸다. 납일은 음력 12월 8일이다. 납일 즈음, 시절을 앞서 달려 다가올 봄날의 아름다운 풍경을 상상하며 노래하였다.

눈보라 남은 해를 보내니	風雪送餘運,[1]
거침없이 시절은 이미 온화해져 가네.	無妨時已和.[2]
매화 버들은 문 사이 서 있는데	梅柳夾門植,
한 가지에 아름다운 꽃 피어났네.	一條有佳花.
나 노래하고 너 감상하는데	我唱爾言得,
술에는 적의(適意)함이 얼마나 많을까.	酒中適何多.
많고 적음 잘 알 수 없으나	未能明多少,
장산(章山)에는 기묘한 노래가 있다네.	章山有奇歌.[3]

1)여운(餘運): 運은 年運의 뜻. 세모를 가리킴. 2)시이화(時已和): 冬至 이후로 양기가 되살아나고 음기가 줄어듦을 말함. 3)장산(章山): 鄣山, 天子鄣으로도 불림. 76p 주1번의 '曾城'을 가리킴.

卷之四 詩五言

의고(擬古, 九首) 宋 永初 원년(420), 56세에 지었다. 각각의 시가 논리적으로 연결되어 있지 않으나 가치관에 관한 입장의 표명이 중심적이다. 의고적 방식을 취함은 현재성을 은밀히 드러내기 위한 방법으로, 晋·宋 왕조교체기의 혼돈스런 상황을 반추하는 가운데 시대기풍의 문제를 생각하고 군데군데 자신의 격정을 풀어놓았다.

(1)

활짝 피어난 창 아래 난초	榮榮窗下蘭,[1]
빽빽한 집 앞의 버들.	密密堂前柳.[2]
처음 자네와 헤어질 때엔	初與君別時,
여행이 오랠 줄 생각지 못하였네.	不謂行當久.
문을 나선 만리길 나그네	出門萬里客,
중도에 좋은 친구 만나네.	中道逢嘉友.
말 나누지 않아도 마음은 취한 듯하니	未言心相醉,
술잔을 부디친 까닭 아니라네.	不在接杯酒.
난초 마르고 버들 시들어 가는데	蘭枯柳亦衰,
헤어질 때의 말일랑 끝내 어기지 마오.	遂令此言負.
젊은이들에게 거듭 깨우치나니	多謝諸少年,[3]

서로 사귐에 정성스럽지 못해서야.	相知不忠厚.
그리는 정에 사람의 명이 기울건만	意氣傾人命,
헤어져 있다면 다시 무엇 남으리.	離隔復何有.

---

1)난(蘭): 군자의 덕으로 교유함을 상징함. **2)**류(柳): 석별의 정을 상징함. **3)**다사(多謝): 누누이 일러줌.

(2)

집 떠날 제 새벽에 수레를 단단히 묶고	辭家夙嚴駕,
의당 떠나가 무종(無終)을 향하리.	當往志無終.[1]
그대에게 묻노니 지금 어째서 떠나는가?	問君今何行,
장삿길 아니며 수자리길도 아니라네.	非商復非戎.
듣자니 전자태(田子泰)란 이	聞有田子泰,[2]
절의가 선비 중에 으뜸이었다지.	節義爲士雄.
이 사람 죽은 지 이미 오래인데	斯人久已死,
고향에선 그 유풍을 익혔구려.	鄕里習其風.
생전에 고상한 이름 있더니	生有高世名,
이미 죽었어도 끝없이 전해오네.	旣沒傳無窮.
미쳐 날뛰는 자를 배우지 말리니	不學狂馳子,[3]
단지 백 년도 아니될 것을.	直在百年中.

1)무종(無終): 河北의 薊縣에 있던 지명. 2)전자태(田子泰): 田疇, 子泰는 字. 東漢 말기 無終 사람으로, 관직을 사양하고 徐無山에 들어가 농사를 지었음. 3)광치자(狂馳子): 이익을 도모하기 위해 광분하는 무리들.

(3)

중춘(仲春)에 철 맞은 비를 만나	仲春遘時雨,[1]
첫 우레 동쪽에서 일어나네.	始雷發東隅.[2]
겨울잠 자던 동물 땅속에서 놀라고	衆蟄各潛駭,
초목은 마음껏 뻗어 자라네.	草木從橫舒.
훨훨 새로 찾아온 제비	翩翩新來燕,
쌍쌍이 우리 집에 날아드네.	雙雙入我廬.
예전 둥지 여전히 있어	先巢故尙在,
서로 이끌며 옛집으로 돌아왔다.	相將還舊居.
"헤어진 이래로	自從分別來,
집안이 날로 거칠어졌구나."	門庭日荒蕪.
"제 마음 본디 돌이 아니거늘	我心固匪石,[3]
그대의 마음 딱히 어떠했나요?"	君情定何如.

---

1)중춘(仲春): 음력 2월. **2**)시뢰(始雷): 봄에 처음 시작된 우레. **3**)심지가 굳건함을 가리킴. 『詩經 · 邶風 · 柏舟』, "내 마음 돌이 아니니, 굴려 옮길 수 없답니다(我心匪石, 不可轉也)."

(4)

저 멀리 백 척의 누대	迢迢百尺樓,[1]
뚜렷이 사방이 바라보이네.	分明望四荒.
저녁이면 돌아가는 구름의 집 되고	暮作歸雲宅,
아침이면 나는 새의 집이 되네.	朝爲飛鳥堂.
산하가 온 눈에 가득하고	山河滿目中,
평원은 홀로 아득하여라.	平原獨茫茫.
그 옛날 공명을 좇던 선비들	古時功名士,
강개한 마음에 다투어 이곳을 찾더니,	慷慨爭此場.
하루아침에 백년 인생 마친 후에	一旦百歲後,
함께 북망산(北邙山)으로 돌아갔네.	相與還北邙.[2]
소나무 잣나무 사람에게 베이고	松柏爲人伐,
무덤들은 낮거니 높거니.	高墳互低昂.
무너진 묘에 돌볼 주인 없는데	頹基無遺主,[3]
떠도는 넋은 어느 곳에 있는가?	游魂在何方.
영화가 참으로 귀하다지만	榮華誠足貴,
다시 또 가엽고 가슴 아프오.	亦復可憐傷.

1)초초(迢迢): 머나먼 모양. 2)북망(北邙): 河南省 洛陽 북쪽에 있는 산. 東漢 · 魏 · 西晋의 王侯公卿이 많이 묻혀 있음. 3)유주(遺主): 세상에 살아 있는 묘의 주인. 죽은 이의 후손을 가리킴.

(5)

동방에 한 선비 있어	東方有一士,
옷이 늘 온전치 못하네.	被服常不完.
한 달에 아홉 끼 먹고	三旬九遇食,
십 년에 하나의 관을 쓴다네.	十年著一冠.
맵고 쓴 고생 비교할 수 없지만	辛苦無此比,
늘 즐거운 얼굴이라네.	常有好容顔.
나 그 사람 보고 싶어	我欲觀其人,
새벽 바람에 황하와 관문을 넘는다오.	晨去越河關.
푸른 솔 길을 끼고 자라고	靑松夾路生,
흰 구름 처마 끝에 머무르네.	白雲宿簷端.
내가 찾아온 뜻 알기에	知我故來意,
거문고 들고 날 위해 연주하네.	取琴爲我彈.
처음 곡은 별학조(別鶴操)요	上絃驚別鶴,[1]
나중 곡은 고란조(孤鸞操)로다.	下絃操孤鸞.[2]
원컨대 그대 있는 곳에 머물며	願留就君住,
지금부터 세한(歲寒) 연후까지 있고 싶소.	從今至歲寒.[3]

1)별학(別鶴): 別鶴操. 옛날 琴曲의 이름. 商陵의 牧子가 지은 것으로 이별의 운명을 맞게 된 부부의 애처로운 심경을 담았음. **2**)고란(孤鸞): 孤鸞操. 옛 금곡인 '雙鳳離鸞'을 가리킴. 西漢의 慶安世가 지었음. **3**)세한(歲寒): 세모를 가리킴. 128p 주5번 참조.

(6)

푸르디푸른 골짝의 나무	蒼蒼谷中樹,
겨울이나 여름이나 늘 이러하다네.	冬夏常如玆.
해마다 서리 눈 겪었으니	年年見霜雪,
시절을 모른다 뉘 말하리.	誰謂不知時.
세상의 속된 말 지겹게 듣다	厭聞世上語,
벗을 맺으려 임치(臨淄)로 가려 하네.	結友到臨淄.[1]
직하(稷下)에 의론하는 선비 많으니	稷下多談士,[2]
그들에게 물어 나의 의문 풀려 함일세.	指彼決吾疑.
여장을 꾸린 지 며칠이 지나	裝束旣有日,
가족들과 작별인사 하였다네.	已與家人辭.
머뭇거리며 문 나서다 멈춰 버리고	行行停出門,
돌아와 다시 스스로 생각을 하네.	還坐更自思.
길이 멀어 두려워함 아니거늘	不怨道里長,
다만 남이 날 우롱할까 두려웁네.	但畏人我欺.[3]
만에 하나 생각이 달라도	萬一不合意,
길이 세상의 비웃음거리 되는 것을.	永爲世笑嗤.

이런 마음 이루 다 말하기 어려워	伊懷難具道,
그대 위해 이 시를 짓는다오.	爲君作此詩.

---

1)임치(臨淄): 전국시대 齊나라의 도읍. 지금의 山東省 淄博. 2)직하(稷下): 臨淄의 성문인 稷門 부근의 구역. 당대의 학자들이 이곳에 모여 교류하며 학문을 연구하였음. 3)인아기(人我欺): '人欺我'의 도치.

(7)

해 지고 하늘에 구름 없는데	日暮天無雲,
봄바람 조금 따스히 불어오네.	春風扇微和.
아름다운 사람 맑은 밤을 좋아해	佳人美淸夜,
동트도록 술 마시고 노래를 하네.	達曙酣且歌.
노래 마치자 길게 탄식 나오니	歌竟長歎息,
좋은 밤은 사람을 하도 느껍게 하네.	持此感人多.
교교한 구름 사이의 달	皎皎雲間月,[1]
눈부신 잎 가운데의 꽃.	灼灼葉中華.[2]
어찌 한때의 좋음 없으랴만	豈無一時好,
오래지 못함을 어찌한다오.	不久當如何.

1)교교(皎皎): 희고 밝은 모양.　2)작작(灼灼): 선명하고 아름다운 모양.

(8)

젊어서는 씩씩하고 굳세어	少時壯且厲,
검 어루만지며 홀로 여행하였네.	撫劍獨行游.
여행길 가까웠다 뉘 말하나!	誰言行游近,
장액(張掖)에서 유주(幽州)에 이르렀다오.	張掖至幽州.[1]
배고프면 수양산(首陽山) 고사리 캐 먹고	饑食首陽薇,[2]
목마르면 역수(易水)의 강물 마셨네.	渴飮易水流.[3]
서로 알아줄 사람 만나지 못한 채	不見相知人,
오로지 옛 무덤만 바라보았네.	惟見古時丘.
길가의 높은 두 무덤	路邊兩高墳,
거기 백아와 장주가 있었다오.	伯牙與莊周.[4]
이런 선비 다시 만나기 어렵거늘	此士難再得,
나의 여행 무엇을 구하려 하였던가.	吾行欲何求.

---

1)장액(張掖): 郡名. 지금의 甘肅省 永昌縣 서북. 유주(幽州): 河北省 東北 및 遼寧省 부분의 지역. 2)수양(首陽): 首陽山. 伯夷 · 叔弟가 은거한 산으로, 일명 西山. 위치는 불명. 3)역수(易水): 지금의 河北省 중부에 있는 강. 발원지는 易縣. 「讀史述九章」의 荊軻가 진 시황 암살을 위해 떠날 때 이곳을 지나며 「易水歌」를 불렀음. 4)백아(伯牙): 춘추시대 사람으로 琴의 명수. 鍾子期와 知音의 교제를 하였음. 장주(莊周): 莊子.

(9)

장강(長江) 변에 뽕나무 심고	種桑長江邊,[1]
삼 년 지나 따기를 바랐다네.	三年望當採.[2]
가지 처음 무성해지려는데	枝條始欲茂,
갑자기 산하가 바뀌어 버렸다.	忽値山河改.[3]
가지 잎새 절로 꺾이고	柯葉自摧折,
뿌리와 그루 창해를 떠돈다오.	根株浮滄海.[4]
봄누에 이미 먹을 것 없으니	春蠶旣無食,
겨울옷을 누구에게 기대하나.	寒衣欲誰待.
본래 고원에 심지 않았으니	本不植高原,[5]
오늘 다시 무엇을 후회하리!	今日復何悔.

---

1)東晋이 江南에 안주한 것을 은유한 것임. **2)**劉裕에 의해 옹립된 恭帝가 즉위한 지 3년이 경과되어 내치의 결실이 있기를 희망한 것임. **3)**劉裕가 제위를 찬탈하고 宋을 건국해 왕조가 교체된 사실을 말한 것임. **4)**晋 왕실과 신하들이 핍박받은 사실을 의미함. **5)**晋 왕조가 처음부터 정사를 잘못하였음을 지적한 것임.

잡시(雜詩, 十二首) 晋 義熙 10년(414), 50세에 지었다. 뒤의 네 수는 隆安 5년(401)에 지은 것이라는 설도 있다.

(1)

인생은 뿌리도 꼭지도 없어	人生無根蔕,
마치 길 위의 먼지처럼 떠다니네.	飄如陌上塵.
바람따라 구르다 흩어지나니	分散逐風轉,
이는 이미 영구(永久)한 몸이 아니라오.	此已非常身.
땅에 떨어지면 형제인데	落地爲兄弟,[1]
어찌 꼭 골육이라야 친할까.	何必骨肉親.
기쁘면 마땅히 즐길 것이니	得歡當作樂,
한 말 술로 이웃을 불러 모으네.	斗酒聚比鄰.
한창 때는 다시 오지 않으며	盛年不重來,[2]
하루에 두 번 새벽을 맞이할 수 없다오.	一日難再晨.
때맞춰 의당 힘써야 하니	及時當勉勵,
세월은 사람을 기다려 주지 않네.	歲月不待人.

1)낙지(落地): 세상에 태어남을 가리킴. 형제(兄弟): 『論語 · 顔淵』, "사해 안의 사람이 다 형제이다(四海之內, 皆兄弟也)." 2)성년(盛年): 壯年. 20대의 한창 나이를 가리킴.

(2)

밝은 해 서쪽 장강으로 떨어지고	白日淪西河,
하얀 달 동편 산봉우리로 나오네.	素月出東嶺.
아득아득 만리를 비추며	遙遙萬里輝,
넓디넓게 공중에서 빛나네.	蕩蕩空中景.
바람은 방문으로 들어오고	風來入房戶,
밤중에 잠자리 서늘도 하여라.	夜中枕席冷.
기후 변해 시절의 바뀜 깨닫고	氣變悟時易,
잠 못 이뤄 밤 길어졌음을 안다네.	不眠知夕永.
말 나누려 하나 나와 화답할 이 없어	欲言無予和,[1]
잔 들어 외로운 그림자에게 권하네.	揮杯勸孤影.
세월은 사람을 버려두고 가니	日月擲人去,
뜻이 있어도 펼치지 못한다오.	有志不獲騁.
이를 생각하다 마음은 구슬퍼	念此懷悲悽,
새벽 되도록 진정하지 못한다오.	終曉不能靜.

1)무여화(無予和): '無和予'의 도치.

(3)

영화는 오래 머물지 못하고	榮華難久居,
성쇠는 측량할 길 없다오.	盛衰不可量.
지난봄 피었던 연꽃	昔爲三春蕖,
이제 가을 연밥이 되었네.	今作秋蓮房.
차가운 서리 들풀에 맺혔으나	嚴霜結野草,
메말라도 다 시들지는 않았네.	枯悴未遽央.
해와 달 돌고 돌아도	日月有環周,[1]
나 죽으면 다시 살지 못하리.	我去不再陽.[2]
옛 시절을 돌이켜 보노라니	眷眷往昔時,
이런 생각에 창자가 끊어질 듯.	憶此斷人腸.

1)환주(環周): 순환과 왕복이 계속됨. 2)부재양(不再陽): 재생하지 못함. 『莊子 · 齊物論』, "죽음을 가까이하는 사람의 마음은 다시 살아나게 할 수 없다(近死之心, 莫使復陽也)."

(4)

장부야 사해를 마음에 둔다지만	丈夫志四海,
난 원하나니 늙음을 알지 못하려네.	我願不知老.[1]
친척들 모두 한곳에 모여 살고	親戚共一處,
자손도 서로 편안히 보살피네.	子孫還相保.
아침부터 마음껏 술 먹고 거문고 타며	觴絃肆朝日,
술통에는 술이 마르지 않네.	樽中酒不燥.
허리띠 풀고 즐거움을 다하며	緩帶盡歡娛,[2]
늦게 일어나고 일찍 잔다네.	起晚眠常早.
오늘날 속된 선비들이야	孰若當世士,
얼음과 숯을 가슴 가득 품었구나.	冰炭滿懷抱.[3]
백 년이면 무덤으로 돌아갈 터인데	百年歸丘壟,
이런 헛된 명리(名利)의 길을 간다네.	用此空名道.

---

1)부지로(不知老): 『論語 · 述而』, "발분하면 밥 먹기를 잊고 즐거우면 근심을 잊어 늙음이 장차 이르름을 알지 못한다(發憤忘食, 樂以忘憂, 不知老之將至)." **2**)완대(緩帶): 허리띠를 느슨히 함. 구애받지 않고 마음대로 즐거이 노님. **3**)빙탄(冰炭): 서로 용납될 수 없는 얼음과 숯처럼 가슴속에서 명리의 욕심이 치열히 다툼.

(5)

내 젊은 시절 추억해 보니	憶我少壯時,
즐거움 없어도 스스로 기뻐하였다.	無樂自欣豫.
맹렬한 뜻 사해를 달렸고	猛志逸四海,
깃을 펴 멀리 날아오를 생각하였지.	騫翮思遠翥.[1]
점차 세월은 흘러가고	荏苒歲月頹,
이런 마음 조금씩 사라져 갔네.	此心稍已去.
즐거움 만나도 다시 즐기지 못하고	値歡無復娛,
매일 매일 근심만 많아졌다오.	每每多憂慮.
기력은 점차 쇠해 줄어들고	氣力漸衰損,
차츰 날로 다름을 느끼게 되네.	轉覺日不如.
골짜기의 배 잠시도 멎지 않으니	壑舟無須臾,[2]
나를 끌고 가 머물 수 없게 하네.	引我不得住.
앞길은 의당 얼마쯤 되려는가?	前塗當幾許,
멈추어 배 댈 곳을 알지 못하네.	未知止泊處.
옛사람 촌음을 아꼈다는데	古人惜寸陰,[3]
이를 생각하니 사람을 두렵게 하네.	念此使人懼.

1)건핵(騫翮): 騫은 鶱과 통해 나는 모양을 가리킴. **2**)학주(壑舟): 128p 주4번 참조. **3**)석촌음(惜寸陰): 짧은 시간을 아끼다. 『淮南子 · 原道』, “옛 성인은 한 자의 옥을 귀히 여기지 않았으나 한 치의 시각을 소중히 하였다. 때를 얻기는 어렵고 잃기는 쉬운 것이다(故聖人不貴尺之璧, 而重寸之陰, 時難得而易失也).”

(6)

예전에 어른 말씀 들으면	昔聞長老言,
귀를 막고 매양 즐겁지 못하였다.	掩耳每不喜.
어찌하여 쉰이 되어	奈何五十年,
홀연히 이 일을 내가 하고 있는가.	忽已親此事.
내 젊은 날의 기쁨을 찾으려 해도	求我盛年歡,
한 터럭도 그 심정 생겨나지 않는다.	一毫無復意.
가고 가고 옮겨 가 멀어지는데	去去轉欲遠,
이 삶을 어찌 다시 만나리.	此生豈再值.
가재(家財)를 기울여 즐기며	傾家持作樂,
끝내 치달리는 세월을 따르리.	竟此歲月駛.
자손에게 금일랑 남기지 않으리니	有子不留金,[1]
어찌 사후의 조치를 하리.	何用身後置.

1)漢 宣帝 때 疏廣의 고사. 「詠二疏」를 참조 바람.

(7)

세월은 더디 가려 하지 않고	日月不肯遲,
사계절은 서로 재촉하네.	四時相催迫.
찬 바람 마른 가지에 불고	寒風拂枯條,
떨어진 잎새 긴 길을 뒤덮었네.	落葉掩長陌.
약한 몸 세월따라 노쇠해지며	弱質與運頹,
검던 머리털 일찌감치 세었다네.	玄鬢早已白.
허연 표지가 사람 머리에 끼어드니	素標插人頭,[1]
앞길은 차츰 좁아지리.	前途漸就窄.
집은 나그네의 숙소	家爲逆旅舍,[2]
나는 응당 떠나야 할 객과 같구나.	我如當去客.
가고 가 어디로 가려는가?	去去欲何之,
남산에 우리 묘택(墓宅)이 있는 것을.	南山有舊宅.[3]

---

1) 소표(素標): 흰색의 표지. 백발을 가리킴. **2)** 역려사(逆旅舍): 나그네를 맞이하는 집. 여관. **3)** 구택(舊宅): 도연명 선조가 묻힌 집안의 묘지.

(8)

대경(代耕)은 본래 소망 아니니 代耕本非望,[1]
일삼는 것은 밭 갈고 뽕나무 심는 것이라오. 所業在田桑.
몸소 밭 갈기를 그만둔 적 없어도 躬親未曾替,
춥고 굶주려 늘 술지게미와 겨나 먹는다오. 寒餒常糟糠.
어찌 지나치게 배부르기를 기대하리? 豈期過滿腹,
다만 거친 쌀밥이라도 먹기 원하네. 但願飽粳粮.[2]
추위를 막음에는 거친 베도 족하고 御冬足大布,
거친 칡베로 더위를 견딘다오. 粗絺以應陽.[3]
그것도 정히 얻지 못한다면 正爾不能得,
슬프고 또한 가슴 아프리. 哀哉亦可傷.
남이야 다들 적당히들 얻건마는 人皆盡獲宜,
못난 나 방도를 잃었다오. 拙生失其方.
천리(天理)가 그렇거늘 어찌하리! 理也可奈何,
도연히 한 잔 술을 마신다오. 且爲陶一觴.

---

1)대경(代耕): 관리의 녹봉 및 관인생활을 일컫는 말. 『孟子 · 萬章』, "하급 선비와 서인으로 관직에 있는 자와 녹봉이 같으니 녹봉이 족히 그 밭 가는 것을 대

신할 만하다(下士與庶人在官者同祿, 祿足以代其耕也)." **2**)갱(粳): '秔'과 같음. 메벼. **3**)조치(粗絺): 칡뿌리로 짠 거친 베.

(9)

멀리 외지에 부임하니	遙遙從羈役,[1]
한마음이 두 곳에 나뉘었소.	一心處兩端.
눈물 가린 채 물에 떠 동으로 가니	掩淚泛東逝,
물결은 시간따라 옮겨가네.	順流追時遷.
해 가라앉고 별 떠오르는데	日沒星與昴,[2]
그 형세 서산 꼭대기에 어스름하네.	勢翳西山巓.
쓸쓸히 하늘 끝을 사이한 채	蕭條隔天涯,
함께 밥 먹던 일 구슬피 떠올리네.	惆悵念常餐.
강개히 남으로 돌아갈 생각하나	慷慨思南歸,
길이 멀어 방도가 없다오.	路遐無由緣.
관문과 다리 막혀 곤란하거늘	關梁難虧替,[3]
끊어진 소식을 이 시편에 부친다오.	絶音寄斯篇.

---

1) 기역(羈役): 굴레에 매여 일을 함. 외지에서 관인생활함을 가리킴. **2)** 성여묘(星與昴): 28수 가운데의 두 별인 星宿와 昴宿. 성수는 봄날 밤 중천에, 묘수는 겨울밤 중천에 보임. **3)** 관량(關梁): 관문과 교량. 수륙교통의 요지. 휴체(虧替): 쓸모없게 되어 버림.

(10)

한가로이 보내도 격정을 지녔거늘	閑居執蕩志,
시절은 치달려 머무르게 할 수 없었네.	時駛不可稽.[1]
내몰아침은 멈춰 쉼도 없었거늘	驅役無停息,
휘장 친 수레 동쪽 기슭으로 달려갔다오.	軒裳逝東崖.[2]
대기는 음침해 연기를 띤 것 같고	沉陰擬薰麝,[3]
차가운 기운 내 맘을 격동시켰소.	寒氣激我懷.[4]
세월이야 늘 흘러	歲月有常御,[5]
나 돌아온 지 이미 오래.	我來淹已彌.
강개함에 마음 뒤엉켰건만	慷慨憶綢繆,
그 심정 오래전 이미 떠나갔네.	此情久已離.
어언 십 년을 넘겨 가며	荏苒經十載,[6]
잠시 인사(人事)에 얽매였던 것이라오.	暫爲人所羈.
집 안은 나무 그림자에 어두운데	庭宇翳餘木,
홀연히 세월은 사위어 가네.	倏忽日月虧.

---

1)계(稽): 멈추어 서 있음. 2)동애(東崖): 시인이 彭澤縣令을 지낼 때의 일로 廬山의 동편을 가리킴. 3)훈사(薰麝): 麝香을 배이게 함. 여기서는 음침한 기운

이 퍼져감을 비유한 것임. **4**)위의 구절과 더불어 桓玄이 망한 뒤의 불안한 정국을 비유한 것으로 여겨짐. **5**)상어(常御): 항상 진행되고 있음. **6**)시인은 29세에 처음 관직에 나가 41세에 팽택령이 되었음. 중간에 잠시 쉰 기간을 빼고 대략 10년이라 한 것임.

(11)

내 걸어온 길 멀지 않건만	我行未云遠,
돌아보면 찬 바람 처량도 하구나.	回顧慘風涼.[1]
봄 제비 절기 맞춰 날아와	春燕應節起,[2]
높이 날으니 들보에 먼지가 날린다.	高飛拂塵梁.
그 곁의 기러기 자리 없어 슬퍼하며	邊雁悲無所,[3]
북쪽 고향으로 돌아간다 인사하네.	代謝歸北鄉.
떨어져 있던 댓닭 맑은 못에 울며	離鵾鳴淸池,[4]
여름 나고 서리 내리는 가을까지 있구나.	涉暑經秋霜.
시름겨운 사람 말하기 어려운데	愁人難爲辭,
아득하니 봄밤은 길기만 하여라.	遙遙春夜長.

---

1)劉裕가 군사를 동원해 정적을 공격한 사실을 비유한 것임. 2)劉裕와 결탁한 신하들을 비유한 것임. 3)晋 왕실에 충성하던 신하를 비유한 것임. 4)劉裕의 정권에 동조하지 않던 士人들을 비유한 것임.

(12)

흔들흔들 벼랑의 소나무	嫋嫋松標崖,
사랑스럽고 유순한 어린아이인 양.	婉孌柔童子.[1]
나이는 열다섯쯤	年始三五間,
높다란 줄기는 무엇에 의지했나?	喬柯何可倚.
안색을 돌봐 정기(精氣)를 머금었고	養色含津氣,[2]
찬연히 정연한 심사를 갖추었네.	粲然有心理.[3]

---

1)완연(婉孌): 어린아이가 귀엽고 예쁜 모양. **2**)진기(津氣): 진액의 끈끈한 기운. 속에서 우러나는 기운. **3**)심리(心理): 마음이 정연하게 다스려짐.

가난한 선비를 노래함(詠貧士, 七首)

宋 元嘉 3년(426), 62세에 지었다. 1, 2수는 고향에 돌아와 농사를 지으며 살게 되었음과 늘 곤궁함에 시달려 온 실정을 노래했다. 3수부터는 가난한 삶을 살았던 역사 속 인물들의 행적을 통해 자신을 위로하고 안빈낙도의 삶을 계속하겠노라는 의지를 담아내었다.

(1)

만물이 각기 의탁하는 곳 있건만	萬族各有托,
외로운 구름 홀로 의지할 곳 없구나.	孤雲獨無依.[1]
흐릿흐릿 공중에서 사라지니	曖曖空中滅,
어느 때에 남은 빛을 보려나.	何時見餘暉.
아침노을 밤안개를 열치니	朝霞開宿霧,
뭇새들 서로 함께 날아가네.	衆鳥相與飛.[2]
더디 숲을 떠나가던 새	遲遲出林翮,
저물기 전 다시 돌아왔구나.	未夕復來歸.[3]
역량이야 옛길이나 따를 만하니	量力守故轍,
어찌 춥고 배고프지 않으련가.	豈不寒與饑.
지음(知音)조차 실로 없다면	知音苟不存,

어쩔 수 없네, 무엇을 슬퍼하리. 已矣何所悲.

---

1)고운(孤雲): 자신과 같은 가난한 선비를 비유한 것임. 2)이상 두 구는 劉裕가 宋을 세워 조정이 바뀌자 신하들이 추종함을 비유한 것임. 3)이상 두 구는 벼슬에 나아갔다가 사직하고 귀향한 일을 추억한 것임.

(2)

추위 속에 한 해가 저무는데　　淒厲歲云暮,
갈옷 입고 행랑 앞에 볕을 쬐네.　　擁褐曝前軒.
남쪽 채마밭에 남은 푸른 잎 없고　　南圃無遺秀,
마른 가지 북쪽 정원에 가득하네.　　枯條盈北園.
술병 기울여도 남은 방울 없으며　　傾壺絶餘瀝,
부뚜막에는 연기 뵈지 않네.　　窺灶不見烟.
시서(詩書)는 자리에 놓였는데　　詩書塞座外,
해 기울어도 바삐 궁구하지 않네.　　日昃不遑研.
한가한 삶 진(陳)땅의 궁액과 달라도　　閑居非陳厄,[1]
몰래 원망이 말에 드러나네.　　竊有慍見言.
어떻게 나의 심사 위로할까?　　何以慰吾懷,
옛 시대를 의지하리니 이런 현인 많았다오.　　賴古多此賢.[2]

---

1)진액(陳厄): 孔子가 陳에서 당한 궁액. 당시 吳가 陳을 치자 楚가 陳을 구원하였는데, 공자가 초의 초빙을 받자 陳·蔡의 대부는 자신들에게 불리한 말을 할까 염려하여 공자 일행을 포위하였음. 이에 양식이 떨어지고 종자들이 병들었음. 2)차현(此賢): 이하 각 편의 시에서 다룬 옛사람들을 가리킴.

(3)

영계기(榮啓期) 늙어 새끼줄 띠를 하고 　 榮叟老帶索,[1]

흔연히 거문고를 탔다네. 　 欣然方彈琴.

원헌(原憲)은 헤진 신발 신은 채 　 原生納決履,[2]

맑은 소리로 상송(商頌)을 노래하였지. 　 清歌暢商音.[3]

순임금의 시대 나와 오래 떨어졌고 　 重華去我久,[4]

가난한 선비는 대대로 이어졌네. 　 貧士世相尋.

옷깃은 낡아 팔꿈치를 가리지 못하고 　 弊襟不掩肘,

채소국도 늘 마시기 부족하다오. 　 藜羹常乏斟.

어찌 가벼운 모피옷 걸칠 줄 모를까만 　 豈忘襲輕裘,

구차히 얻음이야 바라지 않는다오. 　 苟得非所欽.

사(賜)는 다만 말에 뛰어났을 뿐 　 賜也徒能辨,[5]

내 마음이야 알지 못하리. 　 乃不見吾心.

---

1)영수(榮叟): 榮啓期. 88p 주7번, 141p 주3번 참조. **2)**원생(原生): 原憲. 공자의 제자, 자는 子思. 『韓詩外傳』, "원헌이 노나라에 거처하였는데 자공이 가서 만났다. 원헌이 문에서 응대하는데 옷깃을 떨치면 팔꿈치가 드러났고 신을 신으면 뒤꿈치가 나왔다(原憲居魯, 子貢往見之. 原憲應門, 振襟則肘見, 納履則踵決)." **3)**상음(商音): 商頌. 『詩經』의 頌 가운데 하나로 5편이 전함. **4)**중화(重華): 169p 주8번 참조. **5)**사(賜): 端木賜, 이름이 賜이며 자는 子貢. 공자의 제자로 衛나라 사람이며 부유하고 언변이 좋았음.

(4)

안빈(安貧)하며 천함을 고수한 사람	安貧守賤者,
옛부터 금루(黔婁)가 있었다.	自古有黔婁.[1]
"좋은 작위 나는 영화롭게 여기지 않고	好爵吾不榮,
후한 대접도 나 받지 않으려오."	厚饋吾不酬.[2]
하루아침 수명을 다하였으나	一旦壽命盡,
낡은 이불 몸조차 못 가렸네.	蔽覆仍不周.
어찌 극도로 궁한 줄 몰랐으리?	豈不知其極,
도와 무관해 근심하지 않았을 뿐.	非道故無憂.[3]
시간은 흘러 천 년이 되어 가나	從來將千載,
다시 이 사람의 짝을 보지 못하겠네.	未復見斯儔.
아침에 인의와 함께 산다면	朝與仁義生,
저녁에 죽는들 다시 무엇을 구하리.	夕死復何求.[4]

---

1)금루(黔婁): 춘추시대 魯나라 사람. 2)『高士傳』, "魯 恭公이 그의 어짊을 듣고, 사자를 시켜 예를 다하고 곡식 삼천 되를 하사해 재상으로 삼으려 했으나 사양하고 받지 않았다. 齊王이 또 그를 예우하고 황금 백 근으로 불러 卿으로 삼으려 했으나 또 나아가지 않았다(魯恭公聞其賢, 遣使者致禮, 賜粟三千鍾, 欲以爲相, 辭不受. 齊王又禮之以黃金百斤, 聘爲卿, 又不就)." 3)『論語 · 衛靈公』, "군자는 도를 근심하고 가난을 근심하지 않는다(君子憂道, 不憂貧)." 4)『論語 · 里仁』, "아침에 도를 듣는다면 저녁에 죽더라도 좋다(朝聞道, 夕死可矣)."

(5)

원안(袁安)은 쌓인 눈에 곤액 당해도　　袁安困積雪,[1]
초연히 남에게 바라지 않았네.　　邈然不可干.
완공(阮公)은 돈 넣은 것 보자　　阮公見錢入,[2]
그날로 관직을 버렸다네.　　卽日棄其官.
짚 위에 누워도 늘 따뜻했으며　　芻藁有常溫,[3]
돌벼를 따도 아침밥으로 족하였네.　　採莒足朝餐.[4]
어찌 실로 고생스럽지 않을까만　　豈不實辛苦,
두려운 것은 주림과 추위가 아니었네.　　所懼非饑寒.
빈부(貧富)가 늘 서로 다투어도　　貧富常交戰,
도의(道義)가 이겨 내니 슬픈 모습 없다오.　　道勝無戚顏.
지극한 덕은 나라 안에 으뜸이요　　至德冠邦閭,[5]
맑은 절개 서관(西關)에 비추었네.　　清節映西關.[6]

---

1)원안(袁安): 자는 邵公, 西漢 明帝 때의 사람으로 관직이 司徒에 이르렀음. 『漢書』에 의하면, 젊었을 때 폭설로 집이 묻히고 몸이 얼었으나 집에서 나오지 않아 그 이유를 물으니 대설로 다들 굶주리니 남에게 구걸하는 것이 마땅치 못하다고 대답하였다 함. 2)완공(阮公): 인물과 사적 미상. 3)추고(芻藁): 가축에게 먹이는 꼴. 4)거(莒): 稆의 차자. 글자 모양이 비슷해 빌려 쓴 것임. 돌벼 '穭'와 같음. 5)袁安에 의해 억울한 옥살이에서 풀려난 것이 400여 집에 이름. 6)이 구절은 阮公에 대한 평인 듯하나 알 수 없음.

(6)

장중위(張仲蔚) 빈궁한 거처를 사랑해	仲蔚愛窮居,[1]
집 둘레에 쑥이 자라났네.	繞宅生蒿蓬.
길 거칠어지도록 교유를 끊었어도	翳然絶交游,
시부(詩賦)는 자못 뛰어나게 지었다오.	賦詩頗能工.
온 세상에 알아주는 이 없건만	擧世無知者,
다만 한 사람 유공(劉龔)이 있었다오.	止有一劉龔.[2]
이 선비는 어찌 홀로 알았을까?	此士胡獨然,
실로 남과 같은 바가 적은 까닭이지.	實由罕所同.
굳게 그 본업을 편안해 하였으니	介焉安其業,
마음 쓴 것은 곤궁과 형통 아니었다오.	所樂非窮通.
인사에는 실로 졸렬하니	人事固以拙,
애오라지 길이 그를 따르려 하네.	聊得長相從.

---

1)중위(仲蔚): 張仲蔚. 東漢의 平陵 사람. 『高士傳』에 의하면 은거하여 벼슬살이하지 않았으며 글을 잘 지었다고 함. 2)유공(劉龔): 158p 주5번 참조.

(7)

옛날 황자렴(黃子廉) 있어	昔在黃子廉,[1]
관모 튕기며 큰 고을의 다스림을 보좌하였네.	彈冠佐名州.[2]
하루아침 관직을 버리고 돌아가니	一朝辭吏歸,
그 청빈함 사람들 짝하기 어렵네.	淸貧略難儔.
흉년 들자 어진 아내가 한 말이 슬픈데	年饑感仁妻,
나를 바라보며 눈물 흘린다오.	泣涕向我流.[3]
"장부가 비록 뜻이 있다 하나	丈夫雖有志,
실로 아녀자에게 근심을 주다니요."	固爲兒女憂.
혜손(惠孫)은 사정을 알아 한 번 탄식하고	惠孫一晤歎,[4]
후히 양식을 보냈으나 끝내 받지 않았네.	腆贈竟莫酬.[5]
곤궁을 고수하기 어렵다 뉘 말하나?	誰云固窮難,
아득하여라! 선현의 닦음이여.	邈哉此前脩.

---

1)황자렴(黃子廉): 불명. 『三國志 · 黃盖傳』에 "황개는 故 南陽太守 황자렴의 후손이다"라는 기록이 있다. 2)탄관(彈冠): 벼슬에 나감을 비유한 것임. 3)아(我): 황자렴을 대신해 칭한 것임. 4)혜손(惠孫): 미상. 5)전증(腆贈): 선물 따위를 풍성하게 기증함.

두 소씨를 노래함(詠二疏)

晉 義熙 10년(414), 50세에 지었다. 이 시와 더불어 동일하게 역사인물을 다룬 「詠三良」, 「詠荊軻」가 이때에 지어졌다. 二疏는 疏廣과 그의 조카 疏受를 가리킨다. 漢 宣帝 때의 사람으로 소광은 太子의 太傅, 소수는 少傅였다. 『漢書 · 疏廣傳』에 의하면, 임직한 지 5년 후 태자의 학문이 이루어지자 상소하여 귀향하였으며 하사받은 금을 친지들과 유흥하는 데 쓰고 자손에게 남기지 않았다고 한다.

하늘은 사시를 바꾸어 놓고	大象轉四時,[1]
일을 이루면 스스로 물러가네.	功成者自去.[2]
묻노니 주나라 쇠한 이래	借問衰周來,[3]
몇 사람 그 지취(旨趣) 체득하였나.	幾人得其趣.
한나라 조정을 바라보니	游目漢廷中,
두 소씨 다시 이를 회복했도다.	二疏復此擧.
휘파람 높이 불며 옛 거처로 돌아왔으니	高嘯返舊居,
읍하고 태자의 스승에서 물러났도다.	長揖儲君傅.
온 조정 떠들썩 전송을 하니	餞送傾皇朝,
화려한 수레 길을 메웠네.	華軒盈道路.
이별이 인정에 슬픈들	離別情所悲,
남은 영예 어찌 뒤돌아보리.	餘榮何足顧.

훌륭한 행위 행인도 감동시켰으니	事勝感行人,
어질다는 말 어찌 보통의 기림일까.	賢哉豈常譽.[4]
편안히 고향 사람들 환대하는데	厭厭閭里歡,[5]
그가 한 일 속된 것 아니었다.	所營非近務.[6]
노인네들 이끌어 자리에 앉히고	促席延故老,
잔 들며 평소의 뜻 말하였다네.	揮觴道平素.
금(金)을 물으며 끝내 마음에 담으니	問金終寄心,[7]
맑은 말로 몽매함을 깨우쳐 주었네.	淸言曉未悟.
마음껏 남은 해를 누리니	放意樂餘年,
어느 겨를에 사후의 일 생각하랴.	遑恤身後慮.
그 사람 죽었다 뉘 말하나?	誰云其人亡,
오랠수록 도덕은 더욱 드러난다네.	久而道彌著.

---

1)대상(大象): 큰 형상. 天 혹은 道를 가리킴. 『老子』, "큰 형상을 잡고 천하에 가다(執大象, 天下往)." 2)『老子』, "공을 이루고는 머물지 않는다(功成而不居)." 3)쇠주(衰周): 東周 시대의 말기. 4)『漢書 · 疏廣傳』, "길에서 본 자들은 모두 말하길, '어질도다. 두 대부여!' 라 하였고 어떤 이는 탄식하며 눈물을 흘렸다(及道路觀者皆曰, '賢哉二大夫!' 或嘆息爲之下泣)." 5)염염(厭厭): 편안한 모양. 6)근무(近務): 밭을 사거나 집을 짓는 등의 속된 일들. 7)두 소씨가 은퇴할 때 조정에서 황금 20근을 하사했고 황태자가 50근을 주었다. 일 년 후 자손들은 남에게 부친을 설득하도록 부탁하여 남은 금으로 밭과 집을 사 유산으로 받기를 원했음.

세 훌륭한 인물을 노래함(詠三良)

三良은 춘추시대 秦나라 子車氏의 세 아들 奄息·仲行·鍼虎를 가리킨다. 秦 穆公의 총신으로 목공이 죽자 모두 殉死하였다.

관을 튕기며 관직의 길에 올랐으나　　彈冠乘通津,[1]
다만 시절이 날 버릴까 두려워하였다.　　但懼時我遺.
부지런히 일하며 세월을 다 보내나　　服勤盡歲月,
항상 공이 남보다 적을까 염려하였다.　　常恐功愈微.
충정이 어쩌다 드러나니　　忠情謬獲露,
드디어 임금의 은총을 받게 되었소.　　遂爲君所私.[2]
나가서는 화려한 수레를 뒤따랐고　　出則陪文輿,[3]
들어와선 붉은 휘장 안에서 모셨다오.　　入必侍丹帷.[4]
권계하면 말 나오자 이내 따랐으며　　箴規嚮已從,
건의해도 애초에 장애가 없었네.　　計議初無虧.
하루아침에 영구히 떠나게 되자　　一朝長逝後,
함께 돌아가길 원한다 하였네.　　願言同此歸.
후한 은혜 실로 잊기 어려우며　　厚恩固難忘,

임금의 명을 어찌 어길 수 있으리. 君命安可違.

무덤 앞에서도 주저하지 않으니 臨穴罔惟疑,

의를 위해 몸 버림 뜻에 바라던 것이었다. 投義志攸希.

가시덤불 높은 묘를 감쌌으며 荊棘籠高墳,

꾀꼬리 소리 정히도 구슬프다. 黃鳥聲正悲.[5]

훌륭한 분의 생명 대속(代贖)할 수 없으니 良人不可贖,[6]

주루룩 눈물 흘러 내 옷을 적신다오. 泫然沾我衣.

---

1)통진(通津): 교통의 요충지. 높고 중요한 자리를 가리킴. **2**)군소사(君所私): 임금에게 사적으로 남다른 사랑을 받음. **3**)문여(文輿): 채색하여 화려하게 꾸민 수레. **4**)단유(丹帷): 제왕이 거처하는 내실. **5**)『詩經 · 秦風 · 黃鳥』, "꾀꼴꾀꼴 꾀꼬리가 대추나무에 앉았네. 누가 목공을 따라갔나? 자거씨의 엄식이로다(交交黃鳥, 止于棘. 誰從穆公, 子車奄息)." **6**)『詩經 · 秦風 · 黃鳥』, "저 푸른 하늘이여, 우리 훌륭한 이를 죽이셨네. 만약 살릴 수만 있다면, 백 사람으로 그 몸을 대신하리(彼蒼者天, 殲我良人. 如可贖兮, 人百其身)."

형가를 노래함(詠荊軻)

荊軻는 전국시대 말기 衛나라 사람으로, 燕의 太子 丹을 위해 秦王 政(훗날의 秦 始皇)의 암살을 시도하다 실패한 인물이다. 『史記 · 刺客列傳』에 입전되어 있다.

연의 태자 단(丹), 선비를 잘 기르니	燕丹善養士,
뜻은 강한 진에 보복함이라.	志在報强嬴.[1]
수많은 장부를 불러 모으다	招集百夫良,
한 해가 질 무렵 형가를 얻었구나.	歲暮得荊卿.
군자는 지기를 위해 죽는 법	君子死知己,
검을 들고 연경을 떠나가네.	提劍出燕京.
흰 천리마 대로에서 우는데	素驥鳴廣陌,
강개한 마음으로 나를 전송해 준다.	慷慨送我行.
거세게 일어난 머리털 높은 관을 향해 솟구치고	雄髮指危冠,
맹렬한 기운 긴 갓끈에 부딪친다.	猛氣衝長纓.
역수(易水) 가에 술 마시고 전별하는데	飮餞易水上,[2]
사방의 자리에 뭇 영웅 늘어섰네.	四座列群英.
고점리(高漸籬) 슬픈 곡조로 축(筑)을 연주하고	漸離擊悲筑,[3]

송의(宋意)는 높은 소리로 노래하네.	宋意唱高聲.[4]
쉬이이 바람은 구슬피 불어오고	蕭蕭哀風逝,
맑은 강물에 찬 물결 일어난다.	淡淡寒波生.
상성(商聲)에 다시 눈물을 흘리고	商音更流涕,[5]
우성(羽聲)으로 연주하자 장사의 마음 놀래키네.	羽奏壯士驚.[6]
한번 가면 오지 못할 줄 알지만	心知去不歸,
후세에 이름이야 남으리.	且有後世名.
수레에 올라 뒤돌아보지 않으니	登車何時顧,
수레 덮개는 나는 듯 진의 조정으로 들어간다.	飛蓋入秦庭.
거세게 만리길을 뛰어 넘고	凌厲越萬里,
구불구불 천 개의 성을 거쳐왔도다.	逶迤過千城.
지도 끝이 보이고 일이 터지자	圖窮事自至,[7]
호걸스런 임금도 정히 두려워 떠는구나.	豪主正怔營.
안타깝도다! 검술이 서투르다니	惜哉劍術疏,
기이한 공을 끝내 이루지 못하였네.	奇功遂不成.
그 사람 비록 이미 죽었어도	其人雖已沒,
천년토록 호협한 정은 남음이 있구나.	千載有餘情.

1)영(嬴): 秦王의 성. 여기서는 嬴政, 즉 훗날의 秦 始皇을 가리킴. 2)역수(易水): 192p 주3번 참조. 3)점리(漸籬): 高漸籬. 연나라 사람. 형가와 친했으며 축의 연주에 능했음. 축(筑): 琴과 비슷한 악기로 현을 대나무로 쳐 연주함. 4)송의(宋意): 太子 丹이 기르던 선비의 이름. 5)상음(商音): 商聲. 五音의 하나로 처량한 느낌을 줌. 6)우(羽): 羽聲. 五音의 하나로 비장감을 줌. 7)荊軻가 바친 지도를 秦王이 다 펼치자 사전에 숨겨 놓았던 비수가 나왔음. 이에 형가는 왼손으로 진왕의 옷소매를 잡고 오른손으로 비수를 들고 찔렀음.

산해경을 읽고서(讀山海經, 十三首)

晋 義熙 4년(408), 44세에 지었다. 『山海經』은 고대 중국의 산천지리, 신화전설 등을 수록한 책. 작자 및 성립시기는 미상이며 東晋의 郭璞이 주석을 달아 놓았고 현재 전하는 그림은 청나라 때 보충된 것임.

(1)

한여름 초목은 자라나	孟夏草木長,
집 둘레에 나무가 무성하네.	繞屋樹扶疏.[1]
새들은 의지할 곳 있어 기뻐하고	衆鳥欣有托,
나 또한 우리 초가를 사랑하네.	吾亦愛吾廬.
이미 밭 갈고 씨앗도 뿌렸으니	旣耕亦已種,
때때로 돌아와 책을 본다네.	時還讀我書.
궁벽한 동네라 깊은 수레바퀴 자국 없고	窮巷隔深轍,
가끔 벗의 수레도 되돌아간다네.	頗回故人車.
즐겁게 봄 술을 마시고자	歡然酌春酒,
우리 채마밭의 소채를 따온다네.	摘我園中蔬.
가랑비 동쪽으로부터 내리더니	微雨從東來,
좋은 바람도 함께하는구려.	好風與之俱.

주왕전(周王傳) 이리저리 보며　　　泛覽周王傳,[2)]

산해경(山海經)의 그림을 훑어 보네.　　　流觀山海圖.

위아래로 우주를 다 돌아보니　　　俯仰終宇宙,

즐겁지 않고 또 어떠하리.　　　不樂復何如.

---

1)부소(扶疏): 가지와 잎새가 빽빽이 자라난 모양. **2)**주왕전(周王傳): 『穆天子傳』. 晋나라 때 魏 襄王의 묘를 도굴하던 중 발견되었으며 晋의 郭璞이 註를 달았음. 周나라 穆王이 팔준마를 타고 서쪽을 여행하는 내용으로 그 가운데 西王母를 방문한 고사가 기록되어 있음.

(2)

옥대(玉臺)는 노을 위로 빼어난데	玉臺凌霞秀,[1]
서왕모(西王母)는 신묘한 얼굴로 기뻐하네.	王母怡妙顔.[2]
천지와 함께 태어났으니	天地共俱生,
몇 살이나 되었나 알지 못하겠네.	不知幾何年.
신령스런 조화 무궁도 한데	靈化無窮已,
사는 곳 하나의 산뿐 아니라네.	館宇非一山.
성대한 주연에서 새 노래 부르는데	高酣發新謠,
어찌 세속의 말을 흉내내리.	寧效俗中言.

---

1)옥대(玉臺): 西王母의 거처로 玉山 위에 있는 瑤臺. 2)왕모(王母): 西王母. 『山海經 · 西山經』, "그 모습이 사람과 같은데 표범 꼬리에 범의 이를 가졌으며 휘파람을 잘 불고 더부룩한 머리에 머리꾸미개를 꽂고 있다. 이 이가 하늘의 재앙과 오형을 주관한다(其狀如人, 豹尾虎齒而善嘯, 蓬髮戴勝, 是司天之厲及五殘)."

(3)

요원한 괴강(槐江)의 산봉우리	迢遞槐江嶺,[1]
이를 현포(玄圃) 언덕이라 부른다네.	是謂玄圃丘.[2]
서남쪽에 곤륜산이 보이는데	西南望崑墟,[3]
빛나는 기운 비교할 바 없도다.	光氣難與儔.
우뚝하니 밝은 낭간(琅玕)나무 빛나고	亭亭明玕照,[4]
넘실넘실 맑은 요지(瑤池)의 물 흘러가네.	落落淸瑤流.
주나라 목천자(穆天子)에 미칠 수 없어 한스러운데	恨不及周穆,
부탁해 그의 수레 타고 한번 노닐고 싶네.	托乘一來游.

---

1)괴강(槐江): 『山海經 · 西山經』, "괴강의 산에는 … 낭간 · 황금 · 옥이 많이 비장되어 있어 그 남쪽에서는 단속이, 북쪽에서는 빛나는 황금과 은이 많다. 실로 이곳이 천제의 평포이다(槐江之山 … 多藏琅玕黃金玉, 其陽多丹粟, 其陰多采黃金銀. 實惟帝之平圃)." **2)**현포(玄圃): 平圃라고도 함. 天帝의 동산으로 지극히 밝고 아름다운 신성한 거처. **3)**곤허(崑墟): 崑崙山. 『山海經 · 西山經』, "남쪽으로 곤륜이 보이는데, 그 빛은 휘황하고 그 기운은 자욱하다(南望崑崙, 其光熊熊, 其氣魂魂)." **4)**간(玕): 높이가 120길, 크기가 30아름이 된다는 琅玕나무. 그 열매를 낭간이라 하는데 옥구슬과 비슷하다고 함.

(4)

단목(丹木)은 어디 쯤에 자라나? 丹木生何許,

밀산(峚山) 남쪽에 있다네. 乃在峚山陽.[1]

노란 꽃에 붉은 열매 黃花復朱實,

그것을 먹으면 장수를 한다네. 食之壽命長.

백옥(白玉)은 흰 액이 응결된 것 白玉凝素液,

근유(瑾瑜)는 기이한 광채를 발한다오. 瑾瑜發奇光.

어찌 저 군자들만의 보물이던가? 豈伊君子寶,

우리 헌원황제(軒轅黃帝)가 중히 여겼다네. 見重我軒黃.

---

1)밀산(峚山): 『山海經 · 西山經』, “위에는 단목이 많은데 둥근 잎에 붉은 뿌리이며 노란 꽃에 붉은 열매를 하고 있다. 그 맛은 엿과 같고 이것을 먹으면 배가 고프지 않다. 단수가 여기에서 나와 서쪽 직택에 흘러든다. 그 가운데에는 백옥이 많아 옥고가 생기는데 샘에서 펑펑 솟아나와 黃帝가 이것을 먹고 마셨다. 여기서는 검은 옥도 생겨나와 흘러나온 옥고로 단목에 물을 준다. 단목은 5년 뒤 오색이 선명하고 다섯 가지 맛이 향기롭게 된다. 황제가 이에 밀산의 옥꽃을 취하여 종산 남쪽에 씨를 뿌렸다. 근유라는 옥이 가장 훌륭하여 굳은 좁쌀처럼 정밀하며 반짝반짝 빛이 난다. 오색이 일어나면 부드러움과 강함이 조화된다. 천지의 귀신들이 이것을 먹고 마신다. 군자가 이 옥을 복용하면 상서롭지 못한 일을 막을 수 있다(其上多丹木, 員葉而赤莖, 黃花而赤實, 其味如飴, 食之不飢. 丹水出焉, 西流注于稷澤. 其中多白玉, 是有玉膏, 其原沸沸湯湯, 黃帝是食是饗. 是生玄玉. 玉膏所出, 以灌丹木, 丹木五歲, 五色乃淸, 五味乃馨. 黃帝乃取峚밀山之玉榮, 而投之鍾山之陽. 瑾瑜之玉爲良, 堅粟精密, 濁澤有而光. 五色發作, 以和柔剛. 天地鬼神, 是食是饗. 君子服之, 以禦不祥).”

(5)

훨훨 세 마리 파랑새	翩翩三靑鳥,[1]
털 빛이 기이해 사랑스럽네.	毛色奇可憐.
아침이면 서왕모 심부름하고	朝爲王母使,[2]
저물면 삼위산(三危山)에 돌아가네.	暮歸三危山.[3]
나 이 새를 인연하여	我欲因此鳥,
서왕모께 말하고 싶네.	具向王母言.
세상에서 다른 것 필요 없고	在世無所須,
오직 술과 장수(長壽)뿐이라고.	惟酒與長年.

1)삼청조(三靑鳥): 『山海經 · 大荒西經』, "세 마리의 파랑새가 있는데 붉은 머리에 검은 눈으로 하나는 이름이 대려, 하나는 소려, 하나는 청조이다(有三靑鳥, 赤首黑目, 一名大鵹, 一名少鵹, 一名靑鳥)." 2)『山海經 · 海內北經』, "그 남쪽에 세 마리 파랑새가 있는데 서왕모를 위해 음식을 나른다(其南有三靑鳥, 爲西王母取食)." 3)『山海經 · 西山經』, "삼위산에 세 마리 파랑새가 산다(三危之山, 三靑鳥居之)."

(6)

무고산(燕皐山) 위를 거닐며	逍遙燕皐上,[1]
아득히 부목(扶木)을 바라본다.	杳然望扶木.[2]
거대한 가지 백만 길이나 되어	洪柯百萬尋,
빽빽이 양곡(暘谷)을 뒤덮었다오.	森散覆暘谷.[3]
신령한 분 단지(丹池) 가에 있어	靈人侍丹池,[4]
매일 아침마다 해를 씻겨 준다네.	朝朝爲日浴.
신성한 태양 한번 하늘에 오르자	神景一登天,
어느 어둡던 곳도 촛불이 뵈질 않네.	何幽不見燭.

---

1)무고(燕皐): 無皐와 같음. 『山海經 · 東山經』, "다시 남쪽으로 물길로 500리, 사막으로 300리를 가면 무고산에 이른다. 남으로 유해가 보이며 동으로는 부목이 보이는데 초목은 없고 바람이 많다. 이 산은 둘레가 100리이다(又南水行五百里, 流沙三百里, 至于無皐之山. 南望幼海, 東望榑木, 無草木, 多風. 是山也, 廣員百里)." 2)부목(扶木): 榑木과 같음. 『山海經 · 大荒東經』, "양곡 위에는 부목이 있는데, 한 개의 해가 막 도착하면 한 개의 해가 막 떠오르며 모두 까마귀를 얹고 있다(湯谷上有扶木, 一日方至, 一日方出, 皆載于烏)." 3)양곡(暘谷): 해가 나온다는 곳으로, 湯谷이라고도 함. 『山海經 · 海外東經』, "양곡의 위에 부상이 있는데 열 개의 해가 목욕을 하며 흑치의 북쪽에 있다. 물 가운데 큰 나무가 있어 아홉 개의 해가 아랫가지에 있고 하나의 해는 윗가지에 있다(湯谷上有扶桑, 十日所浴, 在黑齒北. 居水中, 有大木, 九日居下枝, 一日居上枝)." 4)단지(丹池): 甘淵과 같음. 『山海經 · 大荒南經』, "여자가 있어 이름을 희화라 하는데 바야흐로 감연에서 해를 목욕시키고 있다. 희화는 제준의 처로 열 개의 해를 낳았다(有女子名曰羲和, 方日浴于甘淵. 羲和者, 帝俊之妻, 生十日)."

(7)

찬연히 빛나는 삼주수(三株樹) 粲粲三株樹,[1]
적수(赤水)의 남쪽에 붙어 사네. 寄生赤水陰.
우뚝이 바람을 이겨 내는 계수나무 亭亭凌風桂,
여덟 그루 함께 숲을 이루었구나. 八幹共成林.[2]
영험한 봉새 구름 위에 춤추고 靈鳳撫雲舞,[3]
신이한 난새 옥소리로 노래한다. 神鸞調玉音.
비록 세속의 보물 아니지만 雖非世上寶,
서왕모의 마음에 들었다네. 爰得王母心.

---

1)삼주수(三株樹): 三珠樹라고도 함. 『山海經 · 海內南經』, “삼주수는 염화의 북쪽에 있어 적수 가에 자란다. 그 나무 모양이 측백과 같고 잎이 모두 구슬로 되어 있다(三株樹, 在厭火北, 生赤水上. 其爲樹如柏, 葉皆爲珠).” **2)**『山海經 · 海內南經』, “여덟 그루로 이루어진 계수나무 숲이 심우의 동쪽에 있다(桂林八樹, 在番隅東).” **3)**『山海經 · 大荒南經』, “질민국이 있다. 순임금이 무음을 낳으니 질로 내려와 살았는데 이를 무질민이라 한다. 무질민은 반성으로, 곡식을 먹지만 길쌈을 않고 옷을 만들지 않아도 옷을 입었으며 곡식을 심지 않고 거두지 않아도 밥을 먹었다. 여기에는 노래하고 춤추는 새가 있어 난새가 절로 노래하고 봉새가 절로 춤춘다. 여기에는 온갖 짐승들이 있어 서로 무리지어 살며 온갖 곡식이 쌓여 있다(有臷民之國. 帝舜生無淫, 降臷處, 是謂巫臷民. 巫臷民朌姓, 食穀, 不績不經, 服也. 不稼不穡, 食也. 爰有歌舞之鳥, 鸞鳥自歌, 鳳鳥自舞. 爰有百獸, 相群爰處, 百穀所聚).”

(8)

옛부터 모두 죽어 왔으니	自古皆有沒,
누군들 신령스럽게 영원하였나?	何人得靈長.
죽지 않고 또 늙지 않는다면	不死復不老,
만 년 세월이 늘 그대로일 터인데.	萬歲如平常.
적천(赤泉)은 내게 마실 물 주며	赤泉給我飮,[1]
원구산(員丘山)은 내 양식을 넉넉케 하네.	員丘足我粮.
바야흐로 해 달 별과 놀리니	方與三辰游,
늙어 수명이 어찌 갑자기 다하랴.	壽考豈渠央.

1)적천(赤泉): 『山海經 · 海內南經』, “죽지 않는 사람들이 교경국 동쪽에 있는데 그들은 검은색에 장수하여 죽지 않는다(不死民在交脛國東, 其爲人黑色, 壽, 不死).” 郭璞의 註, “員丘山이 있으니 위에 죽지 않는 나무가 있어 먹으면 장수하고 또한 赤泉이 있어 마시면 늙지 않는다(有員丘山, 上有不死樹, 食之乃壽, 亦有赤泉, 飮之不老)” 하였다.

(9)

과보(夸父)는 허황되이 큰 뜻을 지녀	夸父誕宏志,[1]
해와 함께 경주를 하였다네.	乃與日競走.
함께 우연(虞淵) 밑에 이르니	俱至虞淵下,[2]
흡사 승부가 나지 않을 듯.	似若無勝負.
대단한 힘이 이미 남과 다른데	神力既殊妙,
황하수 기울여 마신들 어찌 족하리.	傾河焉足有.
남은 자취 등림(鄧林)에 부쳤으나	餘迹寄鄧林,
성공이야 끝내 사후에 맡겨졌네.	功竟在身後.

1)과보(夸父): 神人의 이름. 『山海經 · 海外北經』, "과보가 해와 함께 경주를 하였는데 해 질 무렵이 되었다. 목이 말라 물을 마시고 싶어 황하와 위수의 물을 마셨다. 황하와 위수로는 부족하여 북으로 가 대택의 물을 마시려 했으나 도중에 목이 말라 죽었다. 그 지팡이를 버렸더니 변해 등림이 되었다(夸父與日逐走, 入日. 渴欲得飮, 飮于河渭, 河渭不足, 北飮大澤. 未至, 道渴而死. 棄其杖, 化爲鄧林)." 2)우연(虞淵): 禺淵, 禺谷이라고도 함. 전설 속에 해가 진다는 곳.

(10)

정위(精衛)새 작은 가지 물고서	精衛銜微木,[1]
장차 창해를 메꾸려 하네.	將以塡滄海.
형천(刑天)은 방패 도끼 들고 춤을 추니	刑天舞干戚,[2]
맹렬한 뜻 실로 영원히 남아 있네.	猛志固常在.
다른 사물과 같다는 생각 이미 없으련만	同物旣無慮,
죽어도 다시 후회는 없구나.	化去不復悔.
설사 옛 마음 간직하고 있어도	徒設在昔心,
좋은 시절을 어찌 기대할 수 있으리.	良晨詎可待.

1)『山海經 · 北山經』, "새가 있어 그 모양이 까마귀 같으며 무늬 있는 머리에 흰 부리, 붉은 발로 이름을 정령이라 하며 그 울음소리는 저절로 부르짖는 것 같았다. 이는 炎帝의 어린 딸로 이름을 女娃라 한다. 여와는 동해에서 놀다 익사해 돌아오지 못한 까닭에 정위가 되어 항상 서산의 나무와 돌을 물어다 동해를 메꾸었다(有鳥焉, 其狀如烏, 文首, 白喙, 赤足, 名曰精衛, 其鳴自詨. 是炎帝之少女, 名曰女娃. 女娃遊于東海, 溺而不返, 故爲精衛, 常銜西山之木石, 以東海)."

2)『山海經 · 海內西經』, "형천이 천제와 더불어 이곳에 이르러 신통력을 다투어 천제가 그의 머리를 잘라 상양산에 묻었다. 이에 젖은 눈으로, 배꼽을 입으로 삼아 방패와 긴 도끼를 잡고 춤을 추었다(刑天與帝至此爭神, 帝斷其首, 葬之常羊之山. 乃以乳爲目, 以臍爲口, 操干戚以舞)."

(11)

크게 교활한 자 마음대로 사납게 굴고	巨猾肆威暴,[1]
흠비(欽駓)는 천제의 뜻을 어겼다네.	欽駓違帝旨.[2]
알유(窫窳)는 오히려 변화에 능했지만	窫窳强能變,[3]
조강(祖江)은 드디어 홀로 죽게 되었구나.	祖江遂獨死.[4]
밝디밝은 하늘이 보고 있으니	明明上天鑒,
악행을 저지르면 아니 된다네.	爲惡不可履.
영원히 목마름 실로 고통이겠다만	長枯固已劇,[5]
준조와 물수리야 어찌 족히 믿을까.	鵔鶚豈足恃.

---

1)『山海經 · 海內西經』, "이부의 신하에 위가 있었는데 위가 이부와 함께 알유를 죽였다. 천제는 이에 그를 소속산에 묶어 두었는데 오른발에 족쇄를 채우고 양손을 뒤로 묶어 산 위의 나무에 매어 놓았다(貳負之臣曰危, 危與貳負殺窫窳. 帝乃梏之疏屬之山, 桎其右足, 反縛兩手與髮, 繫之山上木)." 2)흠비(欽駓): 神怪의 이름. 『山海經 · 西山經』, "또 서북쪽으로 420리를 가면 종산이라는 곳이다. 산신의 아들은 이름이 고인데, 그 생김새가 사람 얼굴에 용의 몸으로 그와 흠비가 葆江을 곤륜산의 남쪽에서 죽였다. 천제가 이에 그들을 종산의 동쪽 요애에서 죽이니 흠비는 변해 큰 물수리가 되었는데 생김새가 독수리 같으며 검은 무늬에 흰 머리, 붉은 부리에 호랑이 발톱을 하였다. 그 소리는 들오리 같은데 이것이 나타나면 큰 전쟁이 일어난다. 고는 또한 준조로 변했는데 그 생김새는 솔개 같고 붉은 발에 곧은 부리, 노란 무늬에 흰 머리를 하고 있다. 그 소리는 고니 같으며 이것이 나타나면 그 고을이 크게 가문다(又西北四百二十里, 曰鐘山, 其子曰鼓, 其狀如人面而龍身, 是與欽駓殺葆江于崑崙之陽. 帝乃戮之鐘山之東

曰瑤崖. 欽駓化爲大鶚, 其狀如雕而黑文白首, 赤喙而虎爪, 其音如晨鵠, 見則有大兵. 鼓亦化爲鵕鳥, 其狀如鴟, 赤足而直喙, 黃文而白首, 其音如鵠, 見則其邑大旱)." **3**)알유(窫窳): 貳負와 그 신하 危에게 죽음을 당한 神怪의 이름으로 죽은 후 다시 살아나 용의 머리를 하게 되었다 함. 『山海經 · 北山經』, "소함산에는 초목이 없고 푸른 구슬이 많다. 짐승이 있어 그 모양이 소 같으며 붉은 몸에 사람 얼굴, 말의 다리를 하고 있고 이름을 알유라 하는데 그 소리는 어린아이 같고 사람을 잡아먹는다(少咸之山, 無草木, 多青碧. 有獸焉, 其狀如牛, 而赤身人面馬足, 名曰窫窳, 其音如嬰兒, 是食人)." **4**)조강(祖江): 葆江을 가리킴. 주 2번 참조. **5**)貳負의 신하 危가 疏屬山에 묶여 있음을 말한 것임.

(12)

치주(鴟鵂)가 성읍에 나타나면	鴟鵂見城邑,[1]
그 나라에는 추방될 선비 생겨나네.	其國有放士.
저 회왕(懷王) 때를 떠올려 보니	念彼懷王世,[2]
당시 여러 번 오기도 하였네.	當時數來止.[3]
청구산(靑丘山)에 기이한 새 있어	靑丘有奇鳥,[4]
자기만 똑똑하다 말한다네.	自言獨見爾.
본래 미혹된 자가 화생한 것이니	本爲迷者生,
군자를 깨우칠 수 없다네.	不以喩君子.

1)치주(鴟鵂): 『山海經 · 南山經』, "거산에 … 새가 있어 그 모양이 올빼미 같으며 사람의 손을 하고 있고 그 소리는 저려 오는 듯하며 그 이름을 주라 하는데, 그 이름은 스스로 부른 것이다. 나타나면 그 고을에는 쫓겨나는 선비가 많았다(柜山 … 有鳥焉, 其狀如鴟而人手, 其音如痺, 其名曰鵂, 其名自號也. 見則其縣多放士)." 2)회왕(懷王): 전국시대 楚나라의 회왕. 秦의 기만정책에 속아 진에 억류되어 있다가 죽었음. 3)이는 楚의 충신 屈原이 간신의 모함을 받아 누차 추방된 일을 지적한 것임. 굴원은 후에 멱라수에 투신자살 하였음. 4)『山海經 · 南山經』, "청구산에 … 새가 있어 그 모양이 비둘기 같고 우는 소리가 마치 꾸짖는 것 같으며 이름을 관관이라 하는데 이를 몸에 지니면 미혹되지 않는다(靑丘之山 … 有鳥焉, 其狀如鳩, 其音若呵, 名曰灌灌, 佩之不或)."

(13)

대신은 우뚝하니 조정에 드러나니	巖巖顯朝市,
제왕은 인재를 씀에 신중해야지.	帝者愼用才.
어이하여 공공(共工)과 곤(鯀)을 죽였던고?	何以廢共鯀,[1]
중화(重華)가 그들을 처단하였네.	重華爲之來.[2]
중보(仲父)는 충언을 올렸으나	仲父獻誠言,[3]
강공(姜公)에게 의심을 당하였네.	姜公乃見猜.[4]
죽을 무렵 기갈을 호소한들	臨沒告饑渴,[5]
다시 무엇을 어쩌리오!	當復何及哉.

---

1)공곤(共鯀): 共工과 鯀. 四凶 가운데의 두 사람으로, 곤은 禹의 부친. 『尙書·舜典』, "공공을 유주로 유배보내고 환도를 숭산으로 추방하고 삼묘를 삼위로 쫓아내고 곤을 우산에서 죄 주었다. 네 명을 처벌하니 천하가 다 복종하였다(流共工于幽洲, 放驩兜于崇山, 竄三苗于三危, 于羽山, 四罪而天下咸服.)." **2**)중화(重華): 169p 주8번 참조. **3**)중보(仲父): 管仲을 가리킴. 춘추시대 제나라의 정치가로 桓公을 보좌해 패자가 되게 하였음. 제 환공이 그를 높여 중보라 불렀음. 이 구절은 관중이 죽기 전 환공에게 易牙·開方·豎刁 세 사람의 퇴출을 간한 사실을 다룬 것임. **4**)강공(姜公): 齊 桓公을 가리킴. 齊나라는 武王을 도와 周의 통일을 도운 姜太公이 봉함받은 곳이므로 제 환공을 강공이라 부른 것임. 『史記·齊太公世家』, "관중이 죽자 환공은 관중의 말을 채용하지 않고 끝내 세 사람을 가까이 기용하니 세 사람이 권세를 오로지 하였다(管仲死, 而桓公不用管仲言, 卒近用三子, 三子專權)." **5**)제 환공은 병이 깊어진 후 易牙·開方·豎刁 세 사람에 의해 유폐되어 음식을 먹지 못하였음.

만가를 의작해 지음(擬挽歌辭, 三首)

宋 元嘉 4년(427), 63세에 지었다. 자신의 죽음을 예감하고 지은 것으로, 그해 11월 시인은 별세하였다. 죽음에 이르름, 사자를 입관 안치하는 절차, 장사 지내는 과정이 순차적으로 각 수에 놓였다.

(1)

삶이 있어 반드시 죽음이 있는 것	有生必有死,
일찍 마친다고 명이 짧다 못하리.	早終非命促.[1]
엇저녁엔 남과 같은 사람이더니	昨暮同爲人,
오늘 아침엔 귀신 명부에 오른다오.	今旦在鬼錄.
혼과 기운 흩어져 어디로 가나?	魂氣散何之,
마른 몸뚱아리를 빈 나무통에 맡기네.	枯形寄空木.[2]
사랑스런 아이들 아비 찾아 울며	嬌兒索父啼,
좋은 벗들 날 어루만지며 곡하리.	良友撫我哭.
득실을 다시 알지 못하리니	得失不復知,
시비를 어찌 깨달을 수 있으랴.	是非安能覺.
천년만년 지난 후에	千秋萬歲後,
뉘라 영화와 치욕을 알리.	誰知榮與辱.

다만 세상에 살며 한스러운 건	但恨在世時,
만족스레 술 마시지 못함이라오.	飲酒不得足.

1)조종(早終): 일찍 죽음. 2)공목(空木): 棺을 가리킴.

(2)

전에야 마실 술 없더니	在昔無酒飮,
이젠 다만 부질없이 술잔을 채워 주네.	今但湛空觴.
봄 술에 개미 같은 지게미 떠오른들	春醪生浮蟻,[1]
어느 때 다시 맛볼 수 있으랴.	何時更能嘗.
안주상 내 앞에 푸짐하건만	肴案盈我前,
친구들 내 곁에서 곡을 한다오.	親舊哭我傍.
말하려 해도 입에 소리 없고	欲語口無音,
보려 해도 눈에 빛이 없도다.	欲視眼無光.
예전에 고당에서 잠자더니	昔在高堂寢,
이제 거친 풀 우거진 곳에 묵게 되었구나.	今宿荒草鄕.[2]
하루아침에 대문을 나서 떠나가면	一朝出門去,
귀신 되어 한밤중에나 돌아오리.	歸來夜未央.

1)부의(浮蟻): 술이 익어 떠오른 지게미. 혹은 거품을 의미하기도 함. 2)황초향(荒草鄕): 잡초가 무성한 묘지.

(3)

무성한 풀 어찌 그리 망망한가?	荒草何茫茫,
백양나무 또한 바람에 나부끼네.	白楊亦蕭蕭.
찬 서리 내리는 구월	嚴霜九月中,
날 보내려 멀리 교외로 나왔구나.	送我出遠郊.
사방에 사람 사는 집 없고	四面無人居,
높다란 묘지만 정히 우뚝하구려.	高墳正嶕嶢.
말은 하늘을 우러러 울부짖고	馬爲仰天鳴,
바람은 절로 소슬하다오.	風爲自蕭條.
무덤이 한번 닫히게 되면	幽室一已閉,
천 년 지나도 다시 아침을 맞지 못하리.	千年不復朝.
천 년 지나도 다시 아침을 맞지 못하리니	千年不復朝,
현달한 이라도 어쩔 수 없다오.	賢達無奈何.
앞서 장송하던 이들	向來相送人,
각자 자기 집에 돌아가네.	各自還其家.
친척들 남은 슬픔 있어도	親戚或餘悲,
다른 이야 벌써 노래를 부르는구나.	他人亦已歌.

죽은 뒤에야 무엇을 말하리?	死去何所道,
몸을 맡겨 산 언덕과 함께할 뿐.	托體同山阿.

연구(聯句)

宋 景平 2년(424), 60세에 지은 것으로 추정된다. 함께 시를 지은 愔之와 循之는 미상의 인물이다.

우는 기러기 바람 타고 날아가니	鳴雁乘風飛,
가고 가다 어디에서 내려올까?	去去當何極.
저 가난한 선비를 생각하노라면	念彼窮居士,
어찌 탄식하지 않으리오.(연명)	如何不歎息.(淵明)
비록 구만 리 하늘을 오르고자 하나	雖欲騰九萬,
끝내 무슨 힘으로 빙빙 돌아 날아가리.	扶搖竟何力.
멀리 왕자교(王子喬)를 불러	遠招王子喬,[1]
구름 수레를 손질하리.(음지)	雲駕庶可飭.(愔之)
배회하며 짝을 돌아보고	顧侶正徘徊,
나란히 하늘가를 날아가네.	離離翔天側.
서리 이슬이 어찌 몸에 절실하지 않으랴만	霜露豈不切,
다만 나란히 날개짓하며 날아 좋구나.(순지)	徒愛雙飛翼.(循之)
높은 나무의 가지 빼어난데	高柯擢條幹,

멀리 바라보니 하늘색과 같도다.	遠眺同天色.
생각 끊어지고 기뻐할 것 뵈지 않으니	思絶慶未看,
다만 미혹감만 생겨나네.(연명)	徒使生迷惑.(淵明)

1) 왕자교(王子喬): 신선의 이름. 90p 주1번 참조.

卷之五 賦辭

선비의 불우함에 느껴(感士不遇賦 - 幷序) 晋 義熙 12년 (416), 52세에 지었다.

옛날에 동중서(董仲舒)는 「사불우부(士不遇賦)」를 지었고 사마자장(司馬子長)도 그러하였다. 나는 일찍이 삼여(三餘)의 날, 강습하던 겨를에 그 글들을 읽고 개연히 탄식하였었다. 대저 신의를 실천하고 순리를 생각함은 살아가는 사람의 착한 행실인 것이며, 질박함을 간직하고 고요함을 지키려 함은 군자의 독실한 뜻인 것이다. 진실한 기풍이 사라져 가면서 큰 거짓이 일어나니 민간에서는 청렴함과 사양하는 절도가 태만해졌고 조정에서는 쉽게 승진하려는 마음이 치달리고 있다. 올바름을 간직하고 도를 지향하는 선비들은 혹 한창 일할 나이에 은거하고 있으며, 자기를 깨끗이 하며 지조를 맑게 한 사람들은 혹 세상을 마치도록 부질없는 노고만 하고 있는 것이다. 그런 까닭에 백이(伯夷)·숙제(叔齊)와 상산사호(商山四皓)는 '어디로 돌아갈까' 하는 탄식이 있었으며, 삼려대부(三閭大夫)는 '끝이로다!' 라는 애달픈 탄식을 발하였다. 슬프다! 몸뚱아리를 기탁함이 백 년인데 이 또한 순식간에 다할 뿐으로 공업을 세우기는 어렵고 하나의 성읍을 봉함받지도 못한다. 이는 옛사람이 강개한 마음으로 붓을 휘두른 까닭이며 누차 말하고서도 그만둘 수 없었던 것이다. 무릇 마음을 전해 일러줄 것이 오로지 문장뿐이런가? 이런저런 생각으로 그 책을 어루만지다가 드디어 느낌이 있어 이 부를 짓는다.

昔董仲舒[1]作「士不遇賦」, 司馬子長[2]又爲之. 余嘗以三餘之日,[3] 講習之暇, 讀其文, 慨然惆悵. 夫履信思順, 生人之善行, 抱朴守靜,[4] 君子之篤素. 自眞風告逝, 大僞斯興, 閭閻懈廉退之節, 市朝驅易進之心. 懷正志道之士, 或潛玉於當年, 潔己淸操之人, 或沒世以徒勤. 故夷 · 皓[5]有 "安歸"[6]之歎, 三閭[7]發 "已矣"[8]之哀. 悲夫! 寓形百年, 且瞬息已盡; 立行之難, 而一城莫賞. 此古人所以染翰慷慨, 屢伸而不能已者也. 夫導達意氣, 其惟文乎? 撫卷躊躇, 遂感而賦之.

아! 대지의 만물이 자연의 기를 받았거늘	咨大塊之受氣,
어찌하여 사람만이 유독 영장이 되었는가?	何斯人之獨靈.
신명한 지혜를 품수받아 그 빛을 간직하고	稟神智以藏照,
삼재(三才) 오상(五常)을 구비해 이름을 이루었다네.	秉三五而垂名.[9]
혹은 「격양가(擊壤歌)」를 지어 스스로 기뻐하고	或擊壤以自歡,[10]
혹은 창생을 크게 구제하나니,	或大濟於蒼生.
숨거나 활약하거나 분수가 아님이 없어	靡潛躍之非分,
항상 득의한 모양으로 자신의 정을 따르는 것이다.	常傲然以稱情.
시대는 물결처럼 흘러 지나가 버리고	世流浪而遂徂,
인물은 무리에 따라 나뉘어 서로 구별이 생겨났네.	物群分以相形.
촘촘한 그물을 엮으니 물고기는 두려워하고	密網裁而魚駭,
커다란 그물을 만드니 새들이 놀라게 되었다.	宏羅制而鳥驚.
저 통달한 사람이야 잘 깨달아	彼達人之善覺,

이에 관직에서 달아나 농사일을 하게 되었다.	乃逃祿而歸耕.
드높은 산에 그림자를 붙이고	山嶷嶷而懷影,
넓은 강물에 소리를 숨기며,	川汪汪而藏聲.
헌원(軒轅) 당요(唐堯)의 시대를 바라며 탄식하고	望軒唐而咏歎,[11]
빈천을 달게 여겨 영화를 사양하는 것이다.	甘貧賤以辭榮.
맑은 근원은 흘러가 멀리서 나뉘어지고	淳源汨以長分,
아름다움과 사악함은 다른 길이 되었다.	美惡作以異途.
백 가지 행실 가운데 귀한 것을 찾아 보건대	原百行之攸貴,
선(善)처럼 즐길 만한 바 없도다.	莫爲善之可娛.
하늘이 이룬 명을 받들고	奉上天之成命,
성인이 남긴 글을 스승으로 삼는다.	師聖人之遺書.
임금과 어버이에게는 충효를 하고	發忠孝於君親,
마을에서는 신의를 행한다.	生信義於鄕閭.
성심을 미루어 현달함을 얻고	推誠心而獲顯,
거짓되지 않음으로써 명예를 구한다.	不矯然而祈譽.
아아! 같으면 함께하고 다르면 훼방하며	嗟乎雷同毁異,
사람들은 남이 위에 있는 것을 미워하네.	物惡其上.

영묘한 생각을 하는 자를 미혹되다 하며	妙算者謂迷,
정도를 가는 자를 망령되다 한다.	直道者云妄.
너그러워 지극히 공정해 시기하지 않아도	坦至公而無猜,
끝내 치욕을 당하고 비방을 받는다.	卒蒙恥以受謗.
비록 옥을 간직하고 난을 지녔어도	雖懷瓊而握蘭,
다만 향기롭고 깨끗할 뿐 그 누가 알아 주는가?	徒芳潔而誰亮.
슬프도다! 선비의 불우함이여.	哀哉士之不遇,
염제(炎帝) · 제괴(帝魁)의 시대야 그렇지 않았다네.	已不在炎帝帝魁之世
홀로 공경하며 수양해 스스로 애쓸지니	獨祗修以自勤,
어찌 삼성(三省)을 그만두리오.	豈三省之或廢.[13]
덕을 증진시킨다면 시기를 기다릴 수 있으나	庶進德以及時,
시기가 이미 왔다고 이익을 따르지는 않는다.	時旣至而不惠.
원앙(袁盎)의 명철한 말이 없었다면	無袁生之晤言,[14]
장계(張季)는 끝내 덮여졌으리라 생각되며,	念張季之終蔽.[15]
늙은 풍당(馮唐)이 낭서(郎署)로 있어 가련하더니	愍馮叟於郎署,[16]
위상(魏尙)을 위한 건의가 채납되어 힘입게 되었네.	賴魏守以納計.[17]
반드시 알려짐에 가깝게 되었다 하지만	雖僅然於必知,

또한 고심하며 세월을 허비했다네.　　亦苦心而曠世.

분명히 저자에 호랑이가 없는데도　　審夫市之無虎,

세 사람이 말을 꾸며되면 현혹되네.　　眩三夫之獻說.

가의(賈誼)의 빼어난 현철함을 슬퍼하나니　　悼賈傅之秀朗,[18]

비좁은 땅에 천리마 묶였으며,　　紆遠轡於促界.

동중서(董仲舒)의 깊은 학문을 슬퍼하니　　悲董相之淵致,[19]

누차 위기를 만나 요행히 구제당하였다네.　　屢乘危而幸濟.

철인들의 짝이 없음에 느꺼워　　感哲人之無偶,

눈물 줄줄 흘리며 소매를 적신다네.　　淚淋浪以灑袂.

전왕(前王)의 맑은 가르침을 받으니　　承前王之淸誨,[20]

'천도는 친소의 구분이 없다' 말하며,　　曰天道之無親.[21]

'청천(靑天)은 하나를 얻어 명철하여　　澄得一以作鑒,[22]

항상 선한 이를 돕고 어진 이를 보우한다' 네.　　恒輔善而佑仁.

백이(伯夷)는 늙어서도 오래 굶주렸고　　夷投老以長饑,

안회(顏回)는 일찍 요절했으며 또 가난했다네.　　回早夭而又貧.

수레 팔기를 청해 관을 마련하려 함이 가슴 아프고,　　傷請車以備槨,[23]

고사리 캐어 먹다 죽으니 슬프기도 하여라.　　悲茹薇而殞身.

비록 학문을 좋아하고 절의를 행했으나　　雖好學與行義,
어찌 인생이 그리도 고통스러웠던가!　　何死生之苦辛.
이처럼 덕행에 보답 있다는 말에 의문이 가니　　疑報德之若玆,
이 말을 헛되이 늘어놓았나 의구심 생겨나네.　　懼斯言之虛陳.
어찌 세상에 드문 인재가 없으리오만　　何曠世之無才,
길이 껄끄럽지 않음이 없도다.　　罕無路之不澁.
저 옛사람들이 강개함은　　伊古人之慷慨,
기특한 이름을 세우지 못함을 근심함이라.　　病奇名之不立.
이광(李廣)은 스무 살의 나이에 정치에 종사해　　廣結髮以從政,[24]
만읍을 상으로 받아도 부끄럽지 않거늘,　　不愧賞於萬邑.
척신놈들에게 웅대한 뜻이 꺾이고　　屈雄志於戚豎,
마침내 한 자의 땅도 받지 못했다네!　　竟尺土之莫及.
죽은 후에 성신(誠信)의 이름을 남기니　　留誠信於身後,
뭇사람을 감동시켜 슬피 울게 한다네.　　動衆人之悲泣.
왕상(王商)은 힘써 간하여 폐단을 바로잡았으나　　商盡規以拯弊,[25]
처음에는 순조롭다 우환에 빠져들고 말았네.　　言始順而患入.
어찌하여 좋은 시기는 쉽게 가 버리고　　奚良辰之易傾,

어찌하여 잘난 이 해치기를 그리 급히 하였던가!	胡害勝其乃急.
푸른 하늘은 멀고 아득하며	蒼旻遐緬,
인사(人事)는 다함이 없는데,	人事無已.
감응이 있기도 하고 어둡기도 하니	有感有昧,
뉘라 그 이치를 헤아리리.	疇測其理.
차라리 궁함을 고수해 뜻을 이룰지언정	寧固窮以濟意,
억지로 굽혀 자기에게 누가 되어서는 아니 되리.	不委曲而累己.
이미 높은 관직을 영광으로 삼지 않았으니	旣軒冕之非榮,26)
어찌 헌 솜의 핫옷을 부끄러워하랴?	豈縕袍之爲恥.
실로 잘못 깨우쳐 졸함을 취하고자	誠謬會以取拙,27)
짐짓 기쁜 마음으로 산다오.	且欣然而歸止.
고독한 정회를 껴안고 세상을 마치리니	擁孤襟以畢歲,
조정의 후한 대우일랑 사양한다네.	謝良價於朝市.

---

1)동중서(董仲舒): 西漢의 저명한 경학가로 景帝 때 박사를 지내고, 武帝 때 학제 개혁을 단행하여 유학을 관학으로 융성케 하였음. 저서로 『春秋繁露』『董子文集』 등이 있음. 2)사마자장(司馬子長): 司馬遷으로 子長은 그의 字. 사학가로 『史記』를 남겼다. 그의 「悲士不遇賦」가 『藝文類聚』에 수록되어 있음. 3)삼여지일(三餘之日): 서한의 董遇가 학생에 강론하며 학문은 三餘를 이용해야 한

다고 해서 생긴 말. 겨울은 한 해의 여가이며, 밤은 하루의 여가이며, 흐려 비오는 날은 시간의 여가라 하였음. **4)**포박수정(抱朴守靜): 『老子』, "바탕을 나타내고 소박함을 지니어 사심을 적게 하고 욕심을 적게 해야 한다(見素抱樸, 少私寡慾)." "마음 비우기를 극진히 이루고 고요함 지키기를 독실히 하다(致虛極, 守靜篤)." **5)**이호(夷皓): 伯夷·叔齊와 商山四皓. 105p 주8번, 141p 주1번 참조. **6)**『史記·伯夷列傳』, "신농과 우순·하우는 홀연 사라졌으니 나는 어디로 돌아가야 하나!'라 하였다(神農虞夏, 忽焉沒兮, 我安適歸矣!)." 『高士傳』, "도당과 우순의 시대는 머니 우린 장차 어디로 돌아갈까!(唐虞世遠, 吾將安歸!)" **7)**삼려(三閭): 三閭大夫. 屈原을 가리킴. 전국시대 楚나라 사람. 누차 참소를 당해 추방되었다가 멱라수에 투신자살 하였음. **8)**「離騷」, "끝났도다! 나라에 나를 알아주는 이가 없는데, 또 어찌 고향를 그리워하랴?(已矣哉. 國無人莫我知兮, 又何懷乎故都?)" **9)**삼오(三五): 三才와 五常. 三才는 天·地·人을 가리키며 五常은 仁·義·禮·智·信. **10)**격양(擊壤): 擊壤歌. 堯임금 때의 壤父라는 노인이 태평한 세월을 즐거워하며 땅을 치며 불렀다는 노래. **11)**헌당(軒唐): 軒轅과 唐堯. 30p 주6번 참조. **12)**염제(炎帝): 神農氏. 姜姓으로 火德으로 왕 노릇한 까닭에 염제라 부름. 제괴(帝魁): 상고시대 전설적인 제왕의 이름. **13)**삼성(三省): 『論語·學而』, "증자가 말했다. '나는 날마다 세 가지로 내 몸을 반성하나니 남을 위해 도모함에 충성스럽지 못했는가, 벗과 사귐에 미덥지 못했는가, 전수받은 것을 익히지 아니했는가이다'(曾子曰, '吾日三省吾身, 爲人謀而不忠乎? 與朋友交而不信乎? 傳不習乎?')." **14)**원생(袁生): 袁盎을 가리킴. 자는 絲. 漢 文帝 때 中郎將에 임명되어 景帝 때에 太常에 이르렀음. 문제의 면전에서 張釋之를 추천한 일이 있음. **15)**장계(張季): 張釋之, 자는 季. 騎郎으로 文帝를 섬겼으나 십 년이 되도록 발탁되지 않아 그만두고 귀향하려 했는데 袁盎이 그의 현철함을 알고 추천하였음. **16)**풍수(馮叟): 馮唐을 가리킴. 漢 文帝 때의 인물. 叟는 노인장을 가리키는 말. **17)**위수(魏守): 雲中太守 魏尙을 가리킴. 위상이 변방 방어에 공이 있었으나 전공을 과대보고하여 죄를 받게 되었을 때 풍당이 그를 위해 변론하였음. 이에 사면받은 후 운중태수가 되었으며 풍당 또한 車騎都尉로 임명되었음. **18)**가부(賈傅): 賈誼를 가리킴. 西漢의 洛陽 사람. 文帝를 섬겨 여러 제도의 개혁을 주장했으나 구신들의 핍박으로 좌천되어 長沙王太傅, 梁懷王太傅를 지냈음. 저서에 「治安策」, 『新書』, 『左氏傳訓詁』 등이 있으며 「過秦論」은 정치론의 걸작임. **19)**동상(董相): 董仲舒를 가리킴. 西漢 때의 유학자. 河北 사람. 그가 江都王相이었을 때 王驕가 사나워 예의로 그를 바로잡으려 하다 다행히 화를 면하였으며 후에 中大夫가 되어서는 災異가 천벌이라 말하여 하옥되어 죽을 뻔하다 사면되었음. **20**)전왕(前王): 素王과 같은 말로 帝王은 아니나 제왕의 덕을 갖춘 고대의 현철한 이를 가리킴. 孔子를 지칭하는 경우도 있음. **21**)『史記 · 伯夷列傳』, "혹자는 말하길, '천도는 친소의 구분이 없어 항상 선한 자와 함께한다'고 한다(或曰, '天道無親, 常與善人')." **22**)하나는 곧 道를 의미함. 『老子』, "하늘은 하나를 얻어 맑고, 땅은 하나를 얻어 안정된다(天得一以淸, 地得一以寧)." 징(澄): 靑天을 가리킴 **23**)『論語 · 先進』, "안연이 죽자 안로가 공자의 수레를 팔아 관을 마련하고자 청하였다(顔淵死, 顔路請子之車以爲之椁)." **24**)광(廣): 李廣을 가리킴. 西漢의 명장. 『史記 · 李將軍列傳』, "효문제 14년, 흉노가 대거 소관에 침입하자 이광은 양가집 자식으로 종군해 오랑캐를 쳤는데 말타기와 활쏘기를 잘해 적을 많이 죽이고 잡아 한중랑이 되었다(孝文帝十四年, 匈奴大入蕭關, 李廣以良家子從軍擊胡, 用善騎射, 殺首虜多, 爲漢中郞)." "이광은 머리를 묶을 나이부터 흉노와 더불어 70여 차례나 싸웠다(廣結髮與匈奴大小七十餘戰)." **25**)상(商): 王商을 가리킴. 자는 子威, 西漢 때 사람. 成帝 때에 丞相이 되어 유언비어를 막아 안정을 꾀하는 등 공이 있었으나 大將軍 王鳳의 모함을 받아 승상에서 해임되고 발병하여 피를 토하고 죽었음. **26**)헌면(軒冕): 고위관직 생활을 의미함. 軒은 귀족이 타는 고급 수레이며, 冕은 관리가 착용하는 모자임. **27**)유회(謬會): 잘못된 깨달음. 자기 생각을 겸손히 표현한 것임.

한정부(閑情賦 - 幷序) 晋 太元 6년(391), 27세에 지었다. 蕭統은 「陶淵明集序」에서 이 작품으로 인해 도연명의 문학세계에 티가 남겨졌다고 했다. 諷諫의 내용 없이 단지 이성에 대한 정을 다루었다는 점에 불만을 두었던 것이다. 그러나 이는 오해로서 '閑情'은 본래 방만한 정을 억눌러 그치게 하고 올바른 곳으로 돌아가게 한다는 뜻을 지니고 있다. '閑'에는 '막다', '제한하다', '바르게 하다'의 뜻이 담겨 있는 것이다. 그런즉 한정부의 주제는 방탕한 애정 감정을 막아 억제하는 데에 있다. 다만 鋪陳을 위주로 하는 賦의 특성상 중간에서 미모와 덕을 지닌 여성을 갈구하는 내용이 장황하여 이를 애정의 갈망을 노래한 것으로 오해한 것이다.

처음에 장형(張衡)이 「정정부(定情賦)」를 지었고 채옹(蔡邕)은 「정정부(靜情賦)」를 지었는데 방만한 말들을 검속하고 담박함을 근본으로 삼았으며, 시작은 방탕스런 생각으로 되어 있으나 끝은 바른 데로 돌아갔다. 장차 방만하여 삐뚤어진 마음을 억제하리니 참으로 풍간에 도움됨이 있는 것이다. 글 짓는 선비들이 누대에 걸쳐 계속 지었는데 모두 인습하여 유사함을 따랐으며 그 말과 뜻을 넓혀 놓았다. 나는 고향에서 살며 자못 한가로워 다시 붓을 적셔 그 글을 지었다. 비록 문장의 묘함은 부족해도 아마 작자의 뜻에는 어긋나지 않을 것이다. 初, 張衡[1)]作「定情賦」[2)], 蔡邕[3)]作「靜情賦」,[4)] 檢逸辭而宗澹泊, 始則蕩以思慮, 而終歸閑正. 將以抑流宕之邪心, 諒有助於諷諫. 綴文之士, 奕代繼作, 幷因觸類, 廣其辭義. 余園閭多暇, 復染翰爲之. 雖文妙不足, 庶不謬作者之意乎?

어찌 그리 아름답고 빼어난 자태를 지녔는가! 夫何瓌逸之令姿,

홀로 세상에 드물어 무리 가운데 빼어나네.	獨曠世以秀群.
성(城)을 기울게 할 만한 고운 얼굴 드러나니	表傾城之艷色,[5)]
아름다운 덕이 전해지길 기약한다네.	期有德於傳聞.
울리는 패옥에 고결함을 견주고	佩鳴玉以比潔,
숨어 있는 난초와 나란히 향기를 다투나니,	齊幽蘭以爭芬.
여린 정은 세상 속에서 담박하며	淡柔情於俗內,
고아한 뜻은 높은 구름을 업신여기네.	負雅志於高雲.
아침은 이내 저녁 되어 슬프며	悲晨曦之易夕,
인생의 긴 시름이 서글프다네.	感人生之長勤.
백 년이면 함께 사라져 버리는데	同一盡於百年,
어찌하여 기쁨은 적고 근심은 많은가!	何歡寡而愁殷.
붉은 휘장 걷고 바로 앉아	褰朱幃而正坐,
맑게 거문고 타며 스스로 즐겨 보네.	泛清瑟以自欣.
가는 손가락으로 아름다운 가락 펼치며	送纖指之餘好,
흰 소매 떨치어 어지러이 날리네.	攘皓袖之繽紛.
아름다운 눈동자 곁을 보는데	瞬美目以流眄,
웃는 듯 아닌 듯 알 수가 없네.	含言笑而不分.

곡조가 반쯤 끝날 무렵	曲調將半,
해는 서쪽 추녀로 떨어지고,	景落西軒.
슬픈 가을 바람은 숲을 때리며	悲商叩林,[6]
흰 구름은 산에 의지해 있네.	白雲依山.
위로는 하늘길 응시하며	仰睇天路,
아래로는 현을 빠르게 울리네.	俯促鳴絃.
신녀(神女) 같은 거동 아리땁고	神儀嫵媚,
움직임은 편안스럽고 아름답다네.	擧止詳妍.
맑은 음색 발하여 나를 감동시키니	激淸音以感余,
무릎 마주한 채 말을 나누고 싶다오.	願接膝以交言.
몸소 가서 사랑의 서약 맺고 싶으나	欲自往以結誓,
예를 무릅썼다는 허물이 두렵고,	懼冒禮之爲諐.
봉새를 기다렸다 말 전하려 하니	待鳳鳥以致辭,[7]
남이 나보다 빠를까 염려되네.	恐他人之我先.
마음은 안절부절하여 안정을 잃었으며	意惶惑而靡寧,
혼은 잠깐 사이에 아홉 번을 다녀왔다네.	魂須臾而九遷.
옷에서라면 옷깃이 되고 싶어	願在衣而爲領,

아름다운 얼굴의 남은 향기 받으리. 承華首之餘芳.
그러나 밤이면 비단옷 벗어 놓아 슬프니 悲羅襟之宵離,
가을밤은 길어 원망스럽네. 怨秋夜之未央.
치마에서라면 허리띠가 되고 싶어 願在裳而爲帶,
요조숙녀의 가는 몸을 묶으리. 束窈窕之纖身.
그러나 더위 추위에 기후가 바뀌어 한탄하나니 嗟溫涼之異氣,
아마 옛 옷을 벗고 새 옷을 입으리. 或脫故而服新.
머리카락에서라면 기름이 되고 싶어 願在髮而爲澤,
깎은 듯한 어깨의 검은 머리칼 쓸어내리리. 刷玄鬢於頹肩.
그러나 미인이 자주 머리 감아 슬프니 悲佳人之屢沐,
맑은 물결 좇아 마르고 말리. 從白水以枯煎.
눈썹에서라면 눈썹먹이 되고 싶어 願在眉而爲黛,
시선을 따라 한가로이 치켜올라가리. 隨瞻視以閑揚.
그러나 지분칠이 짙어 슬프니 悲脂粉之尙鮮,
혹 화장에 지워지고 말리. 或取毁於華粧.
왕골로 된 깔개라면 방석이 되고 싶어 願在莞而爲席,
가을날 연약한 몸을 편케 해 주리. 安弱體於三秋.

그러나 무늬 있는 털가죽 자리로 대신함이 슬프니　悲文茵之代御,
한 해가 지나야만 다시 찾아 주리.　方經年而見求.
실에서라면 신발이 되고 싶어　願在絲而爲履,
하얀 발에 걸쳐져 돌아다니리.　附素足以周旋.
그러나 출입에 절도가 있음이 슬프니　悲行止之有節,
속절없이 침상 앞에 버려지리.　空委棄於床前.
낮이라면 그림자 되고 싶어　願在晝而爲影,
항상 몸에 의탁해 동서로 다니리.　常依形而西東.
그러나 큰 나무의 짙은 그늘이 슬프니　悲高樹之多蔭,
때때로 같이 하지 못하여 슬프다네.　慨有時而不同.
밤이라면 촛불이 되고 싶어　願在夜而爲燭,
두 기둥 사이에서 옥 같은 얼굴을 비추리.　照玉容於兩楹.
그러나 부상의 아침 햇살 퍼져 슬프니　悲扶桑之舒光,[8]
홀연 촛불의 빛이 사라져 밝음을 잃게 되리.　奄滅景而藏明.
대나무라면 부채가 되고 싶어　願在竹而爲扇,
부드럽게 쥐어져 시원한 바람을 일으키리.　含凄飇於柔握.
그러나 흰 이슬 아침에 떨어져 슬프니　悲白露之晨零,

소매 속을 되돌아봄이 멀어지리.	顧襟袖以緬邈.
나무라면 오동이 되고 싶어	願在木而爲桐,
무릎 위에서 울리는 거문고 되고 싶네.	作膝上之鳴琴.
그러나 가장 즐거울 때 슬픔이 찾아와 슬프니	悲樂極以哀來,
끝내 나를 밀어 두고 연주를 그만두리.	終推我而輟音.
생각하면 소원하는 것마다 반드시 어긋나니	考所願而必違,
다만 근심하며 고심할 뿐이네.	徒契契以苦心.
고민을 껴안고도 하소연할 길 없어	擁勞情而罔訴,
남쪽 숲을 오락가락 하다가,	步容與於南林.
이슬 맺힌 목란나무에서 쉬며	栖木蘭之遺露,
그늘 드리운 푸른 소나무에 몸을 숨긴다네.	翳靑松之餘陰.
만약 배회하다 서로 만나 본다면	儻行行之有覿,
마음속에 기쁨과 두려움이 교차하리.	交欣懼於中襟.
끝내 적막한 채 보이지 않으니	竟寂寞而無見,
홀로 근심스레 생각하며 부질없이 찾아보네.	獨悁想以空尋.
가벼이 옷자락을 여미고 다시 길을 가다	斂輕裾以復路,
석양을 바라보며 탄식을 터트리네.	瞻夕陽而流歎.

배회하며 걷다 갈 길을 잊으니	步徙倚以忘趣,
형색은 애처롭고 얼굴빛 어둡다네.	色憯悽而矜顏.
나뭇잎은 스륵스륵 가지를 떠나고	葉燮燮以去條,
기운은 서늘해 차가와진다네.	氣淒淒而就寒.
해는 빛을 띤 채 함께 사라져 가고	日負影以偕沒,
달은 구름 끝에 아름답게 빛나네.	月媚景於雲端.
새는 슬피 울며 외로이 돌아가는데	鳥悽聲以孤歸,
짐승들은 짝을 찾느라 돌아가지 않네.	獸索偶而不還.
한창때가 저물어 감을 슬퍼하고	悼當年之晚暮,
이 해가 끝나 감을 한탄하네.	恨玆歲之欲殫.
밤 꿈에 만나 볼 생각하노라니	思宵夢以從之,
정신은 들떠 안정하지 못하여,	神飄颻而不安.
배에 타고 노를 잃은 것 같으며	若憑舟之失棹,
벼랑에 오르려나 잡을 게 없음 같다네.	譬緣崖而無攀.
필성(畢星)과 묘성(昴星)이 창에 비출 때	于時畢昴盈軒,[9]
북풍은 쓸쓸히 불어오는데,	北風悽悽.
불안해 잠을 못 이룬 채	惘惘不寐,

허다한 생각 오락가락하네.	衆念徘徊.
일어나 허리띠 묶고 새벽을 기다리노라니	起攝帶以伺晨,
많은 서리 내려 흰 계단에 빛나네.	繁霜粲於素階.
닭은 날갯죽지를 모은 채 울지 않고	鷄斂翅而未鳴,
멀리서 흘러오는 피리소리 맑고도 애처롭네.	笛流遠以淸哀.
처음에는 그윽하고 한아(閑雅)하더니	始妙密以閑和,
마지막은 맑고도 가슴 아프네.	終寥亮而藏摧.
그 사람 여기 있는 듯 생각하며	意夫人之在玆,
가는 구름에 맡겨 마음을 보내지만,	托行雲以送懷.
가는 구름 떠나간 채 말이 없는데	行雲逝而無語,
시간은 점차 흘러간다네.	時奄冉而就過.
다만 괴롭게 생각하며 스스로 슬퍼하나니	徒勤思以自悲,
끝내 산에 막히고 강에 가로막혔구나.	終阻山而帶河.
맑은 바람 맞아 고민을 몰아내고	迎淸風以袪累,
유약한 뜻을 돌아가는 파도에 부친다네.	寄弱志於歸波.
「만초(蔓草)」시의 만남을 꾸짖으며	尤蔓草之爲會,[10]
『소남(邵南)』의 남은 노래를 읊조리네.	誦邵南之餘歌.[11]

온갖 생각을 평온케 하여 성심을 보존하고	坦萬慮以存誠,
팔방으로 치달리던 아득한 정(情)일랑 멈추게 하네.	憩遙情於八遐.

---

1)장형(張衡): 자는 平子, 東漢 南陽 사람. 천문학에 밝아 渾天儀를 만들었으며 「二京賦」 등을 지음. **2**)정정부(定情賦): 『藝文類聚』에 9구가 수록되어 있음. **3**)채옹(蔡邕): 자는 伯喈, 東漢 陳留 사람. 박학하여 천문에 능통했고 음률에 밝았으며 서법이 뛰어났음. 董卓에 의해 발탁되었으나 후에 그로 인해 하옥되어 병사하였음. 저서로 『蔡中郎集』이 있음. **4**)정정부(靜情賦): 「檢逸賦」라고도 함. 『예문류취』에 몇 구만이 전함. **5**)경성(傾城): 성을 기울게 할 만한 미모. **6**)비상(悲商): 처량한 가을 바람. 5음 중 徵·角·商·羽를 4계절에 배치한 것임. **7**)전설에 의하면 고대의 제왕 高辛氏가 봉황을 시켜 예물을 보내어 부인을 얻게 되었다고 함. **8**)부상(扶桑): 166p 주3번 참조. **9**)필묘(畢昴): 畢星과 昴星. 28宿 가운데의 두 별 이름. 겨울밤 서남쪽 하늘에 보임. **10**)만초(蔓草): 『詩經·鄭風』의 「野有蔓草」편을 가리킴. 남녀가 들에서 우연히 만나 서로 사랑하게 됨을 노래한 것임. **11**)소남(邵南): 召南을 가리킴. 『詩經』의 열다섯 國風 가운데의 하나. 대개 周 宣王 때 召穆公이 평정해 다스리던 남쪽 나라의 노래가 실려 있음. 여기 수록된 시는 남녀 애정의 묘사가 예교에 부합되는 것으로 인식되었음.

귀거래혜사(歸去來兮辭－幷序)

晋 義熙 원년(405), 41세에 지었다. 귀가 도중의 심사와 귀가 후의 즐거움, 관인생활의 청산 의지, 봄 농사의 상상, 앞으로의 생활에 대한 전망을 담았다.

우리 집은 가난해 밭을 갈아도 자급할 수 없다. 어린애들은 집에 가득하나 항아리에는 저장해 둔 곡식이 없어 생육하고 생활할 밑천을 마련한 방도를 알지 못하였다. 친구들은 내게 관리가 되라고 많이들 권하니 마음을 열어 뜻을 두기도 했지만 구할 방도가 없었다. 마침 사방지사(四方之事)가 있어 제후들이 은혜와 사랑을 덕으로 삼으니 숙부는 내가 가난해 고생한다며 드디어는 작은 고을에 기용되게 하였다. 당시 전란이 끝나지 않은데다 멀리서 벼슬살이하기를 마음에 꺼렸으나 팽택(彭澤)은 집에서 백 리 거리이고 공전(公田)의 이로움이 족히 술을 담글 만했으므로 문득 그 자리를 구하였다. 그러나 며칠이 지나 다 그만두고 돌아가고 싶은 뜻이 생기고 말았다. 왜 그러했던가? 성질이 진솔함을 좋아하니 억지로 될 바가 아니었던 것이다. 굶주림과 추위가 비록 절박하지만 자기를 어김은 병이 되고 만다. 일찍이 인사를 따른 것은 다 구복(口腹)의 부림을 당한 것이다. 이에 슬프고 강개한 마음이 들었고 평소의 뜻에 깊이 부끄러웠다. 그런데도 오히려 일 년이나 있기를 바랐으니, 마땅히 의복을 싸 밤중에라도 떠나야만 했다. 머잖아 정씨에게 시집간 동생이 무창(武昌)에서 상을 당하니 급히 떠나버리고 싶은 마음에 스스로 사면하고 관직을 떠났다. 중추부터 입동에 이르기까지 관직에 있은 것이 80여 일이다. 일에 인연하여 마음을 따른 바, 글의 제목을 '귀거래혜'라 한다. 을사년 11월.

余家貧, 耕植不足以自給. 幼稚盈室, 缾無儲粟, 生生所資, 未見其術. 親故多勸余爲長吏, 脫然有懷, 求之靡途. 會有四方之事,[1] 諸侯以惠愛爲德, 家叔以余貧苦, 遂見用于小邑. 于時風波未靜, 心憚遠役. 彭澤去家百里, 公田之利, 足以爲酒, 故便求之. 及少日, 倦然有歸歟之情. 何則? 質性自然, 非矯勵所得. 饑凍雖切, 違己交病. 嘗從人事, 皆口腹自役. 于是悵然慷慨, 深愧平生之志. 猶望一稔, 當斂裳宵逝. 尋程氏妹喪于武昌, 情在駿奔, 自免去職. 仲秋至冬, 在官八十余日. 因事順心, 命篇曰「歸去來兮」. 乙巳歲十一月也.

돌아왔도다!	歸去來兮,
전원이 장차 거칠어지니 어찌 돌아가지 않으리.	田園將蕪胡不歸.
이미 스스로 마음이 몸의 부림을 당했으니	旣自以心爲形役,
어찌 한탄하고 홀로 슬프지 않으리.	奚惆悵而獨悲.
지난날이야 어쩔 수 없음을 깨닫고	悟已往之不諫,[2]
앞날은 좇을 수 있음을 안다네.	知來者之可追.
실로 길을 잃었어도 멀리 가지 않았으니	實迷途其未遠,[3]
지금이 옳고 어제가 틀렸음을 깨달았다오.	覺今是而昨非.
배는 흔들흔들 가볍게 바람에 날리고	舟遙遙以輕颺,[4]
바람은 나부껴 옷에 불어오네.	風飄飄而吹衣.

나그네에게 앞길 물어 보고	問征夫以前路,
새벽빛 희미함을 한탄한다네.	恨晨光之熹微.
이에 집 대문과 처마 보이자	乃瞻衡宇,[5]
기쁜 마음으로 달려가네.	載欣載奔.
머슴은 기쁘게 맞이하고	僮僕歡迎,
어린아이들 대문에서 기다리는구나.	稚子候門.
세 오솔길에 잡초가 무성해도	三徑就荒,[6]
소나무 국화는 여전하기도 하여라.	松菊猶存.
어린 놈 손잡고 방에 들어오니	携幼入室,
술은 항아리에 가득.	有酒盈樽.
술단지 끌어당겨 자작하고	引壺觴以自酌,
뜰의 나뭇가지 바라보며 웃음 짓는다.	眄庭柯以怡顏.
남창에 몸을 기대고 의기양양해 하니	倚南窗以寄傲,[7]
무릎 하나 들일 만한 집 그 얼마나 편안한가.	審容膝之易安.[8]
정원을 날마다 걸으며 운취를 이루니	園日涉以成趣,
문이야 비록 달렸어도 늘 닫혀 있다네.	門雖設而常關.
지팡이 짚고 가다 발길 멎는 대로 쉬고	策扶老以流憩,[9]

때때로 머리 치켜들고 이리저리 살펴보네.	時矯首而遐觀.
구름은 무심히 산골짜기를 나오고	雲無心以出岫,
새는 날다 지치면 돌아올 줄 아네.	鳥倦飛而知還.
해는 어둑어둑 장차 들어가려는데	景翳翳以將入,
외로운 소나무 어루만지며 서성인다네.	撫孤松而盤桓.[10]
돌아왔도다!	歸去來兮,
사귐을 쉬고 교유도 끊으리.	請息交以絶游.
세상과 나 서로 어긋나니	世與我而相違,
다시 수레를 타고 무엇을 구하리?	復駕言兮焉求.
친척들과의 정다운 대화 기쁘고	悅親戚之情話,
거문고와 책을 즐기며 시름을 없애네.	樂琴書以消憂.
농부가 내게 봄이 왔다고 이르면	農人告余以春及,
장차 서쪽 밭두둑에서 일을 하리.	將有事於西疇.
때로 휘장 친 수레를 타고	或命巾車,
때로 외로운 배를 노 저어,	或棹孤舟.
깊숙한 산골을 찾아들고	旣窈窕以尋壑,[11]
험한 산길과 언덕을 지나리.	亦崎嶇而經丘.

나무는 즐거이 꽃 피우려 하고	木欣欣以向榮,
샘물은 졸졸 흘러 나가리.	泉涓涓而始流.[12]
만물이 때를 얻음을 부러워하며	善萬物之得時,
내 삶이 장차 끝날 것에 느꺼워하네.	感吾生之行休.
그만 생각할지라!	已矣乎,
몸을 우주에 부칠 때가 다시 얼마나 되려는가를.	寓形宇內復幾時.
어찌 마음에 맡겨 가고 머뭄을 놓아두지 않는가?	曷不委心任去留,
어이하여 분주한 모양으로 어딜 가려 하는가?	胡爲乎遑遑兮欲何之.
부귀는 나의 소원 아니며	富貴非吾願,
신선의 땅을 기약할 수 없도다.	帝鄕不可期.
좋은 날씨 바라며 홀로 나아가	懷良辰以孤往,
지팡이 세워 둔 채 김을 매리라.	或植杖而耘耔.
봄 언덕에 올라 휘파람 불고	登東皐以舒嘯,[13]
맑은 물결 임하여 시도 지으리.	臨淸流而賦詩.
애오라지 조화를 따라 죽어 돌아가리니	聊乘化以歸盡,[14]
천명을 즐거워하거늘 다시 무얼 의심하리.	樂夫天命復奚疑.

1)사방지사(四方之事): 임금에게 충성을 다하고 사방을 경략하는 일. 여기서는 劉裕의 '義軍'이 晋을 찬탈했던 桓玄을 토벌하여 진 왕실이 각지의 통치권을 회복한 일을 가리킴. 2)간(諫): 바로잡음. 3)미도(迷途): 길을 잃음. 벼슬에 나간 것을 가리킴. 4)요요(遙遙): 搖搖와 같음. 좌우로 흔들림. 5)형우(衡宇): 나무를 비껴놓은 문과 집. 6)삼경(三徑): 세 갈래의 오솔길. 漢代 袞州刺史 蔣詡가 王莽을 피해 은거하면서 대나무 숲에 세 갈래 길을 내고 은자 求仲·羊仲과 왕래한 고사가 있음. 7)기오(寄傲): 세상을 업신여기는 정을 기탁함. 8)용슬(容膝): 무릎을 펼 수 있을 정도로 방이 협소함. 9)부로(扶老): 지팡이의 별명. 10)반환(盤桓): 배회하며 머무름. 11)요조(窈窕): 깊숙하며 굽이져 있음. 12)연연(涓涓): 적은 물이 졸졸 흐르는 모양. 13)동고(東皐): 봄날의 물가 언덕. 사계를 사방에 대응시킬 때 봄은 동쪽에 해당함. 14)승화(乘化): 자연의 변화에 순응해 따름.

卷之六 記傳贊述

도화원기(桃花源記 - 幷詩) 宋 永初 3년(422), 58세에 지었다. 불교의 서방극락이나 도교의 신선세계가 아닌 인간들이 평화롭게 모여 사는 곳을 이상향으로 그렸다. 작품을 寓意의 산물로 이해한다면 秦은 劉裕의 宋에 비유될 수 있을 것이다.

진(晉)나라 태원(太元) 때, 무릉(武陵) 사람이 고기잡이를 업으로 하고 있었는데 시내를 따라가다 길의 원근을 잃게 되었다. 그러다 홀연히 복숭아꽃이 피어 있는 숲을 만나니 언덕을 끼고 수백 보 안에 다른 나무는 없었고 향기로운 풀들이 깨끗하고 아름다웠으며 떨어지는 꽃잎이 어지러이 흩날리고 있었다. 어부는 몹시 이상한 생각이 들어 다시 앞으로 나아가 그 숲의 끝까지 가 보려 하였다. 숲은 시냇물이 발원한 곳에서 끝나더니 문득 하나의 산이 나타났다. 산에는 작은 입구가 있었는데 마치 빛이 나오는 듯하였다. 이에 배를 버려두고 입구로 들어가 보았다. 처음에는 극히 협소해 겨우 사람이 통과할 만했으나 다시 수십 보를 걸어가니 밝게 확 트여 있었다. 땅은 평탄하고 넓었으며 집들은 번듯하였고 좋은 밭과 아름다운 연못, 뽕나무 · 대나무 등속이 있었으며 길은 서로 통해 있었고 닭과 개소리가 들려왔다. 그 가운데를 오가며 씨 뿌리고 밭을 가는데 남녀의 의복은 모두 외지 사람과 같았으며 노인네와 어린아이가 다 즐거운 낯빛이었다. 그들은 어부를 발견하고 이내 크게 놀라며 온 길을 물었고 어부는 자세히 대답해 주었다. 문득 집으로 와 주기를 요청하더니 술상을 차리고 닭을 잡고 밥을 지어 내었다. 촌락에 이 사람이 있다는 소문이 퍼지자 모두 다 와서는 꼬치꼬치 질문을 하였다. 그들은 스스로 말하길 선대에 진(秦)나라 때의 난리를 피해 처자식과 고을 사람들을 거느리고 이 외딴 곳에 오게 되었고 다시는 나가지 않게 되어 드디어 외부 사람과 멀어지게 되었다고 하였다. 지금이 어느 세상인가를 물었는데, 한(漢)나라를 알지 못했으며 위(魏) · 진(晋)은 말할 것도 없었다. 이 사람이 일일이 아는 바를 자세히 말해 주니 모두들 탄식하며 슬퍼하였다. 나머지 사람들도 각기 다시 그들의 집으로 데려가서 모두 술과 음식을 내어놓았다. 며칠을 머무르다 인사하고 떠나려 하니 그곳 사람은 말하길, "바깥 사람들에게는 말하지 마십시오"라 하였다. 어부는 그곳을 나온 후에 배를 찾아 지난번 왔던 길을 따라가며 곳곳에 표시를 해 두었다. 무릉군 성(城) 아래에 이르러 태수를 알현하고 이러한 사정을 말해 주었다. 태수는 즉시 사람을 시켜 그를 따라가 지난번 표시한 곳을 찾도록 하였으나 드디어 길을 잃어버리고 다시는 찾지 못하게 되었다.

남양(南陽)의 유자기(劉子驥)는 고상한 선비이다. 그 얘기를 듣고 흔연히 찾아나섰으나 이루지 못하고 머지않아 병들어 죽고 말았다. 그 후로는 드디어 나루를 묻는 자가 없게 되었다.

晋太原中,[1] 武陵人捕魚爲業,[2] 緣溪行, 忘路之遠近. 忽逢桃花林, 夾岸數百步, 中無雜樹, 芳草鮮美, 落英繽紛, 漁人甚異之. 復前行, 欲窮其林. 林盡水源, 便得一山. 山有小口, 仿佛若有光, 便舍船從口入. 初極狹, 才通人. 復行數十步, 豁然開朗. 土地平曠, 屋舍儼然, 有良田, 美池, 桑竹之屬. 阡陌交通, 雞犬相聞. 其中往來種作, 男女衣著, 悉如外人, 黃髮垂髫, 並怡然自樂. 見漁人, 乃大驚, 問所從來, 具答之, 便要還家, 設酒殺雞作食, 村中聞有此人, 咸來問訊. 自云先世避秦時亂, 率妻子邑人, 來此絶境, 不復出焉, 遂與外人間隔. 問今是何世, 乃不知有漢, 無論魏 · 晋. 此人一一爲具言所聞, 皆歎惋. 餘人各復延至其家, 皆出酒食. 停數日辭去, 此中人語云, "不足爲外人道也!" 旣出, 得其船, 便扶向路, 處處志之. 及郡下, 詣太守說如此. 太守, 卽遣人隨其往, 尋向所志, 遂迷不復得路. 南陽劉子驥,[3] 高尙士也, 聞之, 欣然規往, 未果, 尋病終. 後遂無問津者.

영씨(嬴氏)가 천리를 어지럽히니	嬴氏亂天紀,[4]
현자는 세상에서 숨어버렸네.	賢者避其世.
하황공(夏黃公) · 기리계(綺里季) 상산(商山)으로 가고	黃綺之商山,[5]
이 사람들 또한 떠나갔거늘,	伊人亦云逝.

떠나간 자취 점점 사라지니	往迹浸復湮,
돌아올 길 드디어 황폐해졌다오.	來逕遂蕪廢.
서로 부르며 농사에 힘을 쓰고	相命肆農耕,
해 지면 휴식을 취한다오.	日入從所憩.
뽕과 대 그늘을 드리웠는데	桑竹垂餘蔭,
콩과 기장을 때맞춰 파종하고,	菽稷隨時藝.
봄 누에에서 긴 실을 뽑으며	春蠶收長絲,
곡식 여물어도 조세는 없다오.	秋熟靡王稅.
거친 길이 왕래를 막으니	荒路曖交通,
닭과 개만 서로 울고 짖는데,	雞犬互鳴吠.
제기는 옛 법도와 같으며	俎豆猶古法,[6)
의복은 새로운 양식이 없다네.	衣裳無新製.
아이들은 마음대로 노래하고	童孺縱行歌,
늙은이들 즐겁게 놀러 다니니,	斑白歡游詣.[7)
풀 자라면 봄인 줄 알며	草榮識節和,[8)
나뭇잎 지면 바람 차가워짐을 안다네.	木衰知風厲.
비록 달력이 없더라도	雖無紀曆誌,

사계절이 한 해를 알려주며, 四時自成歲.

화락한 즐거움이 있으니 怡然有餘樂,

어찌 정신을 노고롭게 하리. 于何勞智慧.

기이한 자취 오백 년을 숨었다가 奇踪隱五百,

하루아침 신기한 경계를 드러내었네. 一朝敞神界.

순후 부박함의 근원이 이미 다르니 淳薄既異源,

이내 신기한 경계 다시 숨어 버렸소. 旋復還幽蔽.

방내(方內)에 노니는 이들에게 묻나니 借問游方士,[9]

어찌 방외(方外)의 일을 헤아릴 수 있으리? 焉測塵囂外.[10]

원컨대 가벼운 바람을 타고 願言躡輕風,

높이 날아올라 나의 동심(同心)을 찾으리. 高擧尋吾契.[11]

---

1)태원(太元): 東晋 孝武帝의 연호. 기원후 376 - 396. 2)무릉(武陵): 晋의 郡名. 治所가 현재 湖南의 常德에 있었음. 3)남양(南陽): 郡名. 지금의 河南 鄧縣 동남 지역. 유자기(劉子驥): 劉驎之. 자는 子驥. 桓玄이 長吏로 삼으려 했으나 고사하고 벼슬에 나아가지 않았음. 『晋書 · 隱逸傳』에 입전되어 있음. 4)영씨(嬴氏): 224p 주1번 참조 5)황기(黃綺): 夏黃公과 綺里季. 商山四皓를 가리킴. 105p 주8번 참조. 6)조두(俎豆): 제사 드릴 때 제물을 담던 禮器. 7)반백(斑白): 검은 머리와 흰머리가 뒤섞여 얼룩이 있다는 뜻으로 노인을 가리킴. 8)절화(節和): 절기가 온화한 시절을 가리킴. 9)유방사(游方士): 方內에서 노니는 세속의 선비들. 方은 구역의 뜻. 10)진효외(塵囂外): 소음으로 가득찬 塵世의 밖. 11)계(契): 뜻이 같아 의기투합할 수 있는 이를 가리킴.

맹부군전(晋故征西大將軍長史孟府君傳)

晋 元興 원년(402), 38세에 지었다. 孟嘉는 도연명의 외조부이다. 도연명은 전년에 별세한 모친을 기리기 위해 외조부에 관한 사료를 모아 전기를 지은 것이다. 府君은 본래 西漢 때 太守의 존칭이었으나 후대에는 자손이 돌아가신 선조를 지칭하는 용어로 사용되었다.

부군(府君)의 휘는 가(嘉), 자는 만년(萬年)으로 강하(江夏)의 악현(鄂縣) 사람이다. 증조부 종(宗)은 효행으로 칭송이 있었고 오(吳)나라에서 사마(司馬) 벼슬을 했으며, 조부 읍(揖)은 원강(元康) 때에 여릉(廬陵) 태수(太守)를 지냈다. 종을 무창(武昌)의 신양현(新陽縣)에 장사 지내고 자손들이 그곳에서 집안을 이루니 드디어 그 현의 사람이 되었다.

부군께선 어려서 부친을 여의고 어머니를 모시며 두 아우와 함께 살았다. 대사마(大司馬) 장사(長沙) 환공(桓公)인 도간(陶侃)의 열번째 딸에게 장가들었는데, 부인은 집안에서 효성과 우애가 있어 남들이 이간질하지 못했으므로 향려에서 칭찬하였다. 충담하고 과묵하였고 탈속적인 도량이 있어 약관의 나이에 동류들이 다 그를 공경하였다. 같은 군의 곽손(郭遜)은 맑은 지조로 이름이 있었다. 당시 부군의 상사로 있으면서 항상 부군이 온순 유아 공평 광달하다고 칭탄하였고 스스로 미치지 못한다고 여겼었다. 곽손의 종제 입(立) 또한 재주와 뜻을 지녀 부군과 더불어 동시에 명성이 나란하였는데 매양 그를 추숭하고 심복하였다. 이로 말미암아 명성이 향리에 으뜸이었고 소문이 도읍에까지 흘러들었다. 태위(太尉)인 영천(潁川) 사람 유량(庾亮)은 황제의 외숙으로 백성들에게 명망이 있었는데 임금을 보필하는 중임을 받고 무창을 진무하고 강주(江州)를 다스리면서 부군을 강주부에 속한 여릉의 종사관(從事官)으로 불러들였다. 그가 하군(下郡)에서 돌아오자 유량이 인견하고는 풍속의 득실을 묻자 대답하기를 "저는 모르니 전사(傳舍)로 가거든 마땅히 소리(小吏)에게 묻겠습니다" 하였다. 유량은 주미(麈尾)로 입을 가리며 웃었다. 여러 종사관들이 떠나자 아우 익(翼)을 불러 말하기를 "맹가는 본래가 덕이 많은 사람이야"라 하였다. 부군께서 사직하고 나왔을 때에는 스스로 관리의 명분을 없애고 문득 걸어서 집으로 돌아왔다. 모친은 당에 계셨고 형제들은 함께 서로 즐거워하였다. 그러다 열흘이 좀 지나 다시 권학종사(勸學從事)에 임명이 되었다. 당시 유량은 학교를 정비하여 유관(儒冠)의 선택을 중시하였는데, 부군께서는 명망과 재능이 있었으므로 승상덕행의 천거를 받게 되었다.

태부(太傅)인 하남(河南)의 저포(褚褒)는 간귀(簡貴) 청화(淸和)하여 기국과 학식이 있었으며 당시 예장(豫章)의 태수로 있으면서 유량을 조회하러 간 적이 있었다. 새해 첫날에 주부(州府)의 인사들이 대거 모였으니 대부분 당시의 이름난 선비들로 부군의 자리는 주석으로부터 매우 멀리 있었다. 저포가 유량에게 묻기를 "강주에 맹가가 있다는데 그 사람이 어디에 있는가?" 하였다. 유량은 말하기를 "자리에 있으니 경께서 직접 찾아 보시지요"라 하였다. 저포는 쭉 살펴보더니 드디어 부군을 가리키며 유량에게 말하길 "저 이가 아니오?" 하였다. 유량은 흔쾌히 웃고 저포가 부군을 찾은 것을 기뻐하였으며 부군께서 저포에게 알려진 것을 기이하게 여겨 더욱 그릇으로 여기게 되었다. 이에 수재로 천거하여 다시 안서장군(安西將軍) 유익의 주부에서 공조(功曹)가 되었다가 재차 강주별가(江州別駕) · 파구령(巴丘令) · 정서대장군(征西大將軍) 초국(譙國) 환온(桓溫)의 참군(參軍)이 되었다.

부군께서는 안색이 온화하고 올바라서 환온이 그를 무척 중시하였다. 9월 9일에 환온이 용산(龍山)에 외유하니 참군들이 다 모였으며 네 동생과 두 조카도 모두 좌석에 있었다. 그때 좌리(佐吏)는 다 융복(戎服)을 착용하고 있었는데 바람이 불어 부군의 모자가 떨어졌다. 환온은 눈짓으로 좌우의 사람들과 손님들에게 말하지 말라 하고서 그의 행동을 지켜보았다. 부군께서는 처음부터 알지 못하고 있다가 시간이 좀 지나 변소에 가니 환온은 그 모자를 주워 돌려주도록 명하였다. 정위(廷尉)인 태원(太原) 사람 손성(孫盛)은 자의참군(諮議參軍)으로 당시 그 자리에 있었다. 환온은 지필을 가져다 주라 명하고 그에게 조소의 글을 쓰도록 시켰다. 글이 완성되어 환온에게 보였더니 환온은 부군의 자리 곁에 두었다. 부군께서는 돌아와서 조소를 당한 후 붓을 달라 해 응답의 글을 지었는데 깊이 생각하지도 않았으나 문사가 뛰어나 온 자리의 사람들이 탄복하였다. 서울에 사자(使者)로 갔다가 상서산정랑(尙書刪定郞)에 제수되었으나 나아가지 아니하였다. 효종(孝宗) 목황제(穆皇帝)는 그의 명성을 듣고 동당(東堂)에서 접견하려 하였다. 부군이 다리의 병 때문에 궤배(跪拜)의 예를 행하기 어렵다고 사양하자 사람을 시켜 부축해 들어오도록 명하였다.

부군께서는 일찍이 자사(刺史)인 사영(謝永)의 별가(別駕)가 된 적이 있었다. 사영은 회계(會稽) 사람으로 그가 별세하자 부군께서 조문을 하러 가게 되니 여로가 영흥(永興)을 경유하게 되었다. 고양(高陽) 사람 허순(許詢)은 뛰어난 재주를 지니고 있었으나 영화를 사양하여 벼슬에 나서지 않았으며 매양 마음 닿는 곳으로 혼자 나서곤 했는데, 현의 경계에서 머물고 있다가 배를 타고 부근을 지나다 마침 부군과 만나게 되었다. 그는 탄식해 말하기를 "온 고을의 아름다운 선비는 내가 다 알고 있는데 오직 이 사람은 알지 못하겠네. 중주(中州)에 맹가라는 자가 있다고 들었는데 그 사람이 아닐까? 그런데 무슨 이유로 여기에 오게 된 것일까?" 하였다. 이에 사람을 시켜 부군의 종자에게 물었더니 부군께서는 심부름 온 이에게 말하길 "본래 찾아뵐 마음이 있었으나 지금은 문상이 먼저이니 머잖아 돌아가다 그대를 방문하겠다"고 하였다. 돌아가는 길에 드디어 이틀을 머물면서 유아(儒雅)함으로 서로 마음을 나누니 마치 옛부터 알고 있는 듯하였다.

돌아와서는 종사중랑(從事中郞)으로 전직되었고 좀 있다가는 장사(長史)가 되었다. 조정에 있을 때에는 온화한 모습에 공정 · 겸손하였을 뿐이며 문전에는 잡스런 손님이 없었다. 일찍이 우연히 마음에 홀로 깨달은 바가 있으면 문득 초연히 수레를 준비하라 명하고 곧바로 용산으로 가서 경치를 돌아보며 술을 마시고 저녁이 되어서야 돌아오곤 하였다. 환온은 조용히 부군에게 말하길 "사람은 세력이 없어서는 안된다. 나는 경을 위해 수레를 몰 수 있을 것이다" 하였다.

그 후 병으로 집 안에서 마쳤으니 나이 51세였다. 아이 적부터 지천명(知天命)에 이르기까지 행동은 구차히 맞추고자 하지 않았으며 말은 뽐냄이 없었고 일찍이 기쁘고 성난 얼굴을 한 적이 없었다. 술 마시기를 좋아하였으나 많이 마셔도 난잡하지 않았고 마음에 자득한 바가 있으면 화락한 모습으로 아득한 곳에 뜻을 부쳐 마치 곁에 사람이 없는 듯하였다. 환온이 일찍이 묻기를 "술에 무슨 좋은 것이 있길래 경은 좋아하시오?" 하니 부군께서는 웃으며 답하길 "명공(明公)께서는 술 가운데의 운치를 알지 못하는군요"라 하였다. 또 기녀의 창을 들으며 묻기를 "사(絲)는 죽(竹)만 못하고, 죽은 육(肉)만 못하다는 것은 무슨 말이오?"라 하자, 대답하기를 "점차 자연에 가까운 것이지요"라 하였다. 중산대부(中散大夫)인 계양(桂陽) 사람 나함(羅含)이 시를 지어 말하길 "맹생은 술을 잘하였으나, 그 본래의 뜻을 잃지 않는다" 하였다. 광록대부(光祿大夫) 남양(南陽) 사람 유탐(劉耽)은 예전에 부군과 함께 환온의 부(府)에 있었다. 나의 숙부 태상(太常) 도기(陶夔)가 탐에게 묻기를 "맹가가 살아 있다면 응당 이미 삼공(三公)이 되었을까?" 하니 대답하길 "그는 본래가 삼사(三司)인 사람입니다" 하였으니 당시 사람들에게 중시됨이 이와 같았다.

나의 모친은 부군의 넷째 따님으로, 개풍(凱風) · 한천(寒泉)의 은혜에 대한 생각이 마음에 모여든다. 삼가 사적을 살피고 모아 이 전기를 짓는다. 혹 어긋남이 있을까 두려우니 대아군자(大雅君子)의 덕을 더럽힐까 전전긍긍하여 마치 깊은 못을 지나고 얇은 얼음을 밟듯 조심스럽다.

찬하여 말한다.

공자는 말하길 '덕행을 증진시키고 학업을 닦음은 때맞춰 쓰이기 위함이다'라 하였다. 부군께서는 맑은 행실로 문을 걸고 은거해 있을 때부터 아름다운 이름이 널리 빛났으며, 조정에서 갓끈을 떨칠 때에는 덕음(德音)이 진실로 모여들었다. 천도는 아득하나 수명은 짧으니 원대한 업을 마칠 수 없었다. 애석하도다. '어진 자 반드시 장수한다'는데, 어찌 이 말이 잘못된 것이 아니리!

君諱嘉, 字萬年, 江夏鄂人也.[1] 曾祖父宗, 以孝行稱, 仕吳司馬.[2] 祖父揖, 元康中爲廬陵太守.[3] 宗葬武昌新陽縣,[4] 子孫家焉, 遂爲縣人也.

君少失父，奉母二弟居. 娶大司馬長沙桓公陶侃第十女,[5] 閨門孝友, 人無能間, 鄕閭稱之. 冲默有遠量, 弱冠, 儔類咸敬之. 同郡郭遜, 以淸操知名, 時在君右, 常歎君溫雅平曠, 自以爲不及. 遜從弟立, 亦有才志, 與君同時齊譽, 每推服焉. 由是名冠州里, 聲流京邑. 太尉潁川庾亮,[6] 以帝舅民望, 受分陝之重,[7] 鎭武昌, 幷領江州,[8] 辟君部廬陵從事. 下郡還, 亮引見問風俗得失, 對曰, "嘉不知, 還傳, 當問從吏." 亮以麈尾[9]掩口而笑. 諸從事旣去, 喚弟翼語之曰, "孟嘉故是盛德人也." 君旣辭出外, 自除吏名, 便步歸家. 母在堂, 兄弟共相歡樂, 怡怡如也. 旬有餘日, 更版爲勸學從事. 時亮崇修學校, 高選儒官, 以君望實, 故應尙德之擧.

太傅河南褚褒,[10] 簡穆有器識, 時爲豫章太守, 出朝宗亮, 正旦大會州府人士, 率多時彦, 君在坐次甚遠, 褒問亮, "江州有孟嘉, 其人何在?" 亮云, "在坐, 卿但自覓." 褒歷觀, 遂指君謂亮曰, "將無是耶?" 亮欣然而笑, 喜褒之得君, 奇君爲褒之所得, 乃益器焉. 擧秀才, 又爲安西將軍庾翼府功曹,[11] 再爲江州別駕[12] · 巴丘令[13] · 征西大將軍譙國桓溫參軍.[14]

君色和而正, 溫甚重之. 九月九日, 溫游龍山,[15] 參佐畢集, 四弟 · 二甥咸在坐. 時佐吏幷著戎服, 有風吹君帽墮落, 溫目左右及賓客勿言, 以觀其擧止. 君初不自覺, 良久如厠, 溫命取以還之. 廷尉太原孫盛爲諮議參軍,[16] 時在坐, 溫命紙筆, 令嘲之. 文成示溫, 溫以著坐處. 君歸, 見嘲笑而請筆作答, 了不容思, 文辭超卓, 四座歎之. 奉使京師, 除尙書刪定郞, 不拜. 孝宗穆皇帝聞其名, 賜見東堂. 君辭以脚疾, 不任拜起, 詔使人扶入.

君嘗爲刺史謝永別駕. 永, 會稽人,[17] 喪亡, 君求赴義. 路由永興.[18] 高陽許詢有雋才,[19] 辭榮不仕, 每縱心獨往, 客居縣界, 嘗乘船近行, 適逢君過. 歎曰, "都邑美士, 吾盡識之, 獨不識此人. 唯聞中州有孟嘉者,[20] 將非是乎? 然亦何由來此?" 使問君之從者, 君謂其使曰, "本心相過, 今先赴義, 尋還就君." 及歸, 遂止信宿, 雅相知得, 有若舊交.

還至, 轉從事中郞, 俄遷長史.[21] 在朝隤然, 仗正順而已, 門無雜賓. 嘗會神情獨得, 便超然命駕, 逕之龍山, 顧景酣飮, 造夕乃歸. 溫從容謂君曰, "人不可無勢, 我乃能駕御卿."

後以疾終於家, 年五十一. 始自總發, 至于知命, 行不苟合, 言無夸矜, 未嘗有喜慍之容. 好酣飮, 逾多不亂, 至於任懷得意, 融然遠寄, 傍若無人. 溫嘗問君, "酒有何好, 而卿嗜之?" 君笑而答曰, "明公但不得酒中趣爾!"[22] 又問聽妓, "絲不如竹, 竹不如肉", 答曰, "漸近自然." 中散大夫桂陽羅含賦之曰,[23] "孟生善酣, 不愆其意." 光祿大夫南陽劉耽, 昔與君同在溫府, 淵明從父太常夔嘗問耽, "君若在, 當已作公否?"[24] 答曰, "此本是三司人."[25] 爲時所重如此.

淵明先親, 君之第四女也. 凱風寒泉之思,[26] 實鍾厥心. 謹按采行事, 撰爲此傳. 懼或乖謬, 有虧大雅君子之德, 所以戰戰兢兢, 若履深薄云爾.

贊曰, "孔子稱, '進德修業, 以及時也.'[27] 君淸蹈衡門, 則令聞孔昭, 振纓公朝, 則德音允集. 道悠遠促, 不終遠業. 惜哉! '仁者必壽',[28] 豈斯言之謬乎!"

---

1)강하(江夏): 郡名. 치소가 지금의 湖北 安陸에 있었음. **2**)사마(司馬): 軍事를 담당하는 고위관리로 司徒 · 司空과 함께 三公의 하나. **3**)원강(元康): 晋 惠帝의 연호. 기원후 291 - 299. 여릉(廬陵): 군의 치소가 지금의 江西 吉水에 있었음. 태수(太守): 郡의 최고 행정장관. **4**)무창(武昌): 郡名. 치소가 지금의 湖北 鄂城縣에 있었음. **5**)환공(桓公): 陶侃의 시호. **6**)태위(太尉): 軍事를 담당하는 최고 장관. 유량은 사후 태위에 추증되었음. 영천(潁川): 郡名. 치소가 지금의 許昌에 있었음. 유량(庾亮): 자는 元規. 成帝의 장인. **7**)분섬지중(分陝之重): 임금을 보좌하는 중임. **8**)강주(江州): 晋代에 설치된 州名으로, 江西와 湖北 일대를 포함하였음. **9**)주미(麈尾): 큰 사슴의 꼬리털에 나무 손잡이를 붙여 만든 총채. 본래 용도는 먼지를 털거나 파리를 쫓는 데 있으나 지휘용으로도 사용되었음. **10**)저포(褚裒): 자는 季野, 陽翟 사람. 딸이 康帝의 皇后가 되었으며 사후 太傅로 추증되었음. **11**)공조(功曹): 書史를 담당하는 관리. **12**)강주별가(江州別駕): 강주는 주8번 참조. 별가는 州의 刺史를 보좌하는 관리. **13**)파구령(巴丘令): 파구는 縣名, 지금 江西 峽江縣의 북쪽. 令은 縣令을 가리킴. **14**)환온(桓溫): 자는 元子, 譙國 출신. 明帝의 딸 南康長公主에게 장가가 駙馬都尉가 되었음. 穆帝 永和 원년, 劉翼 사후 荊州 · 梁州 등의 軍事를 맡아 安西將軍 및 荊州刺史가 되었음. 蜀漢을 평정한 후에는 征西大將軍이 됨. **15**)용산(龍山): 荊州의 서북쪽에 있는 산명. **16**)손성(孫盛): 자는 安國. 27세 죽었으며 저작으로 『魏氏春秋』, 『晋陽秋』가 있음. **17**)회계(會稽): 郡名. 치소가 지금의 浙江 紹興에 있었음. **18**)영흥(永興): 縣名. 옛성이 지금의 浙江 蕭山縣 서쪽에 있음. **19**)고양(高陽): 지금의 河北 蠡縣 남쪽. 허순(許詢): 자는 元度. 당시

의 名士. **20**)중주(中州): 지금의 河南省 일대. 九州의 중심에 있었으므로 중주라 칭함. **21**)장사(長史): 都督이나 刺史를 보좌하는 관리. **22**)명공(明公): 높은 지위의 사람에 대한 존칭. **23**)나함(羅含): 자는 君章. 桓溫에 의해 높이 평가되어 '江左之秀'라 일컬어졌음. **24**)공(公): 三公을 가리킴. 주2번 참조. **25**)삼사(三司): 三公과 같은 말. **26**)凱風寒泉之思: 어머니가 길러 주신 은혜. 『詩經 · 國風 · 凱風』, "따스한 남풍 어린 대추나무에 불어오네. 어린 대추나무 파릇파릇하니 어머니의 노고 생각하네(凱風自南, 吹彼棘心. 棘心夭夭, 母氏劬勞)." "시원한 샘물 浚 고을 아래에 흐르네. 아들 일곱 두었으니 어머니 고생하셨네(爰有寒泉, 在浚之下. 有子七人, 母氏勞苦)." **27**)『易經 · 文言 · 乾』에서 인용하였음. **28**)인자필수(仁者必壽): 『論語 · 雍也』, "지혜로운 자는 낙천적이며 어진 자는 장수한다(知者樂, 仁者壽)."

오류선생전(五柳先生傳)

晋 義熙 6년(410), 46세에 지었다. 전기의 형식을 빌어 빈천과 부귀에 연연하지 않고 독서와 음주, 시문창작으로 소일하는 자신의 담박한 인생태도를 서술하였다.

선생은 어떤 사람인지 알지 못하는데다 그 성명도 자세하지 않다. 집 주변에 버드나무 다섯 그루가 있으므로 그로 인해 호를 삼았다. 한가롭고 고요하여 말수가 적었고 영화와 이익을 바라지 아니하였다. 독서를 좋아했지만 깊이 이해하기를 구하지 않았으며 매양 뜻을 깨닫게 되면 흔연히 밥 먹는 것을 잊고는 하였다. 성품이 술을 좋아했으나 집이 가난해 항상 얻지는 못하였다. 친구는 그가 이러함을 알고 간혹 술상을 차려 그를 부르곤 하였는데, 나아가 술을 마시면 문득 다 마셔 버려 반드시 취하기를 바랬으며 이미 취한 후에는 물러나 일찍이 가고 머무름에 마음을 두지 아니하였다.

담장 안은 쓸쓸하여 바람과 햇볕을 가리지 못했고 짧은 갈옷은 해진 곳을 기웠으며 밥그릇과 표주박이 자주 비었어도 편안히 여기었다. 항상 문장을 지어 스스로 즐기면서 자못 자신의 뜻을 드러내었는데, 잘 되고 못 되고를 마음에 두지 않은 채 그렇게 삶을 마치고자 하였다.

찬하여 말한다.

금루(黔婁)의 처는 말하길, '빈천을 근심하지 않고 부귀에 급급하지 않았다'고 하였다. 그 말을 따르면 오류선생이 그 사람과 짝이 아니겠는가? 술 마시고 시를 지으면서 그 뜻을 즐기나니 무회씨(無懷氏)의 백성이런가? 갈천씨(葛天氏)의 백성이런가?

先生不知何許人也, 亦不詳其姓字. 宅邊有五柳樹, 因以爲號焉. 閑靜少言, 不慕榮利. 好讀書, 不求甚解, 每有會意, 便欣然忘食. 性嗜酒, 家貧不能常得. 親舊知其如此, 或置酒而招之. 造飮輒盡, 期在必醉. 旣醉而退, 曾不吝情去留.

環堵蕭然, 不蔽風日. 短褐穿結, 簞瓢屢空, 晏如也. 常著文章自娛, 頗示己志. 忘懷得失, 以此自終.

贊曰, "黔婁之妻有言,[1] '不戚戚於貧賤, 不汲汲於富貴.' 其言玆若人之儔乎?[2] 酣觴賦詩, 以樂其志. 無懷氏之民歟?[3] 葛天氏之民歟?"[4]

---

1)금루(黔婁): 214p 주1번 참조. 2)자(玆): 오류선생을 가리킴. 약인(若人): 금루를 가리킴. 3)무회씨(無懷氏): 전설 중의 제왕. 晉 皇甫謐의 『帝王世紀』에 이름이 보임. 4)갈천씨(葛天氏): 상동.

부채 위의 그림에 찬함(扇上畫贊) 宋 元嘉 원년(424), 60세에 지었다. 거명된 아홉 명 모두 은거한 인물로, 그 가운데 앞의 세 사람은 농사를 지었던 인물이며 나머지는 벼슬에 있다 물러난 경우이다.

하조장인, 장저, 걸닉, 오릉중자, 장장공, 병만용, 정차도, 설맹상, 주양규. 荷蓧丈人, 長沮, 桀溺, 於陵仲子, 張長公, 丙曼容, 鄭次都, 薛孟嘗, 周陽珪.

삼황오제(三皇五帝)의 도(道) 아득해지자	三五道邈,
순후한 풍속 나날이 사라졌네.	淳風日盡.
구류(九流)는 뒤섞인 채	九流參差,[1]
서로 논쟁을 일삼았다오.	牙相推隕.
형세가 바뀌고 물(物)은 변하니	形逐物遷,
마음속에도 일정한 기준이 없네.	心無常準.
이에 통달한 사람들	是以達人,
때때로 은둔을 하였다네.	有時而隱.
"사지를 부지런히 놀리지 않고	四體不勤,
오곡도 분간하지 못하는군."	五穀不分.[2]

저 초탈했던 하조장인(荷蓧丈人)	超超丈人,[3]
낮이건 밤이건 김을 매었다오.	日夕在耘.
고원한 장저(長沮) · 걸닉(桀溺)	遼遼沮溺,
나란히 밭 갈며 스스로 유쾌하니,	耦耕自欣.
사람도 새도 놀라지 않고	人鳥不駭,
짐승들과 무리지어 살았다오.	雜獸斯群.
지극하여라! 오릉중자(於陵仲子)여	至矣於陵,[4]
호연지기(浩然之氣)를 길러,	養氣浩然.
저 고관의 수레를 업신여기고	蔑彼結駟,
채마밭에 물 주기를 즐겨하였네.	甘此灌園.
장장공(張長公) 한 번 벼슬살이 했으나	張生一仕,[5]
일찌감치 일을 핑계로 돌아왔네.	曾以事還.
돌이켜 생각하길 내 어쩔 수 없다 하고	顧我不能,
멀리 속세를 떠나갔다오.	高謝人間.
초출한 병만용(丙曼容)	岧岧丙公,[6]
벼랑을 바라보고 문득 돌아오니,	望崖輒歸.
교만하지 않고 탐하지 않은 채	匪驕匪吝,

앞길을 멀리도 보았네.	前路威夷.
정경(鄭敬) 노인 시절에 맞지 않아	鄭叟不合,[7]
강 언덕에 낚시 드리웠고,	垂釣川湄.
수풀 아래에서 서로 잔질을 하니	交酌林下,
청담(淸談)이 정미하였다오.	淸言究微.
설맹상(薛孟嘗) 일찍이 유학을 했으나	孟嘗游學,[8]
조정의 법도가 그때 성김을 보고,	天網時疏.
현철한 벗 그리워하며	眷然哲友,
갈옷 떨치고 함께 돌아왔네.	振褐偕徂.
아름답도다! 주양규(周陽珪)여	美哉周子,[9]
병을 구실로 한가로이 살며,	稱疾閑居.
맑은 상성(商聲)에 마음을 부치고	寄心淸商,
유유히 스스로 즐겼다네.	悠然自娛.
그늘진 사립문	翳翳衡門,
넘쳐나는 샘물.	洋洋泌流.
거문고 있고 책이 있어	曰琴曰書,
돌아보니 짝이 있도다.	顧盼有儔.

강물을 마셔 이미 배부르니	飮河旣足,[10]
이 외에는 다 부질없소.	自外皆休.
아득히 천 년을 그리며	緬懷千載,
나 혼자만의 교유를 맺는다오.	托契孤游.

---

1)구류(九流): 先秦시대의 9개 학파인 儒家 · 道家 · 陰陽家 · 法家 · 名家 · 墨家 · 縱橫家 · 雜家 · 農家. **2)**『論語 · 微子』, "자로가 묻기를 '우리 부자를 보았습니까?' 하니 장인이 말하길 '사지를 부지런히 하지 않고 오곡을 분별하지 못하니 누구를 부자라 하는가?' 하였다(子路問曰, "子見夫子乎?" 丈人曰, "四體不勤, 五穀不分, 孰爲夫子?")." **3)**장인(丈人): 荷蓧丈人. 138p 주5번 참조. **4)**오릉(於陵): 於陵仲子. 오릉은 지금 山東 長山縣에 있던 지명. 齊나라 사람 陳仲子가 이곳에 은거하여 오릉중자로 자칭하였음. **5)**장생(張生): 張摯, 자는 長公. 西漢의 명신 張釋之의 아들로 大夫에 이르렀으나 그만두고 벼슬살이하지 않았음. **6)**병공(丙公): 邴曼容으로 '丙'은 '邴'의 借字. 西漢末의 琅耶 사람. 당시 王莽이 전권을 휘둘러 고관이 되기를 꺼려하다 사직하고 귀향함. **7)** 정수(鄭叟): 鄭敬. 자는 次都. 東漢末 汝南郡 사람. **8)**맹상(孟嘗): 薛包. 孟嘗은 그의 자. 東漢 汝南 사람. **9)**주자(周子): 周陽珪. 생애 및 사적 미상. **10)**『莊子 · 逍遙游』, "두더쥐가 황하를 마시더라도 배를 채우는 데 지나지 않는다(偃鼠飮河, 不過滿腹)."

(附)상장 · 금경을 찬함(尙長禽慶贊)

『藝文類聚』에 수록되어 있으며 창작 시기는 미상이다. 尙長은 東漢 朝歌 사람으로 자는 子平이다. 中和를 숭상하고 『老子』, 『周易』에 능통하였다. 『後漢書』에는 성명이 '向長'으로 되어 있다. 禽慶은 東漢 北海郡 사람으로 자는 子夏이다. 王莽이 漢을 찬탈하자 사퇴하고 은거하였다.

상장(尙長)은 옛날 낮은 벼슬하면서	尙子昔薄宦,
처자식과 조만간 함께 살려 하였네.	妻孥共早晩.
빈천하고 부귀한 것이야	貧賤與富貴,
『주역』을 읽고 손익(損益)을 깨달았지.	讀易悟益損.[1]
금경(禽慶)은 두루 유람하기를 잘하니	禽生善周游,
주유함이 날로 멀어졌다네.	周游日已遠.
떠나자! 명산을 찾아서	去矣尋名山,
산에 오르면 어찌 돌아올 줄 알리.	上山豈知反.

1)익손(益損): 『주역』에 益卦와 損卦가 있음.

독사술구장(讀史述九章 - 幷序) 宋 永初 원년(420), 56세에 지었다. 시대의 선후를 고려하는 한편 節義 · 友道 · 賢德 · 不遇 · 養志의 주제에 해당하는 인물을 선정하였다.

나는『사기』를 읽고 소감이 있어 기술한다. 余讀『史記』, 有所感而述之.

백이 · 숙제(夷齊)[1]

두 분 나라를 사양하고	二子讓國,
서로 이끌며 바닷가에 이르렀네.	相將海隅.
천명을 인간에 펴 혁명을 하니	天人革命,[2]
그림자 숨긴 채 외딴 곳에 살았다오.	絶景窮居.
고사리 캐며 높이 노래하고	采薇高歌,
개탄하며 황제(黃帝) 우순(虞舜)의 시대를 그리워했다네.	慨想黃虞.
곧은 풍도 속세를 업신여기니	貞風凌俗,
이에 나약한 사내의 마음을 감동시키네.	爰感懦夫.[3]

1)이제(夷齊): 백이와 숙제. 141p 주1번 참조. 2)『周易 · 革卦』, "탕과 무가 혁

명을 일으켜 하늘에 순종하고 사람에게 응하였다(湯武革命, 順乎天而應乎人)."
3)『孟子 · 萬章』, "그러므로 백이의 풍도를 들은 자들은 완악한 지아비가 청렴해지고 나약한 지아비가 입지를 갖게 된다(故聞伯夷之風者, 頑夫廉, 懦夫有立志)."

기자(箕子)[1]

고향을 떠나는 심정	去鄕之感,
오히려 더디함이 있다오.	猶有遲遲.
하물며 왕조가 바뀌었으니	矧伊代謝,[2]
닿는 사물마다 모두 예전 같지 않네.	觸物皆非.
애달픈 기자여!	哀哀箕子,
어찌 마음이 평정할 수 있으리.	云胡能夷.
교동(狡童)을 부른 노래	狡童之歌,[3]
처창하고 슬프구나.	悽矣其悲.

---

1)기자(箕子): 殷의 폭군 紂의 숙부. 임금의 잘못을 누차 간해도 듣지 않자 거짓으로 미쳐 노예가 되었다 감옥에 갇힌 후 周 武王이 은을 멸한 후 풀어주었음. **2)**대사(代謝): 왕조시대가 교체되어 바뀜. **3)**교동지가(狡童之歌): 箕子의 「麥秀」시를 가리킴. 『史記 · 宋微子世家』, "그 후 기자가 주나라에 조회하러 갔다. 옛 은나라 터를 지나다 궁실이 무너지고 벼와 기장이 자라는 것에 느껴 기자는 가슴 아파하였다. 통곡하자니 그럴 수 없었고 눈물을 흘리자니 부인네와 가까워 이에 「맥수」시를 지어 노래하였다. 그 시에 이르길, '보리는 패어 쑥쑥 자라며, 벼와 기장 번드르르 자라네. 저 교활한 아이, 나와 사이가 나빴네' 하였다. 이른바 '교활한 아이'는 紂인 것이다(其後箕子朝周. 過故殷墟, 感宮室毁壞, 生禾黍, 箕子傷之. 欲哭則不可, 欲泣爲其近婦人, 乃作麥秀之詩以歌詠之. 其詩曰 '麥秀蕲蕲兮, 禾黍油油. 彼狡童兮, 不與我好兮!' 所謂狡童者, 紂也)."

관중과 포숙(管鮑)[1]

사람을 알아보기 쉽지 않으며	知人未易,
서로 알아주기란 실로 어렵네.	相知實難.
담박하고 아름답던 처음의 교제도	淡美初交,
이익에 어긋나면 차가워진다오.	利乖歲寒.
관중은 만족스럽게 되었으며	管生稱心,[2]
포숙도 필시 안녕을 누리게 되었다오.	鮑叔必安.
기특한 우정 둘 다 빛을 발하니	奇情雙亮,
아름다운 이름 온전히 갖추었네.	令名俱完.

---

1)춘추시대 齊나라 사람. 어릴 적부터 친구로서, 함께 장사를 했을 때 管仲이 자주 鮑叔을 속였으나 포숙은 그의 집이 가난하고 노모가 있는 것을 알았으므로 불평하지 않았다. 이후 관중은 公子 糾를, 포숙은 小白을 섬겼는데 소백이 후계 다툼에서 승리해 桓公이 되자 포숙은 관중의 사면과 중용을 요청하였다. 그에 따라 관중은 재상이 되어 제 환공이 패자가 되는 데 기여하였음. **2)**칭심(稱心): 마음에 맞음.

정영과 공손저구(程杵)[1)]

삶을 버리기 실로 어려우나	遺生良難,
선비는 지기(知己)를 위할 뿐.	士爲知己.
대의를 바라여 돌아가듯 한 이	望義如歸,
진실로 이 두 분이셨다.	允伊二子.
정영은 검을 휘둘러 자살했으니	程生揮劍,
살아남은 치욕을 두려워함이라.	懼兹餘恥.
아름다운 덕 길이 전해지리니	令德永聞,
백대 이후에도 기록에 남으리.	百代見紀.

1)춘추시대 晋나라 사람. 程嬰은 越朔의 친구이며 公孫杵臼는 월삭의 문객이었다. 司寇 屠岸賈가 월삭을 살해하고 그 집안을 멸족시키자 공손저구는 월삭의 고아로 위장된 아이를 기르다 피신처에서 죽었고 정영은 진짜 고아 越武를 돌보았다. 이후 월무가 장성해 도안가를 공격해 죽이고 혈통을 잇게 되자 정영은 먼저 죽은 공손저구에게 알리겠노라며 자살하였음.

칠십이제자(七十二弟子)[1]

진실하고 정성스런 무우(舞雩)의 제자	恂恂舞雩,[2]
어질지 않은 이가 없다오.	莫曰匪賢.
모두 해 달과 함께 빛나니	俱映日月,
함께 지극한 말씀을 맛보았네.	共餐至言.
인재를 얻기 어려워 애통해 하셨으며	慟由才難,
감정은 정에 의해 이끌려졌도다.	感爲情牽.[3]
회(回)는 일찍 요절했으나	回也早夭,[4]
사(賜)만은 홀로 장수하였다오.	賜獨長年.[5]

---

1)『史記 · 孔子世家』, "공자가 시 · 서 · 예 · 악으로 가르치니 제자가 대략 3,000여 명이었으며 육예에 능통한 자가 72인이었다(孔子以詩書禮樂敎, 弟子蓋三千焉, 身通六藝者七十有二人)." 2)무우(舞雩): 舞雩壇을 가리킴. 雩는 祈雨祭를 가리키며 제사 지낼 때에 樂舞를 연주한다.『論語 · 先進』, "늦봄에 봄옷이 이미 이루어지면 관을 쓴 어른 5 · 6인, 동자 6 · 7명과 함께 기수에서 목욕하고 무우에서 바람을 쐬고 노래하며 돌아오겠다(莫春者, 春服旣成, 冠者五六人, 童子六七人, 浴乎沂, 風乎舞雩, 詠而歸)." 3)제자들이 배움을 마치고 떠나가 활동할 때 공자가 늘 그들을 마음에 두고 염려하였음을 가리킴. 4)회(回): 顔淵으로, 공자보다 30세가 적었음. 29세에 백발이 되었으며 32세에 죽었음. 5)사(賜): 端木賜로 字는 子貢. 공자보다 31세 어렸으며 졸년은 미상.

굴원과 가의(屈賈)[1)]

덕행을 증진하고 학업을 연수함은	進德修業,
장차 때에 맞추려 함일세.	將以及時.
저 후직(后稷)과 설(契) 같은 이를	如彼稷契,[2)]
누군들 원하지 않으리.	孰不願之.
아! 두 현인이여	嗟乎二賢,
의심 많은 세상을 만났도다.	逢世多疑.
정첨윤(鄭詹尹)에게 묻고는 뜻을 옮겼으며	候詹寫志,[3)]
올빼미에 느껴 사부(辭賦)를 지었다네.	感鵩獻辭.[4)]

---

1)屈原은 이름이 平으로 전국시대 楚나라 사람. 三閭大夫를 지냈으며 누차 참소를 당해 추방되었다가 멱라강에 투신자살하였음. 저작으로 「離騷」, 「天問」, 「九歌」 등이 있음. 賈誼는 西漢 사람으로 文帝 때 博士, 太中大夫를 지냈음. 제도개혁을 시도하다 대신들의 박해를 받아 長沙王太傅로 좌천, 후에는 梁懷王太傅가 되었음. 33세에 죽었으며 저작으로 「治安策」, 「弔屈原賦」, 「鵩鳥賦」 등이 있음. 2)직설(稷契): 后稷과 契. 舜임금의 신하. 후직은 農官으로 농사를 담당하였고, 설은 司徒로 교화를 담당하였다. 3)첨(詹): 鄭詹尹. 전국시대 楚나라 사람으로 太卜벼슬을 지냈음. 굴원이 정첨윤을 찾아가 의문 나는 것을 묻는 내용이 그의 『楚辭 · 卜居』에 실려 있음. 4)賈誼의 「鵩鳥賦」를 가리킴. '鵩'은 올빼미로 미신에 불길한 새로 인식되었음. 가의가 장사왕태부가 된 지 3년 되던 해에 올빼미가 숙소로 날아 들어와 머물자 자신이 오래 살지 못할 것으로 여기고 이 글을 지었음.

한비자(韓非)[1)]

큰 여우 굴에 숨어 들어도　　豐狐隱穴,

꽃무늬 털가죽으로 화를 자초하네.　　以文自殘.[2)]

군자도 시절을 만나지 못하면　　君子失時,

머리 희도록 관문이나 지킨다오.　　白首抱關.[3)]

간교한 행위는 재앙을 만나며　　巧行居災,

교묘한 언변은 우환을 부르는 것을.　　忮辯召患.

슬프도다! 한생이여　　哀矣韓生,

세난(說難)을 말하다 끝내 죽고 말았구나.　　竟死說難.[4)]

---

1)전국시대 말기 韓나라의 公子. 그의 저술에 호감을 지닌 秦王 政의 요구에 의해 秦에 사신으로 갔다 李斯의 모함으로 하옥되어 죽었음. 법가사상을 집대성한 『韓非子』를 남겼음. **2)**이 구절은 『韓非子』에 실린 내용을 빌어 秦에서 죽은 한비자의 신세를 비유한 것임. 『韓非子 · 喩老』, "적땅 사람이 큰 여우와 검은 표범의 가죽을 진 문공에게 바쳤다. 문공은 객의 가죽을 받고서 탄식해 말하길, '이것들은 가죽의 아름다움 때문에 스스로 죄를 받았구나' 라 하였다(翟人有獻豐狐玄豹之皮於晋文公, 文公受客皮而嘆曰, '此以皮之美自爲罪')." **3)**『史記 · 魏公子列傳』, "위나라의 은사 후영은 나이가 일흔인데 집이 가난하여 대량 동쪽 성문의 문지기를 하고 있었다(魏國隱士侯嬴, 年七十, 家貧, 爲大梁夷門監者)." **4)**세난(說難): 『韓非子』의 한 篇名으로, 군주에게 유세하다 화를 당하는 내용을 통해 유세의 어려움을 말하고 있다.

노나라의 두 선비(魯二儒)[1)]

때를 좇아 왕조가 바뀌나	易代隨時,
변천에 미혹됨은 우매함이라.	迷變則愚.
강직한 그 사람이여!	介介若人,
특출하게 올곧은 장부였다오.	特爲貞夫.
덕을 쌓은 지 백 년이 못 되니	德不百年,
우리의 시서를 더럽힘이라오.	汚我詩書.
떠나가며 뒤돌아보지 않고	逝然不顧,
베옷 입은 채 숨어 살았다네.	被褐幽居.

---

1)『史記 · 劉敬叔孫通列傳』, 漢 高祖 때 예악을 정비하기 위해 叔孫通을 시켜 노나라의 유학자를 초치했으나 두 사람이 승락하지 않았다. 그들은 말하길 "예악이 일어나는 데에는 덕을 쌓은 지 백 년이 지나야 흥기될 수 있는 것이다. 우리는 차마 공이 하는 일을 따를 수 없다. 공이 하려는 것은 옛 도에 맞지 않으니 우리는 가지 않겠다. 공은 떠나가고 우리를 더럽히지 말라(禮樂所由起, 積德百年以後可興也. 吾不忍爲公所爲. 公所爲不合古, 吾不行. 公往矣, 無汚我)" 하였다.

장장공(張長公)[1]

원대하도다! 장공이여.	遠哉長公,
조용히 숨어 살며 무슨 일 하였나?	蕭然何事.
세상길 갈래도 많은데	世路多端,
모두가 나와는 다르군.	皆爲我異.
말고삐 잡고 고향에 돌아와	斂轡朅來,
홀로 그 뜻을 길렀다오.	獨養其志.
자취 숨긴 채 수를 마쳤으니	寢迹窮年,
그 뜻이야 뉘인들 알리오.	誰知斯意.

---

1) 장장공(張長公): 153p 주1번 참조.

卷之七 疏祭文

아들 엄 등에게 주는 글(與子儼等疏)

晉 義熙 11년(415), 51세에 지었다. 疏는 문체의 하나로 도리를 분석해 밝히는 글이다.

엄 · 사 · 빈 · 일 · 동에게 이른다.

천지가 생명을 부여하여 태어나면 반드시 죽었으니 옛부터 성인과 현인일지라도 누군들 홀로 면할 수 있었겠느냐? 자하(子夏)는 말하길, "죽고 사는 것은 명이 있고, 부유함과 귀함은 하늘에 달렸다"고 하였다. 사우(四友)의 사람이 친히 가르침을 받고서 이런 말을 한 것은 장차 궁달을 망령되이 구할 수 없고 수명도 영원히 정해진 이상일 수 없는 까닭이 아니겠느냐?

나는 나이가 쉰을 넘은 바, 어려서 궁핍하고 곤고했으며 매양 집안이 가난해 동으로 서로 돌아다녀야 했다. 성질은 고집스럽고 재주는 졸렬하여 사람들과 어그러짐이 많았으니 자신을 상량해 보매 필시 세속의 환란을 받으리라 여겼다. 애써 세속을 벗어나려다 보니 너희들을 어려서부터 굶주리고 춥게 하였구나. 나는 일찍이 유중(孺仲)의 어진 아내의 말에 느낀 바 있으니 낡은 솜옷을 걸치는 것을 어찌 아이들에게 부끄러워하겠느냐? 이는 한 가지의 일일 뿐이지만 다만 한스러운 바는 구중(求仲)과 양중(羊仲)을 이웃하지 못하고, 집에는 노래자(老萊子)의 처자식이 없어 이러한 고민을 지닌 채 실로 혼자서 마음에 부끄러워해야 함이었다. 어려서 거문고와 글을 배웠고 간혹 한정(閑情)을 사랑하였으며 책을 펴고서 얻음이 있으면 문득 흔연히 밥 먹기를 잊었다. 수목이 우거져 그늘진 것을 보고 철따라 새들의 울음소리가 변하면 또한 다시금 흔연히 기쁨이 생겨났다. 항상 말하길, '오뉴월에 북쪽 창가 아래 누워 서늘한 바람이 잠시 불어오면 희황(羲皇)의 시대 이전 사람이라고 스스로 생각한다' 하였다. 뜻은 얕고 지식은 적으나 이 말을 늘 간직하고자 하였다. 세월은 드디어 흘러 기심(機心)이 십분 성겨졌고 생각과 바람을 옛날에 두었으나 그 아득함이야 어찌하겠느냐!

질병을 앓은 이후로는 점차 쇠약해지는구나. 친구들은 날 버리지 않으나 매양 약초과 침석으로 구제를 받으니 수명이 장차 한도에 이를까 스스로 염려된다. 너희들은 어리지만 집이 가난해 매양 나무하고 물 긷는 수고로움을 일삼으니 어느 때에야 면하게 될까를 마음속으로 생각하노라면 무슨 말을 할 수 있겠느냐. 그렇지만 너희들은 비록 한 어미의 소생이 아닐지라도 의당 사해의 사람들이 모두 형제라는 의리를 생각해야 할 것이다. 포숙(鮑叔)과 관중(管仲)은 재물을 나눔에 시기함이 없었으며 귀생(歸生)과 오거(伍擧)는 나뭇가지를 깔아놓고 앉아 옛 정을 나누었으니, 드디어는 실패를 성공으로 만들었으며 망명했다가는 공을 세우게 되었다. 타인들끼리도 오히려 이러한데 하물며 아버지를 같이하는 사람이겠느냐! 영천(潁川)의 한원장(韓元長)은 한(漢)나라 말기의 명사로서 몸은 경좌(卿佐)에 처해 있다가 80에 죽었는데 형제가 같이 살다가 세상을 마쳤다. 제북(濟北)의 범치춘(氾稚春)은 진(晋)나라 때의 지조와 행실이 있던 사람으로, 일곱 대에 걸쳐 재산을 같이하였으나 집안 사람들이 원망하는 빛이 없었다. 『시경(詩經)』에 이르길, "높은 산을 바라보며, 큰길을 가네"라 하였다. 비록 이렇게 할 수 없더라도 지성스런 마음으로 이를 숭상해야 할 것이다. 너희들은 삼갈지니라! 내가 다시 무슨 말을 하겠느냐.

告儼 · 俟 · 份 · 佚 · 佟, 天地賦命, 生必有死, 自古聖賢, 誰能獨免? 子夏有言,[1] "死生有命, 富貴在天."[2] 四友之人,[3] 親受音旨, 發斯談者, 將非窮達不可妄求, 壽夭永無外請故耶? 吾年過五十, 少而窮苦, 每以家弊, 東西游走, 性剛才拙, 與物多忤, 自量爲己, 必貽俗患. 僶俛辭世, 使汝等幼而饑寒. 余嘗感孺仲賢妻之言,[4] 敗絮自擁, 何慙兒子? 此旣一事矣. 但恨隣靡二仲,[5] 室無萊婦,[6] 抱玆苦心, 良獨內愧. 少學琴書, 偶愛閑靜, 開卷有得, 便欣然忘食. 見樹木交蔭, 時鳥變聲, 亦復歡然有喜. 常言五六月中, 北窗下臥, 遇凉風暫至, 自謂是羲皇上人.[7] 意淺識罕, 謂斯言可保. 日月遂往, 機巧好疏, 緬求在昔, 眇然如何!

疾患以來, 漸就衰損. 親舊不遺, 每以藥石見救, 自恐大分將有限也. 汝輩稚小家貧, 每役柴水之勞, 何時可免, 念之在心, 若何可言. 然汝等雖不同生, 當思四海皆兄弟之義. 鮑叔 · 管仲, 分財無猜, 歸生 · 伍擧,[8] 班荊道舊, 遂能以敗爲成, 因喪立功. 他人尙爾, 況同父之人哉!

潁川韓元長,[9] 漢末名士, 身處卿佐,[10] 八十而終, 兄弟同居, 至于沒齒. 濟北氾稚春,[11] 晋時操行人也, 七歲同財, 家人無怨色. 『詩』曰, "高山仰止, 景行行止."[12] 雖不能爾, 至心尚之. 汝其愼哉! 吾復何言.

---

1)자하(子夏): 공자의 제자. 성은 卜, 이름은 商, 자하는 字이다. **2)**『論語·顔淵』이 출전임. **3)**사우(四友): 공자가 제자 가운데 顔回·子貢·子張·子路를 사우로 지칭하였음. 子夏 역시 이들 부류에 속하므로 사우라 지칭한 것임. **4)**유중(孺仲): 東漢의 王霸, 유중은 그의 字. 王莽이 제위를 찬탈하자 관직을 버리고 귀향했으며 광무제 때 누차 조정에서 불렀으나 응하지 않았음. 한편 그의 아내는 남편이 은거생활로 인해 자식 교육에 부족함을 느끼고 회의하였을 때 평소의 뜻을 견지해 나갈 것을 요구하였음. 『後漢書·逸民傳』과 『烈女傳』에 이들의 사적이 보임. **5)**이중(二仲): 求仲과 羊仲. 隱者. 漢代에 兗州刺史를 지낸 蔣詡는 王莽이 전권을 휘두르자 은둔하여 대나무 숲에 세 오솔길을 내고 이들과 왕래하였음. **6)**내부(萊婦): 老萊子의 아내. 노래자는 춘추시대 楚나라의 隱者로 그가 楚王의 초빙을 받아들여 은둔생활을 청산하려 할 때 부인이 만류하였음. 이들의 사적이 『高士傳』과 『烈女傳』에 보임. **7)**희황(羲皇): 三皇인 伏羲氏·神農氏·黃帝를 가리킴. **8)**귀생오거(歸生伍擧): 춘추시대 楚나라의 두 大夫. 오거가 인척의 죄로 인해 해를 입을까 두려워 외국에 망명해 있을 때 귀생은 사행중 그를 만나 나뭇가지에 앉아 밥을 먹으며 귀국을 설득하고 돌아와서는 오거의 재등용을 주선하였다. 『左傳·襄公 二十六年』에 그 사적이 보임. **9)**한원장(韓元長): 이름은 融, 元長은 그의 字. 관직이 太僕에 이르렀으며 70세에 졸하였다. **10)**경좌(卿佐): 漢代에 太僕은 九卿 가운데의 하나로 황제의 車馬를 담당하였다. **11)**범치춘(氾稚春): 이름은 毓, 稚春은 그의 字. 西晋 사람으로 벼슬하지 않고 저술에 힘썼음. 그의 집안은 누대에 걸쳐 화목한 것으로 유명하였음. 『晋書·儒林傳』에 사적이 보임. **12)**『詩經·小雅·車舝』에서 인용한 것으로, 모든 일이 법도대로 잘 이루어짐을 의미함.

제정씨매문(祭程氏妹文)

義熙 3년(407), 43세에 지었다. 程氏妹는 도연명의 이복 동생으로 세 살 아래이다. 程氏에게 시집갔으므로 이렇게 불렀다.

진(晋) 의희(義熙) 3년 5월 갑진일, 정씨에게 시집간 손아래 누이의 복제(服制)가 재주(再周)가 되어 연명은 소뢰(少牢)의 제전(祭奠)으로 몸을 숙여 술을 땅에 붓는다. 아아! 애통하도다.

추위가 물러가고 더위가 찾아오며 세월은 흘러가니, 들보 위의 먼지 쌓여 가고 뜨락의 잡초 무성해지네. 쓸쓸히 빈 방 안에는 슬피 우는 남겨진 고아뿐, 어육과 술로 허공에 제사 지내니 사람은 떠나가 어디로 가버리는가? 누군들 형제가 없을까만 사람이라면 동포인 셈인데, 아! 나와 너는 특히 보통 사람의 정보다 백 배나 더하였다. 자애로운 어머니 일찍 세상을 뜨셨으니, 그때 넌 아직 어려 나는 열두 살이었고 너는 겨우 아홉을 넘겼다. 몽매한 시기를 지나 더벅머리 만지작거리며 서로 성장하였다. 아! 착한 누이여. 덕성이 있었고 조신하였으며 고요하고 공손하며 말수가 적었고 선한 말을 들으면 즐거워하였다. 올바르고 온화했으며 우애와 효성을 행하였네. 규방 안에서의 행동거지는 법 삼고 본받을 만하였다. 내 듣자니 선을 행하면 복이 자기로부터 따른다 하건만 저 하늘은 어찌 그리 치우쳐 이런 보답을 주지 않았는가!

예전 강릉(江陵)에 있을 때에 거듭 천벌(天罰)을 받고 형제가 흩어져 살아 초(楚)땅과 월(越)땅인 양 떨어져 있었다. 나와 너 백 가지 슬픔이 절실했으니 높게 뜬 구름처럼 어두웠고 겨울달처럼 쓸쓸했으며 흰 눈 뒤덮인 새벽과 긴 바람 부는 슬픈 계절과 같았다. 느꺼워 비통하게 곡을 하나니 애통함에 피눈물 흘리며 우노라.

평소의 일을 추념하노라니 떠오르는 일마다 멀지 않고 서신도 아직 그대로 있는데 남겨진 고아만이 눈에 가득하구나. 어찌하여 한번 가면 영원히 돌아오지 못하는가! 적막한 고당(高堂)을 어느 때에야 다시 밟으리. 어리디어린 딸은 누굴 의지하고 누굴 믿으리오? 홀로 떠도는 혼이여, 누가 제사를 주관하겠나? 어쩌리오, 누이 정씨여! 이제 영원히 그만이구나. 죽어서도 지각이 있다면 서로 구천에서나 만나 보리라. 아아! 애통하도다.

維晋義熙三年, 五月甲辰, 程氏妹服制再周,[1] 淵明以少牢之奠,[2] 俯而酹之. 嗚呼哀哉! 寒往暑來, 日月寖疏,[3] 梁塵委積,[4] 庭草荒蕪. 寥寥空室, 哀哀遺孤, 肴觴虛奠, 人逝焉如! 誰無兄弟, 人亦同生, 嗟我與爾, 特百常情. 慈妣早歲, 時尙孺嬰, 我年二六, 爾纔九齡. 爰從靡識, 撫髫相成. 咨爾令妹, 有德有操. 靖恭鮮言, 聞善則樂. 能正能和, 惟友惟孝. 行止中閨, 可象可效. 我聞爲善, 慶自己蹈. 彼蒼何偏, 而不斯報! 昔在江陵, 重罹天罰,[5] 兄弟索居, 乖隔楚越. 伊我與爾, 百哀是切. 黯黯高雲, 蕭蕭冬月, 白雪掩晨, 長風悲節. 感惟崩號, 興言泣血. 尋念平昔, 觸事未遠, 書疏猶存, 遺孤滿眼. 如何一往, 終天不返! 寂寂高堂, 何時復踐. 藐藐孤女, 曷依曷恃? 煢煢游魂, 誰主誰祀? 奈何程妹, 於此永已. 死如有知, 相見蒿里.[6] 嗚呼哀哉!

---

1)복제(服制): 상복의 착용 및 기간에 관한 제도. 재주(再周): 상례에 의하면 시집간 자매가 죽는 경우 大功服을 입으며 아홉 달을 期로 삼음. 재주는 그 배인 18개월로 여동생에 대한 애도가 깊었음을 알 수 있음. **2)**소뢰(少牢): 양과 돼지를 희생으로 쓰는 제사. 도연명이 현령을 지냈으므로 下大夫에 해당하는 예법을 따른 것임. **3)**침소(寖疏): 점점 멀어짐. **4)**위적(委積): 적음과 많음. **5)**중리천벌(重罹天罰): 전에 부친과 서모가 돌아가고 다시 생모가 돌아간 사실을 말한 것임. **6)**호리(蒿里): 泰山 남쪽에 있던 산의 이름. 死者의 동네로 알려져 후대에는 매장지를 가리키는 말이 되었음.

제종제경원문(祭從弟敬遠文)

義熙 7년(411), 47세에 지었다. 경원은 도연명의 사촌동생으로 16세가 적었으며 31세의 나이에 죽었다. 이 글은 장송하기 전날 밤에 지은 것이다.

신해년 8월 19일, 종제 경원을 날 잡아 안장하니 영원히 땅속에서 안식하게 되었다. 평소 노닐던 곳을 떠올리고 한번 가면 돌아오지 못함을 슬퍼하나니 심정은 서글퍼져 마음을 상하게 하고 눈물은 흘러나와 눈에 가득하다. 이에 정원의 과실과 철따라 빚은 술로 떠나는 길에 발인제(發靷祭)를 드리노라. 아! 슬프도다.

아름답도다. 빛을 발하는 나의 아우여. 절조와 기개를 지녔으며, 어려서부터 효성스러웠고, 천성적인 사랑으로 우애하였으며, 젊어서부터 욕심을 적게 가질 것을 생각하였고, 고집 부리거나 치우치지 않았으며, 자기를 뒤에 하고 남을 먼저 하였고, 재물을 앞에 두고서는 은혜 베풀기를 생각하였다.

마음속에 득실을 두지 않았으며 정은 세속에 의지하지 않았다. 그 안색은 온화했으며 그 말은 엄격했고 뛰어난 벗과 사귀기를 즐거워하였으며 좋아한 것은 문예였다. 머나먼 신선의 땅, 기이함을 좋아하던 그의 마음을 격동시켜 곡기를 끊고 집안의 자잘한 일들을 버려둔 채 산의 북쪽에 은거하였다. 산속 샘물은 소리 내며 흘러가고 무성한 숲은 어렴풋한데 새벽에는 선약(仙藥)을 캐고 저녁에는 소금(素琴)을 한가로이 탔다. '어진 자는 장수한다'길래 저으기 홀로 믿었건만 어찌 이 말에 속게 될 줄이야. 나이 겨우 서른을 넘어 홀연히 세상을 하직하고 길이 지하로 떠나가니 아득히 돌아올 기약이 없구나.

나와 너는 벗일 뿐만 아니라 아버지끼리는 형제이며 어머니끼리는 자매이다. 서로 어린 나이에 둘 다 부친을 여의기까지 했으니 정은 진실로 깊었으며 우애는 실로 두터웠다! 그 옛날을 생각하건대 한방에서 즐겁게 지내며 겨울에는 베옷도 없고 여름에는 일단사 일표음(一簞食一瓢飮)을 목말라 했어도 서로 도의로써 이끌며 서로 얼굴을 펴 즐거워하였다. 어찌 많이 궁핍하지 않았으리오만 문득 주림과 추위를 잊었다.

나는 일찍이 벼슬살이하기를 배워 세상일에 얽매인 채 이리저리 다녔으나 이룬 것이 없어 평소의 뜻을 못 이룰까 염려하였다. 채찍을 거두고 돌아왔을 때 너는 내 뜻을 알아 항상 내 손을 이끌고 은거하여 저 세속의 의논에 마음 쓰지 않기를 바라였다. 매양 추수하던 때를 추억하니 나는 곡식을 벨 때면 너와 함께 동행해 방주를 타고 같이 강을 건너곤 하였다. 삼 일 밤을 물가에 머물며 즐겁게 시냇가에서 술을 마셨다. 고요히 달은 맑고 높게 떠 있었으며 더운 바람은 차츰 수그러들었다. 술잔을 어루만지며 말할 제, 자연은 영원하나 사람은 늙고 쇠해 간다 하였지. 어찌하여 내 아우는 나보다 일찍 세상을 떠나갔는가!

사람의 일을 뒤좇아 찾을 길 없으니 생각 또한 어찌 끝이 있으리. 날이 가고 달이 가고 추위와 더위 서로 교체하네. 사생(死生)의 처지가 다르며 삶과 죽음의 경계가 있으니 이른 새벽을 택해 영원히 돌아가려 하는구나. 길을 가리키니 너의 혼은 떠나는구나. 엉엉 우는 어린 자식들 말도 바로 하지 못하는데 슬픈 미망인 예의를 잘 아는구나. 정원의 나무는 예와 같건만 집 안은 텅 비었구나. 누가 경원이 어느 때고 다시 돌아온다 말하는가. 나 혼자만이 그런 사람이니 실정을 생각지 못하겠구나. 점을 쳐 보아 길함이 있으니 나 상례에 따라 전송하려 한다네. 상기(喪旗)가 펄럭임을 바라보며 붓을 잡고 있노라니 눈물은 넘쳐난다. 영혼이여, 지각이 있다면 내 마음속 정성을 밝게 알리. 아! 슬프도다.

歲在辛亥, 月惟仲秋, 旬有九日, 從弟敬遠, 卜辰云窆,[1] 永寧后土.[2] 感平生之游處, 悲一往之不返, 情惻惻以摧心, 淚愍愍而盈眼. 乃以園果時醪, 祖其將行.[3] 嗚呼哀哉!

於鑠吾弟, 有操有概, 孝發幼齡, 友自天愛. 少思寡欲, 靡執靡介, 後己先人, 臨財思惠. 心遺得失, 情不依世. 其色能溫, 其言則厲, 樂勝朋高, 好是文藝. 遙遙帝鄉, 爰感奇心, 絶粒委務,[4] 考槃山陰.[5] 淙淙懸溜, 暖暖荒林, 晨採上藥,[6] 夕閑素琴. 曰"仁者壽",[7] 竊獨信之, 如何斯言, 徒能見欺. 年甫過立, 奄與世辭, 長歸蒿里, 邈無還期.

惟我與爾, 匪但親友, 父則同生, 母則從母. 相及齠齔, 並罹偏咎. 斯情實深, 斯愛實厚! 念彼昔日, 同房之歡, 冬無縕褐, 夏渴瓢簞, 相將以道, 相開以顔. 豈不多乏, 忽忘飢寒.

余嘗學仕, 纏綿人事, 流浪無成, 懼負素志. 斂策歸來, 爾知我意, 常願携手, 置彼衆議. 每憶有秋, 我將其刈, 與汝偕行, 舫舟同濟. 三宿水濱, 樂飮川界. 靜月澄高, 溫風始逝. 撫杯而言, 物久人脆. 奈何吾弟, 先我離世!

事不可尋, 思亦何極, 日徂月流, 寒暑代息. 死生異方, 存亡有域, 候晨永歸, 指涂載陟. 呱呱遺稚, 未能正言, 哀哀嫠人, 禮儀孔閑. 庭樹如故, 齋宇廓然. 孰云敬遠, 何時復還! 余惟人斯, 昧玆近情. 蓍龜有吉,[8] 制我祖行.[9] 望旐翩翩, 執筆涕盈. 神其有知, 昭余中誠. 嗚呼哀哉!

---

1)복신(卜辰): 점을 쳐 택일을 함. **2)**후토(后土): 厚土와 같음. 대지, 지하. **3)**조(祖): 길의 신에게 드리던 제사. 여기서는 발인하여 안장함을 가리킴. **4)**절립(絶粒): 미곡을 먹지 않음. 도교에서 辟穀으로 신선이 되기 위한 수련법. **5)**고반(考槃): 움막을 지음. 『詩經 · 衛風 · 考槃』, "산골짜기 시냇가에 움막을 이루니, 어진 은자의 마음은 넓네(考槃在澗, 碩人之寬)." **6)**상약(上藥): 신선이 되게 해 주는 약. **7)**『論語 · 雍也』에서 인용한 것임. **8)**시구(蓍龜): 蓍草와 거북 등껍질을 이용한 점. **9)**제(制): 예제. 상례의 제도를 가리킴.

자제문(自祭文)

宋 元嘉 4년(427), 63세에 지었다. 도연명 절필의 작으로 9월에 이 글을 짓고 11월에 세상을 떴다. 깊고 장중한 슬픔 속에 그의 인생과 생사의 관념이 집약되어 있는 걸작이다.

해는 정묘년, 율려(律呂)는 무역(無射)에 해당하니 날은 춥고 밤은 길어져 바람 기운 소삭한데 기러기 날아가며 초목은 누렇게 시들어 떨어지네. 나 도연명은 장차 나그네의 집을 떠나 영원히 본댁으로 돌아가리라. 친구들은 슬퍼 서로 비통해 할 것이며 모두 함께 오늘 밤 내 길제사를 드리고 떠나보내리. 제삿밥 올리고 제삿술 올리리니 안색이 이미 어두워졌음을 살폈으며 음성이 더욱 작아졌음을 들었으리. 아! 애통하도다.

망망한 대지, 아득한 하늘. 이것이 만물을 내었으며 나는 사람으로 태어났다. 나 사람으로 난 이후 빈한한 운명을 만나 일단사 일표음(一簞食一瓢飮)에 쌀독이 자주 비었으며 거칠고 가는 베옷을 겨울에도 걸쳤다네. 기쁜 마음으로 계곡의 물을 긷고 땔감을 진 채 걸으며 노래하였으며 어스름한 사립문 안에서 아침부터 저녁까지 일을 하였네. 봄가을이 바뀌도록 농원에서 일을 하여 김매고 북돋아 가꾸어 길러 자라나게 하였다. 즐겁게 책을 읽기도 했으며 칠현금을 타기도 하였다. 겨울에는 햇볕을 쬐고 여름이면 샘물에 씻었다. 부지런히 일해 남은 힘을 없게 하였고 마음은 항상 한가하여 천도를 따라 즐거워하였으며 본분을 따르며 일생을 살아 왔네.

이러한 백 년의 삶을 사람들 애지중지하나니 성취가 없을까 염려하며 날을 탐하고 시간을 아쉬워하네. 살아 있을 때에는 세상의 보배로 여기며 죽으면 그리워들 한다네. 아! 나는 혼자만의 길을 갔으니 일찍이 이와는 달랐다오. 총애와 영화를 나의 영예로 여기지 않았으니 검은 것이 어찌 나를 물들이겠는가. 세속과 어긋나 홀로 지조를 지키며 빈궁히 집에 거처하면서 술을 마시고 시를 지었다오. 운명을 알아 인간세상을 탐함이 없으니 나 이제 죽더라도 여한이 없다오. 수명은 백 년에 미쳤고 몸은 은둔을 사모하다 늙어 죽으니 어찌 다시 바람이 있으리.

추위와 더위 교대해 나아가나 죽음은 삶과 다르네. 친척들은 새벽같이 찾아들며 좋은 벗들 밤중에 달려와 들판에 장사 지내 혼백을 편안케 해 주리. 으슥한 나의 갈 길, 묘문(墓門)은 쓸쓸하기도 하여라. 송신(宋臣)의 사치 부끄럽고 왕손(王孫)의 검소함 우스워라. 휑한 곳에서 소멸되리니 멀리 떠나감을 탄식하리. 높이 봉분을 세우지 말고 나무도 심지 말고 세월 따라 가게 해 주오. 생전의 명예를 귀히 여기지 않았으니 사후의 칭송을 뉘라 중시하랴? 인생살이 실로 어렵거늘 죽는다 한들 어떠하리. 아! 애통하도다.

歲惟丁卯, 律中無射,[1] 天寒夜長, 風氣蕭索, 鴻雁于征, 草木黃落. 陶子將辭逆旅之館, 永歸於本宅.[2] 故人悽其相悲, 同祖行於今夕. 羞以嘉蔬, 荐以淸酌, 候顔已冥, 聆音愈漠. 嗚呼哀哉!

茫茫大塊, 悠悠高旻, 是生萬物, 余得爲人. 自余爲人, 逢運之貧, 簞瓢屢罄,[3] 絺綌冬陳. 含歡谷汲, 行歌負薪, 翳翳柴門, 事我宵晨. 春秋代謝, 有務中園, 載耘載耔, 乃育乃繁. 欣以素牘,[4] 和以七絃. 冬曝其日, 夏濯其泉. 勤靡餘勞, 心有常閑, 樂天委分, 以至百年.

惟此百年, 夫人愛之, 懼彼無成, 愒日惜時. 存爲世珍, 沒亦見思. 嗟我獨邁, 曾是異玆. 寵非己榮, 涅豈吾緇? 捽兀窮廬,[5] 酣飮賦詩. 識運知命, 疇能罔眷, 余今斯化, 可以無恨. 壽涉百齡, 身慕肥遁,[6] 從老得終, 奚所復戀.

寒暑逾邁, 亡旣異存, 外姻晨來, 良友宵奔, 葬之中野, 以安其魂. 窅窅我行, 蕭蕭墓門, 奢耻宋臣,[7] 儉笑王孫.[8] 廓兮已滅,[9] 慨焉已遐, 不封不樹, 日月遂過. 匪貴前譽, 孰重後歌. 人生實難, 死如之何? 嗚呼哀哉!

---

1)율중무역(律中無射): 律은 곧 律呂로 본래 12계의 표준음을 가리키나 여기서는 이를 12개월에 배치한 경우임. 無射은 음력 9월에 해당함. **2)**본택(本宅): 葬地를 가리킴. **3)**단표(簞瓢): 126p 주1번 참조. **4)**소독(素牘): 글을 써 놓은 명주와 나무조각. 즉 서적을 가리킴. **5)**졸올(捽兀): 뜻이 높고 거만한 모양. **6)**비둔(肥遁): 여유로운 은둔생활. 『周易 · 遯卦』, "여유 있는 은둔생활이니 이롭지 않음이 없다(肥遯, 無不利)." **7)**송신(宋臣): 춘추시대 宋나라의 司馬桓魋를 가리킴. 『孔子家語』, "공자가 송에 있을 때 사마환퇴가 석곽을 만드는 것을 보았는데 삼 년이 되도록 완성하지 못했고 장인들은 다 병들었다(孔子在宋, 見桓魋

自爲石郭, 三年而不成, 工匠皆病).” **8**)왕손(王孫): 楊王孫. 西漢 武帝 때의 사람으로 병들어 임종할 때에 자손에게 벗은 몸으로 장사 지내 줄 것을 유언하였음. **9**)확(廓): 아무것도 없이 텅 비어 있음. 묘지를 가리킴.

附錄

도연명 연보

연도	시대 상황	도연명의 행적
365년	**東晋 哀帝 興寧 3年 乙丑** 前秦의 慕容氏가 침공하여 東晋은 河南의 여러 지역을 다 잃고 洛陽을 빼앗겼다. 哀帝가 죽고 司馬奕이 제위에 올랐다. 大司馬 桓溫이 姑孰을 진무하였으며 그 동생 桓豁은 荊州·揚州의 軍事를 감독하였고 다른 동생 桓沖은 江州·豫州 등 8개 군의 軍事를 감독하였다.	**1세** 潯陽의 柴桑(현재 江西省 九江市의 서남)에서 출생하였다.
368	**晋 廢帝(海西公) 太和 3年 戊辰** 晋과 前秦, 前燕이 수년간에 걸쳐 전쟁을 벌였다. 369년 여름에 桓溫이 보병과 기병 5만을 거느리고 전연을 쳤다. 전진과 전연은 연맹을 맺었으며 10월에 환온이 패퇴하였다. 이듬해 11월 전진의 苻堅이 전연을 멸망시켰다. 371년 봄에는 환온이 壽春을 수복하였고, 11월에 建康에 입성하여 사마혁을 폐위시	**4세** 훗날 程氏에게 시집간 손아래 누이가 출생하였다.

연도	시대 상황	도연명의 행적
	킨 후 司馬昱을 제위에 세우니 이 사람이 簡文帝이다.	
372	**晋 簡文帝 咸安 2年 壬申** 7월, 간문제가 병사하고 아들 司馬曜(字는 昌明)가 제위를 이으니 이 사람이 孝武帝이다. 373년 7월 桓溫이 죽었다. 桓沖이 그를 대신해 왕실에 충성하였으며 謝安이 집정하였다.	**8세** 부친상을 당하였다.
376	**晋 孝武帝 太元 元年 丙子** 8월, 前秦의 苻堅이 13만 보병과 기병으로 前涼을 멸하였으며 張天錫이 항복하였다. 이때 전진이 날로 강성하자 377년에 謝安은 조카 桓應에게 새로 군대를 조직할 것을 명하였다. 이에 劉牢之를 參軍으로 삼고 그 군대를 '北府兵'이라 불렀는데 용맹하여 선전하였다. 379년 전진의 병사 6만이 三阿를 포위하니 廣陵과의 거리가 백여 리에 불과해 조정이 크게 동요하였다. 兗州刺史 謝玄이 군대를 이끌고 와 대파하자 조서를 내려 冠軍將軍으로 승진시켰다.	**12세** 庶母의 상을 당하였다.

연도	시대 상황	도연명의 행적
381	**太元 6年 辛巳** 극심한 흉년이 들었다. 北方의 大師 道安의 제자 慧遠이 廬山에 거류하면서 불교를 전파하였다. 황제는 불법을 받들어 궁전 내에 精舍를 세우고 승려들을 데려와 거주하게 하였다.	**17세** 從弟 敬遠이 출생하였다.
383	**太元 8年 癸未** 5월, 桓沖이 10만의 병사로 前秦을 쳐 襄陽 일대를 공격하였다. 전진의 각 부대가 구원해 항거하였다. 8월, 전진의 왕 부견이 백만여 병력으로 晋을 쳤다. 진은 육군 8만, 수군 5천으로 대항하였다. 11월 양군이 淝水를 사이에 두고 진을 쳤는데, 謝玄이 전진의 군대를 유인하여 점차 격퇴시켰으며 晋軍이 강을 건너 공격해 전진을 대패시켰다.	**19세**
384	**太元 9년 甲申** 이후 북방에는 慕容垂가 後燕을, 姚萇이 後秦을, 慕容冲이 西燕을, 拓拔珪가 北魏를, 呂光이 後凉을 세웠으며 전란이 끊이지 않았다.	**20세** 전란으로 인해 가정형편이 극도로 악화되었다.

연도	시대 상황	도연명의 행적
	謝安이 謝玄과 劉牢之로 하여금 군대를 거느리고 중원을 개척하게 하였다.	
385	**太元 10년 乙酉** 외부적으로 전란이 계속되며 조정의 기강이 떨어졌다. 國子學生들이 방화하여 學舍를 불태웠다. 5월, 홍수가 났으며 기근이 심하였다. 會稽王 司馬道子가 전권을 휘둘러 謝安이 배격되어 건강을 떠났다. 8월, 사안이 죽고 사마도자가 軍事를 맡았다. 東晋의 혼란이 이로부터 시작되었다. 388년, 봄 謝玄이 죽었다.	**21세** 「乞食」시를 지었다.
390	**太元 15년 丙寅** 經學家 范宣 · 范宁가 선후로 江州에서 經學의 학습을 주창하였다.	**26세**
391	**太元 16년 辛卯** 조정에서 侍中 王國寶를 中書令으로 임명하고 머잖아 中領軍을 겸직시켰다. 황제는 주색에 탐닉하였고 부처를 숭상하느라 과도한 지출을 하였다. 司馬道	**27세** 「閑情賦 - 幷序」를 지었다.

연도	시대 상황	도연명의 행적
	子가 전권을 잡아 뇌물이 공공연히 행해지고 상이 넘치며 형벌이 문란해졌다. 江州刺史 王凝之가 불교를 숭상하고 도교를 믿어 廬山에서의 불경 번역을 주관하였다.	
393	**太元 18년 癸巳**	**29세** 맏아들 儼이 출생하였다. 처음 출사하여 江州의 祭酒에 임명되었으나 오래지 않아 사직하고 돌아왔다. 이후 州에서 主簿로 임명해 불렀으나 사양하고 나가지 않았다. 처음 벼슬한 전후로 潯陽의 柴桑 上京里의 집에 있으면서 經史子集을 학습하고 농사를 지었다.
394	**太元 19년 甲午**	**30세** 喪妻하였다.
395	**太元 20년 乙未**	**31세** 후처 翟氏를 맞아들였다. 둘

연도	시대 상황	도연명의 행적
		째 아들 俟가 출생하였다.
396	**太元 21년 丙申** 9월, 孝武帝가 돌연 사망하고 太子 司馬德宗이 제위를 계승하여 安帝가 되었다. 안제는 나이가 어리고 우매하였다. 司馬道子가 太傅로 지위에 올랐으며 王國寶가 정사를 관장하였고 王恭이 입조하니 서로 몰래 죽이고자 하였다. 왕공은 안제의 장인으로 青州·兗州·幽州·竝州·冀州의 諸軍事都督이었고 곤주와 청주의 刺史였으며 京口에 진영을 두었다.	**32세** 셋째 아들 份, 넷째 아들 佚이 출생하였다.
397	**隆安 元年 丁酉** 司馬道子와 僕射 王國寶 등이 뇌물을 받고 극심한 사치를 일삼았다. 王恭이 京口에서 군대를 일으켜 토벌하니 荊州刺史 殷仲堪이 호응하였다. 사마도자가 왕국보에게 죄를 주어 죽게 하자 왕공이 이에 병사를 거두었다. 사마도자의 아들 司馬元顯이 征虜將軍에 발탁되어 병력을 준비해 왕공과 은중감의 토벌을	**33세**

연도	시대 상황	도연명의 행적
	꾀하였다.	
398	**隆安 2년 戊戌** 桓溫의 아들 南郡公 桓玄이 江陵에 있었는데, 司馬道子가 廣州刺史로 임명했으나 명을 받고도 가지 않았다. 王恭이 王國寶의 형 王愉를 토벌하기 위해 재차 거병하자 殷仲堪, 楊佺期, 桓玄이 호응하여 거병하고 강을 따라 내려왔다. 司馬元顯이 劉牢之를 꾀어 거꾸로 쳐 왕공을 붙잡아 죽였다. 유뢰지는 왕공을 대신하여 7주의 都督이 되었다. 司馬道子는 西軍을 와해시키고 환현을 江州刺史에 임명했지만 은중감, 양전기, 환현은 潯陽에서 회맹하여 다 조정의 명을 받지 않았으며 桓玄이 맹주로 추대되어 夏口에 주둔하였다.	34세
399	**隆安 3년 乙亥** 10월, 孫恩이 봉기하여 浙東의 8개 郡을 점령하였다. 劉牢之, 劉裕가 군대를 통솔하여 진압하니 손은이 섬으로 퇴각하였다. 국고가 비었으나 司馬元顯은	35세

연도	시대 상황	도연명의 행적
	거둬들이기를 그만두지 않아 황실보다 더 부유해졌다.	
400	**隆安 4년 庚子** 봄에 桓玄이 都督七州軍事, 荊州 및 江州刺史로 임명되었다. 孫恩이 농민을 이끌고 봉기하여 余姚 일대를 점거하였다. 조정에서 劉牢之에게 진격을 명하자 손은은 다시 섬으로 들어갔다. 조서를 내려 司馬元顯을 開府儀同三司, 都督十六州軍事로 삼으니 교만하여 멋대로 굴었다.	**36세** 州府에서 직분을 받았다. 명을 받고 建康에 사자로 갔다온 후 「庚子歲五月中從都還阻風於規林, 二首」를 지었다. 연말에 江陵으로부터 柴桑의 집으로 돌아가 해를 넘겼다.
401	**隆安 5년 辛丑** 孫恩의 부대가 옮겨가 丹徒를 공격하고 서울을 핍박하였다. 劉牢之, 劉裕가 돌아와 방비하자 손은이 퇴각하였다. 유유를 下邳太守로 임명하였다. 桓玄의 세력이 커지자 司馬元顯은 수군을 증강시켜 환현의 토벌을 꾀하였다.	**37세** 1월 5일, 이웃의 벗과 함께 斜川에 놀러가 「游斜川 －并序」를 지었다. 다섯째 아들 佟이 출생하였다. 7월, 휴가를 마치고 江陵으로 돌아가며 「辛丑歲七月, 赴假還江陵夜行塗中」을 지었다.

연도	시대 상황	도연명의 행적
		겨울, 생모 孟氏가 사망하였다. 관직에서 물러나 柴桑의 집으로 분상하였다.
402	**元興 元年 壬寅** 봄에, 桓玄을 토벌할 것을 명하니 司馬元顯은 征討大都督이 되어 劉牢之를 前都督으로 삼았다. 환현은 상소를 올리고 동쪽으로 내려왔다. 유뢰지는 몰래 환현에게 투항하였다. 환현이 建康을 공격해 들어와 정권을 장악하고 태위에 임명되어 사마원현을 참수하였으며 司馬道子를 유배 보내 짐독으로 독살하였다. 유뢰지는 자살했으며, 아들 敬宣과 司馬休之는 後秦으로 달아나 의탁하였다. 劉裕가 京口로 돌아갔다. 孫恩이 죽고 그의 매부 盧循이 계승하니 환현은 유유에게 명하여 공격하도록 하였다. 환현이 豫章公에 봉해졌다.	**38세** 거상하느라 집에 머물러 있었다. 「晉故征西大將軍長史孟府君傳」을 지어 모친을 기념하였다. 「和郭主簿, 二首」, 「止酒」를 지었다.
403	**元興 2년 癸卯** 9월, 桓玄이 楚王이 되었으며 九錫이 내려졌다. 12월, 환현이 황제에 즉위했	**39세** 봄에 남쪽 밭에서 몸소 밭을 갈며 「癸卯歲始春懷古

연도	시대 상황	도연명의 행적
	다. 국호를 楚로, 개국연호를 永始로 하였다. 晋 安帝를 平固王에 봉하고 潯陽으로 옮겼다. 柴桑令 劉程之가 관직을 사퇴하고 廬山에 은거하였으며 遺民으로 이름을 바꾸었다.	田舍, 二首」, 「勸農」을 지었다. 겨울에 「癸卯歲十二月中作與從弟敬遠」을 지었다.
404	**元興 3년 甲辰** 2월, 劉裕가 東晋의 관리 · 장수였던 자들과 연합해 京口 · 廣陵에서 기병하였다. 3월, 建康에 공격해 들어갔다. 桓玄은 安帝를 끼고 달아나 江陵에 이르렀으며 劉敬宣은 유유에게 투항하였다. 유유의 군사가 湓口를 점령하고 潯陽에 진입해 주둔하였다. 유경선을 江州刺史로 삼았다. 5월, 환현이 다시 동으로 내려와 유유와 환현의 양군이 崢嶸洲에서 격전을 벌였다. 환현은 강릉으로 달아나 돌아가다 피살되었다.	**40세** 봄부터 전란이 계속되어 소식이 두절되었다. 「停雲」, 「時運」, 「連雨獨飮」을 지었다. 5월에 「和胡西曹示顧賊曹」를 지었다. 6월에 「榮木」을 지었다. 6월, 京口로 부임해 鎭軍軍府參軍이 되었다. 도중에 「始作鎭軍參軍經曲阿」를 지었다.
405	**義熙 元年 乙巳** 劉毅, 何無忌 등이 江陵을 평정해 수복하고 安帝를 구했으며 桓振을 죽였다. 3월, 안제가 建康으로 돌아왔다. 공이	**41세** 劉敬宣의 建威將軍 軍府參軍으로 전임되어 있었다. 명을 받고 도읍에 사자로

연도	시대 상황	도연명의 행적
	있는 관리와 장수를 봉하여 劉裕를 車騎將軍·都督中外諸軍事로, 유의를 左將軍으로, 하무기를 右將軍 등으로 삼았다. 유의가 사람을 시켜 유유에게 말하길 劉敬宣은 의병을 일으키지 않았으니 江州刺史가 되는 것이 마땅치 않다 하였다. 유경선 스스로 편안치 못해 이에 사직을 표하였다.	가며 「乙巳歲三月爲建威參軍使都經錢溪」를 지었으며, 또 「贈長沙公」을 지었다. 3, 4월 사이에 유경선이 宣城內史에 제수되었고 도연명은 귀향하였다. 8월, 彭澤縣令이 되었다. 정씨에게 시집간 여동생이 武昌에서 죽었다. 11월, 관직을 버리고 「歸去來兮辭」를 지었다.
406	**義熙 2년 丙午** 10월, 尙書에서 의병을 일으킨 공을 논하여 劉裕를 豫章郡公으로, 劉毅를 南平郡公으로, 何無忌를 安成郡公 등에 봉할 것을 아뢰었다. 11월, 하무기를 都督八郡軍事·江州刺史에 임명하였다.	**42세** 팽택현령을 그만두고 귀향한 것은 네번째로 사직하고 돌아온 것으로 이것이 최후의 사직이다. 이후 도연명은 몸소 농사지어 생계를 조달하기로 하고 다시는 관직에 발을 들이지 않았다. 농사를 위해 연초에 上京里의 집에서 園田이 있는

연도	시대 상황	도연명의 행적
		곳으로 이사하였다. 「歸園田居, 五首」, 「歸鳥」, 「酬丁柴桑」, 「命子」를 지었다.
407	**義熙 3년 丁未** 南燕이 침략하였다. 劉裕의 府將 駱冰이 난을 일으키길 꾀하자 유유는 관련된 관리와 장수의 일족을 주살하였다.	**43세** 5월에 「祭程氏妹文」을 지었다.
408	**義熙 4년 戊申** 劉毅가 劉裕를 누르려고 다른 이를 揚州刺史에 임명할 것을 건의했으나 이루지 못하였다.	**44세** 4월에 「讀山海經, 十三首」를 지었다. 6월, 園田의 거처에 불이 났다. 7월에 「戊申歲六月中遇火」를 지었다. 「責子」를 지었다.
409	**義熙 5년 己酉** 2월, 南燕이 두 차례 晋의 북변을 침략하여 남녀 4천여 명을 잡아가 광대로 삼거나 노예로 만들었다. 4월, 劉裕가 병사를 거느리고 南燕을 쳤다.	**45세** 봄에 「和劉柴桑」을 지었다. 가을에 「酬劉柴桑」을 지었다. 重陽節에 「己酉歲九月九日」을 지었다.

연도	시대 상황	도연명의 행적
410	**義熙 6년 庚戌** 2월, 劉裕의 부대가 廣固를 공격해 함락시켜 南燕을 멸망시켰다. 王公 이하 3천 명을 참형시켰다. 盧循의 봉기군이 嶺南을 거쳐 북상하였다. 3월, 노순의 부하 徐道覆이 江州를 공격해 점령하니 何無忌는 전사하였다. 4월, 劉裕가 建康으로 돌아왔다. 5월, 劉毅의 부대와 노순의 부대가 桑落州에서 싸워 유의가 대패하였다. 노순이 10만의 병력으로 건강을 공격했으나 오래도록 함락시키지 못하고 潯陽으로 돌아가 주둔하였다. 유유가 친히 장수들을 거느리고 노순을 추격하니 노순이 패하여 영남으로 돌아갔다.	**46세** 「五柳先生傳」을 지었다. 「庚戌歲九月中於西田穫早稻」를 지었다. 「移居, 二首」를 지었다.
411	**義熙 7년 辛亥** 3월, 劉裕가 太尉職을 접수하였다. 劉毅가 江州刺史에 임명되었다. 여름에 盧循이 전투에 패해 물에 빠져 죽었다.	**47세** 봄에 殷景仁이 太尉行參軍으로 임명되어 가족을 거느리고 동으로 내려가 建康에 부임하자 「與殷晋安別」을 지어 주었다. 8월, 從弟 敬遠이 세상을 떠 「祭

연도	시대 상황	도연명의 행적
		從弟敬遠文」을 지었다.
412	**義熙 8년 壬子** 4월, 劉毅를 衛將軍 · 都督四州軍事 · 荊州刺史에 임명하였다. 劉裕는 이분자를 제거하기 위해 9월에 먼저 兗州刺史 劉藩, 尙書左僕射 謝混을 죽이고, 재차 군대를 거느리고 친히 전에 함께 근왕을 하였던 유의를 토벌하였으며, 豫州刺史 諸葛長民을 監太尉留府事로 삼았다. 10월에 유의가 자살하였으며, 11월에 유유가 江陵에 이르렀다. 유유에게 太傅 · 揚州牧의 직위를 더해주었다.	**48세** 上京里로 돌아와 「還舊居」를 지었다. 또 「悲從弟仲德」을 지었다.
413	**義熙 9년 癸丑** 2월, 유유의 주력부대가 建康으로 귀환했다. 3월, 劉裕가 먼저 날랜 배로 도착했다. 府에 숨겨둔 將士들이 諸葛長民을 살해하였다. 유유가 상소를 올려 郡縣에 소속된 州府를 정리하였다. 7월, 유유의 부대가 益州를 수복하고 成都王 譙縱이 자살하니 서남지역이 東晋	**49세** 봄에 「諸人共游周家墓柏下」를 지었다. 여름에 「五月旦作和戴主簿」를 지었다. 「形影神, 三首」를 지었다. 著作郎으로 부름받았으나 나아가지 않았다. 雁門의 周續之, 彭城의 劉遺民과

연도	시대 상황	도연명의 행적
	의 판도에 들어오게 되었다.	함께 '潯陽三隱'으로 불려지게 되었다.
414	**義熙 10년 甲寅** 東晉의 宗室 司馬休之가 江陵에서 자못 민심을 얻자 劉裕는 江州刺史 孟懷玉을 都督六郡軍事로 삼아 대비케 하였다. 東林寺의 주지인 慧遠과 劉遺民 등 123인이 白蓮社를 결성해 서방 극락세계에 올라갈 것을 희구하였다. 유유민이 「同誓文」을 찬하였다.	**50세** 「雜詩, 十二首」, 「詠二疏」, 「詠三良」, 「詠荊軻」를 지었다.
415	**義熙 11년 乙卯** 봄에 劉裕가 군대를 통솔해 晋의 종실과 옛 신하들, 荊州刺史 司馬休之를 쳤으며 江陵을 점령시켰다. 5월, 사마휴지가 後秦으로 달아나 투항하였다. 8월, 유유가 建康으로 귀환했다. 劉遺民이 졸하였다.	**51세** 학질에 걸려 병상에서 괴로워하였다. 「與子儼等疏」를 지었다.
416	**義熙 12년 丙辰** 이 즈음 後軍將軍 劉柳가 江州刺史에	**52세** 생도를 가르치고 시문을 강

연도	시대 상황	도연명의 행적
	임명되었으며 顔延之는 後軍功曹가 되어 도연명과 늘 내왕하였다. 6월, 劉柳가 죽자 안연지가 타지로 전임되었다. 左將軍 檀韶가 강주자사의 후임이 되었다. 8월, 劉裕가 대군을 거느리고 後秦을 정벌하였다. 10월, 유유의 部將 檀道濟가 洛陽을 함락시켰다. 慧遠이 졸하였다.	습하였다. 「丙辰歲八月中於下潠田舍穫」, 「飮酒, 二十首」, 「示周續之·祖企·謝景夷三郎」, 「感士不遇賦」를 지었다.
417	**義熙 13년 丁巳** 8월, 劉裕의 군대가 長安을 공격해 함락시키니 後秦이 멸망하였다. 9월, 유유가 돌아왔다. 姚泓을 압송해 建康에서 참수하였다. 左將軍·江州刺史 檀韶가 長史 羊松齡을 關中으로 파견해 경하하도록 하였다. 12월, 유유의 군대가 건강으로 귀환하였다. 후진에 살던 父老들이 군문으로 찾아와 계속 주둔하기를 요청했으나 소용이 없었다. 유유는 아들 劉義眞과 여러 장수들을 머물게 해 장안을 수비하도록 하였는데, 이때 의진은 12세였다.	**53세** 「贈羊長史」를 지었다. 「歲暮和張常侍」를 지었다.

연도	시대 상황	도연명의 행적
418	**義熙 14년 戊午** 6월, 太尉 劉裕가 相國·宋公에 배수되었으며 九錫을 받았다. 11월, 大夏의 군대가 長安을 침공하여 大夏王 勃勃이 황제에 즉위하였다. 유유의 주둔군 및 지원군은 몰살당했으며 劉義眞은 달아나 돌아왔다. 12월 유유가 참언으로 "昌明의 뒤에 두 임금이 있다" 하고는 安帝를 교살한 후 동생 司馬德文을 황제로 세우니 이 사람이 恭帝이다. 이해에 王弘이 명을 받아 撫軍將軍으로 江州刺史가 되었다.	**54세** 생활이 곤궁해져 「怨詩楚調, 示龐主簿·鄧治中」을 지었다. 著作佐郞으로 부름받았으나 나아가지 않았다.
419	**晋 恭帝 元熙 元年 己未** 7월, 劉裕의 작위가 宋王으로 올려졌다. 12월, 송왕 유유에게 남다른 예우가 베풀어졌다.	**55세** 생활이 어려워 마실 술도 없었다. 9월 9일에 「九日閑居」를 지었다.
420	**宋 武帝 永初 元年 庚申** 6월, 宋王 劉裕가 황제에 즉위하여 국호를 宋으로, 개국연호를 永初라 하였다. 晋 恭帝는 제위를 내어주고 零陵王이 되었다. 이로써 東晋이 멸망하였다.	**56세** 「擬古, 九首」, 「讀史述九章 - 幷序」를 지었다.

연도	시대 상황	도연명의 행적
	조서를 내려 封爵을 새로 고치게 하였다. 그 가운데 長沙公을 醴陵縣侯로 낮추고 陶侃의 제사를 봉행하게 하였다.	
421	**永初 2년 辛酉** 9월, 宋 武帝 劉裕가 짐독을 탄 술로 零陵王을 독살하려 하였는데 왕이 마시려 하지 않자 병사가 덮어씌우고 살해하였다.	**57세** 가을에 「於王撫軍座送客」을 지었다. 「述酒」를 지었다. 「蜡日」을 지었다.
422	**永初 3년 壬戌** 檀道濟가 鎭北將軍 · 南兗州刺史가 되어 淮南의 諸軍을 감독하였다. 5월, 宋 武帝 劉裕가 병사하였다. 장자 劉義符가 계승하니 이 사람이 少帝이다. 司空 徐羨之, 中書令 傅亮, 領軍將軍 謝晦, 鎭北將軍 檀道濟가 함께 顧命을 받았다.	**58세** 봄에 「桃花源記 – 幷詩」를 지었다.
423	**宋 少帝 景平 元年 癸亥**	**59세**
424	**宋 少帝 景平 2년, 宋 文帝 元嘉 元年 甲子** 少帝는 居喪에 무례하여 유희를 하며 법도가 없었다. 徐羨之, 謝晦 등이 폐위	**60세** 顔延之가 始安郡 太守로 부임하게 되어 潯陽을 지

연도	시대 상황	도연명의 행적
	시키기로 은밀히 모의하였다. 다음으로 제위에 오를 자는 무제의 둘째 아들 劉義眞이었으나 소제가 의진과 틈이 있었으므로 먼저 소제로 하여금 의진을 폐해 서인이 되게 하였다. 5월, 檀道濟를 입조하도록 불러 함께 소제를 폐위시키고 營陽王으로 삼았다. 6월, 영양왕을 吳에서 살해하였다. 또 사람을 시켜 劉義眞을 新安에서 죽였다. 8월, 武帝의 셋째 아들 宜都王 劉義隆을 맞아들여 제로 옹립하니 이 사람이 文帝이다. 사회를 승진시켜 衛將軍으로 불렀으며 荊州刺史에 임명하였다.	나다 머물렀다. 날마다 도연명의 거처를 방문해 즐거움을 나누었다. 떠날 때 돈 2만을 기증하니 도연명은 모두 술을 사는 데 써 수시로 취하였다. 봄에 5언시 「答龐參軍」을 지었다. 가을에 4언시 「答龐參軍」을 지었다. 「扇上畵贊」을 지었다. 이해에 또한 「聯句」를 지은 것으로 추정된다.
426	**元嘉 3년 丙寅** 1월, 조서를 내려 徐羡之 · 傅亮 · 謝晦가 少帝와 廬陵王 劉義眞을 죽인 죄를 폭로케 하였다. 서선지는 스스로 목을 매었고 부량은 피살되었다. 2월, 文帝가 친히 군사를 거느리고 江陵의 사회를 토벌하였고 檀道濟의 전죄를 불문에 부치고 사회를 치도록 하였다. 강릉이 점령되었으며 사회는 붙잡혀 저자에서 주	**62세** 빈곤과 질병으로 곤궁하였다. 5월, 檀道濟가 江州刺史에 임명되었다. 단도제가 도연명을 방문하여 곡식과 고기를 주었다. 도연명은 거절하고 받지 않았다. 「有會而作」, 「詠貧士, 七首」를 지었다.

연도	시대 상황	도연명의 행적
	살되었다. 5월, 단도제를 征南大將軍·開府儀同三司·江州刺史에 임명하였다. 문제가 散騎常侍 袁渝 등 16인을 州·郡·縣에 파견하여 관청의 일을 살피고 민폐를 조사하도록 하였다.	
427	元嘉 4년 丁卯	63세 병세가 심해져 가을쯤 세상을 뜨게 되리라 예상하고 먼저 「擬輓歌辭, 三首」 및 「自祭文」을 지었다. 11월, 생을 마쳤다. 오래지 않아 顔延之가 「陶徵士誄-幷序」를 지었고 여러 벗들은 그에게 '靖節徵士'라는 시호를 붙여주었다.

도연명의 생애와 사상, 문학

1

「귀거래사(歸去來辭)」로 유명한 전원시인 도연명은 중국 남조(南朝) 시대에 활약한 문인으로, 고체시(古體詩)를 최고의 경지에 올려 놓은 시인이라는 평가를 받고 있다. 그는 정치적 암흑기 속에서 불우하고 빈한한 일생을 보냈으나 고고한 인품과 특출한 시재(詩才)로써 인생의 애환을 담박하면서도 깊이 있게 표현해냈다. 생활속의 정취와 고아(高雅)한 사상이 완미하게 결합되어 있는 그의 시는 아무도 모방할 수 없는 솔직하고 진실한 시정(詩情)과 고박(古朴)하고 평담(平淡)한 시풍으로 불멸의 매력을 발하고 있는 것이다. 그러므로 역대로 끊임없는 찬사가 그에게 바쳐졌는데, 두보(杜甫) 또한 "어찌해야 시상이 도연명 · 사령운의 솜씨 같아져, 저로 하여금 글짓고 함께 노닐게 하리"라는 시구로써 앙모의 뜻을 밝힌 바 있다. 도연명은 실로 중국의 위대한 시인으로 변함없는 사랑을 받고 있는데, 그의 주옥같은 명편들은 현재 세계 각국의 언어로 번역되어 수많은 독자들에게 애송되고 있기도 하다.

도연명의 문학은 우리나라에서도 많은 공감을 불러 일으켜 「귀원전거

(歸園田居)」,「음주(飮酒)」,「귀거래사(歸去來辭)」 등과 같은 시부(詩賦) 문학은 한국의 문인지식층에게 깊은 감흥을 유발시켰다. 그리하여 김시습(金時習)은 수십여 수로 이루어진 「화도(和陶)」시를 지었고, 이황(李滉) 역시 「화도집음주이십수(和陶集飮酒二十首)」를 짓는 등 많은 작가들이 의작(擬作)을 남기고 있다. 특히 「귀거래사」의 경우 도저히 거명할 수 없을 정도로 많은 문인들이 화답을 남겨, 고려중기 이인로(李仁老)의 「화귀거래사(和歸去來辭)」를 필두로 근대의 애국지사 심산(心山) 김창숙(金昌淑)의 「반귀거래사(反歸去來辭)」에 이르기까지 지속적인 모작이 이루어졌다.

도연명의 시는 또한 고체시의 한 전범으로 높이 추앙되어 학습되었다. 일찍이 「오류선생전(五柳先生傳)」을 본받아 자기 삶의 지취를 표방한 「백운거사전(白雲居士傳)」을 지었던 이규보(李奎報)는 『백운소설(白雲小說)』에서 "도잠(陶潛)의 시는 즐겁고 순수하고 평화스럽고 조용하여 청묘(淸廟)의 비파가 주현(朱絃)이 소월하여 한 사람이 부르면 세 사람이 화답해 감탄하는 것과 같다"고 찬탄하고는 "나는 그 체를 배우고자 했으나 결국 비슷한 정도에도 이르지 못하니 더욱 우스운 일이다"라 하였다. 허균(許筠) 역시 도연명의 고체시가 쉽게 배울 수 없는 최고의 수준임을 지적하여 『성수시화(惺叟詩話)』에서 "우리나라 시에 고체를 본받은 사람이 없으나 홀로 성간(成侃)이 안연지(顔延之) · 도잠(陶潛) · 포조(鮑照) 3인을 모방해 지은 시가 그 법을 그대로 본받았다"고 적고 있다.

비단 문학의 영역에서만이 아니라 도연명은 사(士) 계층의 인생태도에도 큰 자극을 주었다. 「귀거래사」의 의작 자체에 출사(出仕)와 퇴은(退隱)의 갈등이 내포되어 있음을 고려한다면 우리는 그의 은거행위가 전근대 문인지식층의 인생관에 어떠한 파급력을 미쳤는가를 쉽게 상상해 볼 수 있다. 또한 관직진출 여부와 관계없이 도연명의 자유로운 생활태도와 표일한 정신세계는 사인(士人)들의 마음을 사로잡았으며, 은거한 이들이 특히 그의 '고궁절(固窮節)'로부터 안빈낙도(安貧樂道)의 용기를 얻었으리라는 점 또한 의심할 바 없다.

도연명은 현대를 살아가는 우리들의 삶에도 적잖은 위로를 주고 있으며 인생의 소중한 가치를 찾아나설 수 있는 지혜를 주고 있다. 그의 시문은 사회생활 속에서 겪는 심리적 갈등, 어디로 가야할지 몰라 배회하는 인생행로의 고민, 언제고 닥쳐올 죽음에 대한 두려움 등등 누구나 살아가면서 체험하게 되는 삶의 문제에 대해 진지하게 성찰할 수 있도록 도와주고 있다. 또한 '순응자연(順應自然)'을 지향한 그의 고명한 사상은 인간의 자기 소외적 성격을 띤 현대문명을 반성하는 계기를 만들어 주고 있기도 하다. 허위적 욕망에 사로잡혀 서슴없이 자연계의 조화를 파괴하고 생명의 존엄성을 훼손하는 이 오도된 문명의 방향 수정에 그의 자연주의적 사유는 적잖은 시사점을 주고 있는 것이다.

2

도연명(365-427)은 자를 원량(元亮)이라 한다. '잠(潛)' 이라는 이름으로도 알려져 있는데 진(晋) 왕조가 멸망한 후 이름을 바꾼 것으로 추정된다. 동진 애제(哀帝) 3년에 태어나 송 문제(文帝) 4년에 세상을 마쳤으니 향년 63세이다. 그런데 근년 중국측 연구에 의하면 동진 목제(穆帝) 8년(352)에 태어나 송 문제 4년에 76세의 나이로 마쳤다는 견해도 있어 아울러 밝혀 둔다.

도연명은 심양(潯陽)의 시상(柴桑: 현재의 江西省 九江의 서남쪽)에서 몰락한 관료집안의 후예로 태어났다. 증조부 도간(陶侃)은 동진의 개국원훈으로 관직이 대사마(大司馬)에 이르렀고 장사군공(長沙郡公)에 봉해진 명신이었으며, 조부 도무(陶茂)는 무창태수(武昌太守)를 지냈다. 부친은 관직에 진출했으나 출세에 뜻을 두지 않다가 일찍 세상을 마쳤고 이름이 알려지지 않고 있다. 연명의 집안은 이미 부친 대에 쇠락해진 상태였던 것이다. 한편 모친은 명사 맹가(孟嘉)의 따님으로, 연명은 모친 사후 어머니를 추념하며 외조부의 전기를 지은 바 있다.

청년기에 연명은 고향마을에서 생계를 꾸려 가는 한편 유가경전을 학습하며 장차 자신의 뜻을 펼치고자 하였다. 처음 출사한 것은 조금 늦은 나이인 30세 직전으로 강주(江州)에서 교육담당관의 직책인 좨주(祭酒)를 맡게 되었다. 그러나 오래지 않아 사직했으니, 「음주」 제19수에서 "뜻과 마음에 부끄러움 하마 많았소(志意多所恥)"라 밝힌 것처럼 변화된 생활 환경에 적응하기 어려웠던 듯하다. 이후 다시 주부(主簿)의 벼슬로 부름을 받았으나 응하지 않았다.

5년 넘도록 농사를 짓고 있던 연명은 36세에 환현(桓玄)의 막부에 참군(參軍)으로 나아간다. 당시 환현은 시대의 폐단을 구제할 만한 인물이라는 평판이 있을 정도로 대단한 명망이 있었기에 그에게 기탁해 자기 이상을 실현하고자 했던 것이다. 그러나 그때의 심정을 읊은 「경자세오월중종도환조풍어규림(庚子歲五月中從都還阻風於規林)」시에는 억제할 수 없는 갈등이 내포되어 있다. 즉, "가만히 아름다운 원림을 떠올리니, 인간세상을 실로 떠날 만하구나. 한창의 나이 몇 해나 남았을까? 마음을 따라야지 또 무얼 의심하랴(靜念園林好, 人間良可辭. 當年詎有幾, 縱心復何疑)"라는 구절에는 환로(宦路)에서 주저하고 망설이는 모습이 엿보인다. 자신을 굽히고 남의 지시를 따라야 하는 생활은 연명의 자유로운 기질과 조화되기 어려웠고 가슴속에는 전원을 그리는 정이 끊이지 않았던 것이다. 그런데 이후 대권을 장악한 환현이 야심을 키워 제위를 노리는 반역자가 된데다 모친상까지 당하자 연명은 미련 없이 관직에서 물러나게 된다.

그 후 연명은 40세에 유유(劉裕) 밑에서 참군의 직책을 맡게 된다. 유유는 환현을 물리치고 동진의 대권을 잡은 인물로서, 마치 초기의 환현처럼 암흑 속에서 백성을 구제해 줄 인물로 여겨졌다. 이에 도연명은 재차 출사했으나 큰 기대를 걸지는 않았던 것 같다. 「시작진군참군경곡아(始作鎭軍參軍經曲阿)」시에서 출사가 잠정적인 선택임을 말하고 있기 때문이다. 이듬해 연명은 건위장군(建威將軍) 유경선(劉敬宣)의 참군으로 옮겨갔다가 머잖아 다시 팽택현령(彭澤縣令)에 보임되었다.

팽택현령 생활은 연명의 생애에서 가장 중요한 전환점이다. 전하는 바에 의하면 그는 상부에서 파견한 감독관을 예우하기 싫어하며 "내가 어찌 다섯 말의 미곡 때문에 촌구석의 어린애를 향해 허리를 굽히겠는가!"라 하고는 사퇴했다 한다. 그러나 이 사건은 하나의 계기일 뿐 연명은 더 이상 관직생활에서 삶의 의미를 찾기 어렵다는 판단에 이르렀던 것이다. 이에 80여 일간의 지방관 노릇을 집어치우고 「귀거래사」를 부르며 고향에 돌아오게 된다.

그 후 생을 마치기까지 20여 년간 도연명은 몸소 씨 뿌리고 김매고 수확하는 일개 농부로서 살아갔다. 울타리 곁의 국화와 마당가의 소나무, 멀리 보이는 남산과 날이 저물면 돌아오는 새들이 그의 분신이 된 것이다. 그러나 전원에서의 삶은 고달픈 나날의 연속이었으며 만년에는 더욱 가난한 생활을 하였다. 이런 생활이 지속되는 가운데 연명은 누차 관직에 나오라는 명을 받았으나 모두 거절하였다. 송(宋)이 개국한 후 연명의 생활은 더욱 악화되었고 끼니를 이을 수 없는 지경에 이르기도 하였다. 이에 강주자사(江州刺史) 단도제(檀道濟)는 그에게 은거생활의 청산을 요청하며 양식을 내려준 적이 있었다. 그러나 연명은 이를 사양하고 자신의 뜻을 굽히지 않았다. 당시의 명사들 다수가 명교(名教)와 자연(自然) 사이에 양다리를 걸친 채 명리를 도모했지만, 그는 장기간 몸소 밭을 갈면서 끝내 뜻을 고수한 채 은사로 생을 마친 것이다.

도연명은 "어려서부터 세속과 어울리지 못하니(少無適俗韻)"라 한 것처럼 부화뇌동하며 세속에 쉽게 휩쓸릴 수 없는 기질을 지녔으며, "성품은 본래 산을 사랑하였네(性本愛丘山)"라 한 것처럼 산수자연에 대한 깊은 사랑을 지녔다. 그러나 은거의 참된 동기는 「귀거래사」에서 "세상과 나 서로 어긋나니, 다시 수레를 타고 무엇을 구하리?(世與我而相違, 復駕言兮焉求)"라는 구절에서 명확히 드러난다. 그는 실로 관직에 처음 나간 순간부터 최후 팽택현령을 그만두는 순간까지 이상과 현실의 모순으로 인해 번민하였다. 그는 지식인으로서 민(民)에 대한 책무를 다하여 내우외환 속에서 시름하는 창생의 구제에 일조하고자 하였다. 그러나 그가 처한 현실은 정쟁과 살육, 전란이 끊이지 않던 남조시대의 암흑기였고, 결국 일 개인의 의지로 혼탁한 시대의 격랑을 감당해낼 수 없다는 사실만을 체감하게 되었다. 이를 자각했을 때 관인생활이란 굴종과 구속이었을 따름이지만 그는 내심의 고민과 불만 속에서도 남은 희망을 포기할 수 없어 여러 차례 출사와 사퇴를 거듭했던 것이다. 연명이 자아와 세계와의 갈등 속에서 은거의 방식으로 사태를 회피한 것은 그 자체 소극적인 도피이다. 그러나 암흑의 사회현실과 무도한 통치배에 대한 반항의식이 담겨 있다는 점에서 연명의 은거행위에는 또한 적극적 의미가 담겨져 있는 것이다.

그런데 연명은 은자의 길을 걸으면서 자기번민을 온전히 해소할 수 있었을까? 그는 또한 스스로 사회의식을 겸제해 버리고 현실을 외면하기 위해 노력했을까? 연명이 택한 은거의 장소는 「음주」 제5수에서 "사람 사는 곳에 초가집 얽었어도, 수레와 말의 소음은 없다오(結廬在人境, 而無車馬喧)"라 한 것처럼 험벽한 외딴 곳이 아니다. 노장적인 '피세지사(避世之士)' 가 아닌 유가적 '피인지사(避人之士)' 에 존재적 가치를 둔 은거였기에 그는 세속공간과의 단절을 기도하지 않았으며 당연히 세상사에 무심하지도 않았다. 그의 지성은 여전히 자기 시대의 문제를 도외시할 수 없게끔 강박하였으니, 강렬한 우세(憂世)의 정념으로 시사를 노래한 「술주(述酒)」와 같은 시는 역사 변천에 대한 첨예한 비판정신을 확인해 주고 있다. 또한 「도화원기-병시(桃花源記-幷詩)」에서는 자신의 사회이상을 펼쳐, 순박한 정신을 지닌 이들이 평화롭고 풍요롭게 공동체적 삶을 이끌어 가는 무릉도원(武陵桃源)을 형상화하기도 하였다.

자기 시대의 역사 환경 속에서 경세제민의 이상을 펴기를 포기했으나 연명은 진실로 세상사와 절연한 고독한 은자가 될 수 없었던 것이다.

3

도연명은 사상가적 면모를 지닌 시인으로 깊은 사색과 성찰의 결실을 시에 반영시켜 농욱한 철리적 의미가 담긴 작품을 많이 남겨 놓았다. 그러나 연명의 사상은 단일한 색채를 띠지 않으며 유가와 도가 사상이 혼재된 양상을 보여준다.

젊은 시절 도연명이 관직에 진출한 것은 유가적 처세관에서 비롯된 것으로, 이는 경세제민(經世濟民)의 사상을 소유한 유자의 전형적인 행로이다. 그의 은거행위 역시 유가적인 '독선기신(獨善其身)'의 행태로 해석될 수 있다. 연명과 더불어 '심양삼은(潯陽三隱)'으로 불린 주속지(周續之) · 유유민(劉遺民)처럼 당시 지식계층 가운데는 정치현실에 대한 실망과 정치적 박해를 피해 은둔생활을 동경해 실행에 옮긴 자들이 다소 있었다. 위진(魏晋)의 혼란을 거치면서 생긴 피해의식으로 인해 명철보신(明哲保身)의 처세관이 팽배해졌기 때문이다. 그런데 연명의 은거는 『논어(論語) · 태백(泰伯)』의 "위태로운 나라에 들어가지 않고 어지러운 나라에 살지 않는다. 천하에 도가 있으면 드러나고 도가 없으면 은거한다(危邦不入, 亂邦不居, 天下有道則見, 無道具隱)"는 정신의 실천이기도 하다. 현실 조건이 자신의 뜻을 펴기에 곤란할 때에 홀로 지조를 간직한 채 수양에 전념하는 것은 유자의 출처관념에 위배되지 않는 것이다. 이에 연명은 은거 후에도 유가의 도덕가치를 소중히 하여 "군자는 궁함을 고수하나 소인은 궁하면 넘쳐난다(君子固窮, 小人窮斯濫矣)", "도를 근심하고 가난을 근심하지 않는다(憂道不憂貧)", "아침에 도를 듣게 되면 저녁에 죽어도 괜찮다(朝聞道, 夕死可矣)"와 같은 공자의 교훈을 평생 생활의 지침으로 삼아 실천하고자 노력하였다.

그러므로 남송(南宋)의 육구연(陸九淵) 같은 이는 그를 유가에 귀속시켜 "이백과 두보, 도연명은 모두 우리 유도(儒道)에 뜻을 지녔다"고 하였다. 그러나 여기에 대해 주희(朱熹)는 생각을 달리해 "연명이 말한 것은 노장(老莊)이다"라 하였다. 『논어』의 구절보다 『장자(莊子)』·『열자(列子)』와 같은 도가서에서 용사(用事)한 것이 더 많다는 점은 주희의 견해를 잘 뒷받침해주고 있다.

실제로 연명이 관직에서 최종적으로 사퇴한 40대 이후의 정신지평에 심각한 영향을 끼친 것은 위진 현학(玄學)이 숭상하던 '자연(自然)'의 철학사상이다. 여기서의 '자연'은 인간사회와 구별되는 '자연계'를 가리키는 현대적 의미의 자연과는 다르며 인위·작위와 대립되는 본래적·천연적 상태를 의미한다. 외재적 조건에 앞서는 세상만물 개개의 본래적 면모, 그에 속한 고유한 규율성과 법칙성이 바로 자연인 것이다. 그런데 도연명이 지녔던 자연관은 완적(阮籍) 등에 의해 수용된 노장의 '무위자연(無爲自然)' 설과 크게 다르지 않다. 가령 「형영신(形影神)」 3수 중 「신석(神釋)」에서 "천지는 사사롭게 힘쓰지 않으며, 만물은 절로 번성해 서 있다(大鈞無私力, 萬物自森著)”와 같은 구절은 『노자』의 “천지는 사사로이 친애하지 않는다”와 의미가 동일하다. 그리고 『장자』의 “하늘은 사사로이 (만물을) 덮어 주고 있는 것이 아니고, 땅은 사사로이 (만물을) 실어 주고 있는 것이 아니다”라는 견해와도 상통하고 있다.

한편 철학사상의 측면에서 연명의 의식에 나타난 특이점을 살펴보자면 다음과 같다.

첫째는 ‘화천(化遷)’적 자연관이다. 화천은 넓게는 자연계 만물에 고유한 발전과 운동을 의미하며 좁게는 출생에서 사망에 이르는 인생의 과정을 가리키기도 한다. 연명은 대자연의 운동과정 속에서 발생하는 영고성쇠를 화천 혹은 천화(遷化), 화(化), 대화(大化), 환화(幻化) 등의 어휘를 빌어 표현하는 한편 이를 보편적인 ‘상리(常理)’로 인식하였다. 이에 「연우독작(連雨獨飮)」에서는 “인생의 운명 반드시 끝나 돌아가나니, 예로부터 그렇게들 여겼었네(運生會歸盡, 終古謂之然)”라 했으며, 「오월단작화대주부(五月旦作和戴主簿)」에서는 “이미 왔으면 누군들 떠나지 않으리오? 인생의 이치 진실로 끝이 있는 것을(旣來孰不去, 人理固有終)”이라 하였다. 또한 「귀거래사」에서는 “애오라지 조화를 따라 죽어 돌아가리니, 천명을 즐거워하거늘 다시 무얼 의심하리(聊乘化以歸盡, 樂夫天命復奚疑)” 하였다.

연명은 또한 ‘화천’의 관점에 근거하여 육체가 죽은 이후에는 정신도 소멸한다는 입장을 견지하였다. 이러한 신멸론(神滅論)적 사유는 정신의 부속성을 지적했다는 측면에서 유물론과도 맞닿아 있는데, 연명은 당대인의 비현실적 의식세계를 비판하려는 의도에서 자신의 입장을 피력하였다. 동진시대에는 폭발적으로 불교신앙이 전파되어 종교·신학적 사유가 범람하였고 그에 따라 사후의 문제가 새로운 관심사로 부각되었다. 당시 고승 혜원(慧遠)은 정토종(淨土宗)의 교의를 선전하며 「형진신불멸론(形盡神不滅論)」을 지어 정신의 불멸성을 주장했는데, 그에 관해 연명은 불교적 사유와 다른 자신의 우주관과 인생관을 「형영신」 3수를 통해 주장했던 것이다. 그 외에도 연명은 「원시초조시방주부등치중(怨詩楚調示龐主簿鄧治中)」, 「비종제중덕(悲從弟仲德)」, 「의만가사(擬挽歌辭)」 등의 시에서 인간 정신의 소멸을 반복적으로 제기하고 있다.

다음은 '위운자연(委運自然)'의 인생관이다. 이는 자연의 변화에 따라 맡기고 살겠다는 인생태도를 가리키는데 연명은 이런 삶의 자세를 견지하며 인생의 고뇌를 해소하였고 생사와 빈궁의 문제에 속박당하지 않을 수 있었다. 이에 「귀거래사」에서는 "그만 생각할지라! 몸을 우주에 부칠 때가 다시 얼마나 되려는가를. 어찌 마음에 맡겨 가고 머뭄을 놓아두지 않는가? 어이하여 분주한 모양으로 어딜 가려하는가? 부귀는 나의 소원 아니며, 신선의 땅을 기약할 수 없도다. (중략) 애오라지 조화를 따라 죽어 돌아가리니, 천명을 즐거워하거늘 다시 무얼 의심하리(已矣乎, 寓形宇內復幾時. 曷不委心任去留, 胡爲乎遑遑兮欲何之. 富貴非吾願, 帝鄕不可期. (중략) 聊乘化以歸盡, 樂夫天命復奚疑)"라 하였다. 또한 「형영신」 제3수에서는 "지나치게 생각하면 우리 삶 상처받으니, 운명에 맡겨감이 정히 마땅하리. 큰 조화의 물결을 좇으리니, 기쁠 것도 두려울 것도 없어라. 응당 끝낼 곳에서 끝내 버리고 , 다시 홀로 깊이 생각하지 마오(甚念傷吾生, 正宜委運去. 縱浪大化中, 不喜亦不懼. 應盡便須盡, 無復獨多慮)"라 하였다.

위와 같은 철학적 사유를 기반으로 연명은 자신만의 독특한 인격을 형성하였는데, 이를 한마디로 요약하면 바로 '임진자득(任眞自得)' 이다. '임진(任眞)' 에서 '진(眞)' 이란 자연의 상태를 의미하며 '자득(自得)' 은 '자족(自足)' 과 뜻이 상통한다. 연명은 「연우독주(連雨獨酒)」시에서 "하늘이 어찌 여기를 떠나랴만, 천진에 맡김보다 우선할 것 없다(天豈去此哉, 任眞無所先)"고 하였다. 이처럼 자연의 조화와 하나가 되려는 정신을 지녔으므로 그는 인생의 역정에서 부딪치는 제반 문제로부터 자유로울 수 있었다. 이에 「오월단작화대주부(五月旦作和戴主簿)」에서 "시운의 변화는 평탄하고 험하기도 하니, 자적하며 빈부를 생각지 않네(遷化或夷險, 肆志無窊隆)"라 한 것처럼 사생과 궁달의 문제로부터 초연한 삶을 살 수 있었던 것이다.

임진자득은 높은 정신적 자유의 경지에 오른 이의 인품이지만 이는 결코 저절로 획득된 것이 아니라 '진(眞)' 을 추구하여 이루어 낸 '양진(養眞)' 의 결실이다. 도연명이 내린 은거의 결단은 진을 길러내기 위한 환경의 조성인 것이며 안빈(安貧) · 고궁(固窮)의 노선을 시종일관한 것 또한

'양진(養眞)' 을 위한 노력이었음은 의심할 바가 없을 것이다.

4

도연명의 시문은 그의 사후 백여 년이 지나 처음으로 양(梁)의 소명태자(昭明太子) 소통(蕭統)에 의해 8권으로 편집되었다. 그러나 현재는 「도연명전(陶淵明傳)」과 「도연명집서(陶淵明集序)」만이 남아 전하고 있다. 이후 북제(北齊)의 양휴지(陽休之)가 다시 10권으로 편집했고, 그 외에도 많은 이본들이 있었으나 지금은 모두 소실되었다. 현전하는 판본은 송대 이후의 것들이다.

우선 송 · 원대의 중요한 판본을 소개하자면 ①급고각(汲古閣) 소장 『도연명집』 10권, ②소흥(紹興)본 『도연명집』 10권, ③증집(曾集)이 편한 『도연명문집』 2책, ④탕한(湯漢)의 『도정절선생시주(陶靖節先生詩注)』 4권, 『보주(補注)』 1권, ⑤이공환(李公煥)본 『전주도연명집(箋注陶淵明集)』 10권이 있다.

다음 명대의 대표적인 판본으로는 ①하맹춘(何孟春)이 주를 단 『도정절집』 10권, ②황문환(黃文煥)의 『도시석의(陶詩析義)』 4권, ③장자열(張自烈)의 『전주도연명집』 6권이 있다.

이후 청대에 나온 주요판본으로는 ①오첨태(吳瞻泰)의 『도시휘주(陶詩

彙注)』 4권, ②온여능(溫汝能)의 『도시휘평(陶詩彙評)』 4권, ③도주(陶澍)의 『정절선생집(靖節先生集)』 10권이 있다. 이 가운데 도주의 주석본은 폭넓은 자료수집과 상세한 주석으로 가장 정밀하다는 명성을 얻고 있다.

현재 전하는 도연명의 시문은 대략 130여 편이다. 그 가운데 시를 대략 분류하자면 전원시(田園詩), 영회시(詠懷詩), 설리시(說理詩), 영사시(詠史詩), 교유시(交遊詩) 등으로 나눌 수 있다.

전원시는 도연명이 독자적으로 시경(詩境)을 개척하여 높은 성취를 이룬 분야이다. 도연명 이전에도 장려한 산천의 아름다움을 찬미한 시인은 없지 않았다. 그러나 그처럼 담박하고 조용한 전원생활을 정겹게 그려낸 시인은 없었다. 전체 수량은 30여 수에 지나지 않으나 그는 「귀원전거(歸園田居)」 5수, 「음주(飮酒)」의 제5수, 「화곽주부(和郭主簿)」 2수, 「이거(移居)」 2수, 「계묘세시춘회고전사(癸卯歲始春懷古田舍)」 2수, 「독산해경(讀山海經)」 제1수 등에서 전원을 심미관조의 독립적 대상으로 발전시켜 전원미의 발현과 묘사에서 큰 성과를 이루었다. 그가 조용하고 그윽한 아름다움이 있는 전원 공간과 질박한 향촌생활을 잘 시화할 수 있었던 것은 농촌에서 살며 직접 농업생산에 참여한 덕택이다. 이러한 생활체험에 기반하지 않았다면 그의 시는 여타 산수자연에 대한 애호를 담은 시와 크게 달라지기 어려웠을 것이며 '전원시인(田園詩人)' 의 명예 또한 얻기 어려웠을 것이다.

연명은 또한 가슴속 깊은 생각들을 펼쳐놓인 영회시를 적잖이 남겼다. 여기에는 「영목(榮木)」의 경우처럼 뜻을 이루려는 의지를 노래한 시들, 혹은 늙어 젊은 날의 뜻을 회상한 내용들이 주를 이룬다. 그 외에 정치현실에 대한 감회를 다룬 시가 주목할 만한데, 말년에 지은 「술주(述酒)」나 「독사술구장(讀史述九章)」에는 왕조교체에 대한 감회를 은밀히 기탁해 놓았다. 그는 완전히 세상일을 망각한 채 고립적 공간에 숨어든 은둔자가 아니었기에 지식인으로서의 삶의 자세를 고뇌한 시편이 또한 적지 않다. 「음주(飮酒)」 제9수, 「원시초조시방주부등치중(怨詩楚調示龐主簿鄧治中)」 등이 그 경우에 속한다. 그 외에 자신의 은거생활에 대한 기대와 실상을 다룬 시편과 은자를 노래하고 가난한 선비를 찬미한 시편들이 있는데, 여기에는 세속의 이욕에 물들지 않은 시인의 고상하고 순결한 지조가 담겨 있다.

한편 설리시에서는 순응자연(順應自然)의 태도, 인생에 대한 달관, 천진(天眞)의 추구와 관련된 사유를 노래하였다. 그 가운데에 드러나는 특징은 철학의 출발점을 천근한 일상생활에 두었다는 점이며 또한 철학적 문제를 추상화시켜 난해하게 만들지 않았다는 것이다. 생활 체험에 근거한데다 자신의 철리적 사유를 형상적 언어를 빌어 승화시킨 까닭에 그의 설리시는 전혀 건조한 느낌을 주지 않는다. 철리적 성격이 강한 「형영신(形影神)」 같은 시조차도 이취(理趣)에 정취(情趣)가 아우러져 있어 친숙하고 평이한 느낌을 주고 있는 것이다.

다음 영사시로는 「영빈사(詠貧士)」 7수를 비롯 「영이소(詠二疏)」, 「영삼량(詠三良)」, 「영형가(詠荊軻)」 등이 있는데, 여기서 주목되는 바는 비극적 영웅에 대한 찬미이다. 가령 「영형가」시에서는 진 시황을 암살하려 했던 한 역사적 인물의 행보를 추념하고 있으며, 「독산해경(讀山海經)」 제9수에서는 해와 맞서 달리기 시합을 한 과보의 웅지를 노래하였다. 이들 형상 속에 담긴 과감한 도전정신과 불굴의 기상은 동일하게 비극적으로, 여기에는 시인 자신의 비극적 세계인식이 침투되어 있다.

위와 같은 도연명의 시세계는 전반적으로 고박(古朴)한 시풍을 지녔다는 점에서 위진시대 시문학의 조류와 궤를 같이하지만 독자적으로 새로운 주제를 개척해 내어 시문학의 창신에도 큰 기여를 하였다. 배회와 회귀, 음주, 고궁안빈, 농경, 생사와 같은 주제는 도연명 이전에는 찾아보기 드문 주제로 평가되고 있는데, 이는 은거생활에 따른 남다른 감회와 생활체험을 자신의 시 영역에 흡인함으로써 이루어낸 성과인 것이다.

한편 도연명은 표현수법에서도 자기의 특색을 잘 드러내었다. 그는 곧잘 소나무 · 국화 · 난초 · 새 · 구름의 소재를 이용하여 비유적으로 자신의 인격을 드러내었는데, 그 가운데에는 비흥(比興)과 상징 · 기탁의 수법이 탁월하게 구사되어 있다. 이로써 개개의 사물은 뚜렷이 연명의 화신으로 변모되어 그의 인격적 특징을 선명하게 형상화시켜 주고 있다. 또한 연명은 전원의 풍광이나 자연경물의 묘사, 인물의 형상화에 있어 그 특징적 면모의 포착에 탁월성을 보여주고 있다. 그는 묘사에 있어 구체적인 형태에만 주의하지 않고 '사의(寫意)'와 '전신(傳神)'의 수법을 잘 활용하였다. 가령 「시운(時運)」의 "바람은 남에서 불어와, 저 새싹들을 나래처럼 감싸도네(有風自南, 翼彼新苗)", 「계묘세시춘회고전사(癸卯歲始春懷古田舍)」의 "평평한 밭에는 멀리서 바람 불어오고, 어여쁜 싹들도 새봄을 맞이하네(平疇交遠風, 良苗亦懷新)"와 같은 구절은 자연경물의 특징을 명료히 간취해 냄으로써 생기 발랄한 느낌을 물씬 풍기고 있다. 인물의 묘사에도 그는 외면적 형상보다는 그 정신과 기백을 적실하게 포착해 내고 있으니, 가령 「영형가」시에 그려진 형가의 모습에는 호매한 영웅의 기개가 절로 잘 드러나고 있다. 그의 이러한 표현수법은 마치 위진 현학이 사물 외부의 구체적인 형태보다 추상적인 정신본체의 탐구를 우선시한 것과도 유사점이 있다. 표현수법의 또다른 특색은 정(情)·경(景)·리(理)의 융합에서 찾을 수 있다. 연명은 경물이나 사건 그 자체를 노래하기보다는 여기에 인생에 대한 열애로 비롯된 농욱한 정서를 더하고 나아가 노장사상 및 현학의 영향을 받아 생성된 자신의 우주와 인생관을 아우르고 있다. 그러므로 「형영신」 3수를 보더라도 설리 안에 생활감정과 지취가 녹아들어 있어 결코 난해하거나 무미건조한 느낌을 주지 않고 있다.

역대로 도연명 시의 언어예술적 특성은 '평담(平淡)'에 있는 것으로 지적되어 왔다. 일찍이 북송(北宋)의 매요신(梅堯臣)은 말하길 "시를 짓는 데에 있어 고금을 막론하고 오직 평담하게 짓기가 어려운 것이다" 하였다. 평범한 시어의 운용은 무미건조하고 진부한 느낌을 주어 감흥을 유발하기 어렵기 때문이다. 그러나 연명은 언어구사와 주제표출에서 '평담'의 최고 경지에 올라 이해하기 쉬운 말에 깊은 의미를 담아 내었다. 까다로운 표현을 배제하여 질박하고 평이하지만 주제를 천근하게 만들지 않는 고도의 사유와 치열한 감정이 무르녹아 숨어 있는 것이다. 소동파(蘇東坡)가 평하기를, "질박하지만 실은 기려하고, 여위었으나 실은 기름지다(質而實綺, 癯而實腴)" 한 것도 그의 시가 평담하면서도 풍부한 정취(情趣)와 고묘한 지취(旨趣)를 내포하고 있기 때문일 것이다.

도연명의 산문 역시 시풍과 완연히 일치하여 겉보기에는 평담하고 질박한 듯하지만 그 안에는 풍부한 맛을 간직하고 있다. 가령 「오류선생전」이라는 짧막한 글을 보더라도 그 속에는 작자의 '임진자득' 한 인격이 행간에 무르녹아 있다. 그 외에 자식들에게 써 준 「여자엄등소(與子儼等疏)」나 「자제문(自祭文)」 등을 읽어 보면 진실한 감정이 흘러넘치는데, 이런 점은 간략하게 써 놓은 시서(詩序)에서도 동일하게 발견된다.

도연명의 작품은 수많은 세월 동안 독자들의 심금을 울려 왔다. 그의 시문을 읽어 본 사람이라면 누구든 동의할 수 있는 '진실성' 의 위대한 힘 때문으로, 근대 중국 문단의 선구자 양계초(梁啓超)는 도연명의 시로부터 받은 자신의 감수를 다음과 같이 피력한 바 있다.

보통 사람은 늙음을 탄식하거나 비천함을 탄식할 때 병이 없는데도 앓는 소리를 한다. 자기의 불평과 고민을 표출한 허다한 이야기 가운데 태반의 말이 그 실상에 지나치니 가볍게 믿기 어려운 것이다. 그러나 도연명에 대해서는 믿지 않을 수 없으니, 그는 가장 진실한 한 명의 사람이기 때문이다. 우리는 그의 전체 작품을 통해 이를 증명받을 수 있다.

제목 찾기

ㄱ

ㄴ

ㄷ

ㅈ

ㅊ

ㅎ

원문찾아보기

ㅇ

ㅈ

ㅊ

ㅌ

■ 李成鎬

· 1964년 인천 출생
· 성균관대학교 한문교육과 졸업
· 동 대학원 한문학과 졸업 (문학박사)
· 현 성균관대학교, 인하대학교 강사
  고려대학교 BK21 박사후 과정
· 『한국고전문학 작가론』 (공저, 1998)
· 『사대부문학 형성기의 한시 연구』 (1999) 그외 다수
· 『里鄕見聞錄』 (공역, 1997)
· 『趙熙龍全集』 (공역, 1999)